Zoody
著
貪財
好你

目錄
CONTENTS

第一枚硬幣

四月，人間春意正盛，和風撫過鬱金香，窗外鳴鳥啁啾，樓下的貓叫聲尖細。暖陽下，整個世界像是蒙上一層柔焦濾鏡。

這是李至誠最討厭的季節，天氣暖和人就容易犯懶，本來就是懶惰的人，到了春天更是乏乏無味。

一上午回了四封郵件，咖啡喝得舌尖發苦，祕書送了杯牛奶進來。

長時間的閱讀讓眼睛酸澀，李至誠張嘴打了個哈欠，竟然還沒到午休時間。

自己做了老闆的最大好處就是摸魚再也沒有負罪感，摸魚摸得十分心安理得。

他登錄進某手遊，簽到領取今日禮物，欣賞完女兒的美貌，看餘額不多，又往裡頭氪了三百大洋。

敲門聲響起的時候，李至誠放下翹在辦公桌上的兩條長腿，清清嗓子正襟危坐，煞有其事地端起手邊的杯子淺抿一口。

運營總監方宇拿著文件走了進來，日常的工作報告，李至誠專心聽著，鋼筆在指間隨意打轉。

手機提示音響起，他分神瞥了一眼，正要收回目光卻倏地僵住。

「先暫停一下。」他難得不禮貌一次。

方宇合上文件，體貼道：「其實也沒什麼重要的，你要是忙我先走了。」

李至誠輕輕頷首：「行，日本那邊要是確認好了就簽吧。」

等辦公室的門重新關上，他才拿起手機，確認自己剛才的一瞥是否看錯。

傳訊息的是他大學的學弟，叫張遠志，和他的關係不錯，這些年一直保持聯絡。

張遠志研究所畢業後進了申城的某所大學當老師，年輕有為，現在已經是助理教授了。

『哥，周以聯絡我了，問我們大學招聘的事，她是要回國了？』

李至誠讀完螢幕上的文字，手指在鍵盤上打下「關我屁事」，在送出的前一秒又猶豫了，全部刪掉換為「我不知道」。

寥寥數字攪亂了一池靜水，李至誠仰靠在辦公椅上，望向落地窗外的街景。

陽光明媚春花燦爛，在他眼裡卻沒半點美好，越看心頭越煩亂。

「喂，雲峴，我新發現一家小酒館，晚上去唄。」他打擾好友，企圖尋找發洩口。

電話那頭是溫潤的男聲，語氣溫和但毫不退讓地拒絕道：『今晚要在店裡幫忙，改天吧。』

李至誠「嘁」了一聲，兀自嘟囔：「不陪老子自己去。」

把剩餘的牛奶一飲而盡，李至誠舔了下唇角，扣上西裝扣子推開辦公室的門，看著格子間裡的員工們正認真埋頭工作，他的心情終於晴朗了一些。

因為不想做社畜所以辭職自己開了工作室，這時看著一片社畜勤勤懇懇為自己工作，李至誠很缺德地感受到滿足。

「貝妍，我下午出去一趟。」

祕書輕聲回：「好的老闆。」

車鑰匙在食指上轉著圈，李至誠無意識的小動作很多，手裡總要有件東西可以玩，為此上學的時候沒少被老師罵，讓他雙手乖乖放在大腿上是不可能的。

也不是不可能，有次上了摩天輪，他坐在周以身邊一動也不動。

掌心全是汗，緊張得不敢看她，結果被人家以為是懼高，然後自然而然地牽住了手。

陌生的觸感，逐漸趨同的體溫，李至誠人在摩天輪，心卻坐了趟雲霄飛車，原本打算說的話全數忘光。

當時也老大不小了，現在想起來真丟人，居然還會有這樣純情的時刻。

「嘖。」鑰匙被按回卡槽，李至誠揪了揪衣領，嫌天氣熱。

雲峴的咖啡館就開在他公司樓下，李至誠順走了一杯冰檸檬茶。

拉開車門上了車，李至誠坐在駕駛座上，啟動車子卻不知道方向盤該往哪裡轉。

只是單純想蹺個班，但又沒想好要去哪裡。

熱門新聞瀏覽完，杯子裡只剩一大片檸檬，李至誠降下車窗，捏著塑膠杯做了個投擲運動。

一道拋物線劃過低空，塑膠杯精準落入垃圾桶，李至誠在心裡對自己判了個好球。

——「你們男生對籃球這麼執著嗎？幼不幼稚啊？」

耳邊突然響起熟悉的聲音，李至誠放平嘴角，屈指握拳捶了捶額頭。

今天真他媽見鬼了，能不想她嗎？

他低罵了自己一句，轉動方向盤駛出科技園區。

有的人分手後老死不相往來，有的人勉強還能做朋友。

李至誠和周以哪種都不是，他們偶爾會在聊天軟體上說些無關痛癢的話，又會很長時間彼此漠然互不打擾。

兩個星期前剛聊過一次，聊天氣、聊飲食、聊中英的cultural shock，甚至是娛樂八卦，唯獨不聊感情。

整整六年沒見過，說起來應該放下了，至少可以放下了。

不知道是誰還把一縷細線緊緊攥在手裡，自欺欺人再堅持一下也許就會峰迴路轉。

在籃球館打了一下午的籃球，運動讓筋脈蓬勃血液沸騰，汗水淋漓下所有雜亂的情緒悄悄化解。

這樣的過程很爽，不用顧及心跳劇烈因何起伏，腦子裡沒有任何雜念，直接又痛快。

沖完澡換完衣服，吹著微風，李至誠身心舒暢地喟嘆一聲。

在群組裡隨意翻了翻，簡牧岩在約人晚上泡吧，他是兄弟哥們裡最闊綽大方的，他組局就是他請客。

李至誠摸了摸嘴唇，@簡牧岩並附帶一句：『地址給我，我也去。』

人生不如意十之八九，能靠喝酒解決就絕不自己硬撐。

酒吧名字叫「97」，安靜地佇立在街頭，推開大門，卻是截然不同的另一個世界。

這裡吵鬧、昏暗，青藍色燈光繚亂，音樂聲震耳欲聾，短暫的肆意墮落救人於世俗的苦悶。

沙發旁四五個男人，李至誠逐一打了招呼，最後在簡牧岩身旁坐下。

穿著白色T恤和黑色抓痕牛仔褲的年輕男人舉起酒杯朝他晃了晃，寒暄道：「好久沒見到你了啊，李少爺。」

「忙著賺錢。」李至誠撚了兩根桌上的薯條，一天沒吃東西，這時餓了。

簡牧岩卻不打算放過他，把盛著薯條的餐盤取走，塞了一杯威士忌到他手裡，問：「自己當老闆的感覺怎麼樣？」

玻璃杯碰撞，李至誠抬杯飲盡淺淺一層酒：「就那樣唄，還有吃的嗎，要餓死了。」

「晚上吃那麼多幹嘛？」簡牧岩嘴上這麼說，回頭又讓服務生加了餐。

牛肉麵冒著熱氣，廚師還打了個蛋，李至誠拿起筷子，第一口還未進嘴，就被口袋裡震動不停的手機打斷了動作。

張遠志一連傳了好幾則訊息，李至誠快速瀏覽完，心「咯噔」一下沉入水中。

四周嘈雜，他心裡又煩悶，藉口上廁所從座位逃出去透氣。

懶得一句一句回，李至誠在無人的轉角直接撥了個語音通話過去。

接通後劈頭蓋臉就是一句：「喂，你他媽什麼意思？」

『就字面意思啊，哥你看不懂嗎？』

張遠志傳給他的是一段聊天截圖。

張遠志：『我們學校的外語學院今年可能有點難進，要不然妳去問問其他學校，北京那邊呢？問過了嗎？』

周以：『我就想去申城，謝謝啊，麻煩你了。』

『哥，我打賭，她肯定是為了你回來的。』張遠志肯定道。

李至誠哼笑一聲，並不認同：「你哪得出的結論，我又不在申城。」

『但離得近啊！』張遠志繼續為自己的觀點鋪排論證，『你想想她一個渝市人，在北京上學，為什麼回國後偏偏來申城發展，這破地方是美食荒漠，物價還高，有什麼值得來的。』

李至誠搓搓額頭，不想聽他再廢話下去：「你幫忙想想辦法吧，這都辦不到你在申城怎麼混的？」

張遠志『靠』了一聲：『我頂多幫她爭取個面試機會，今年聽說有個從耶魯回來的，法語水準也挺好，他們外語學院和F大那邊搶著要。』

外套的拉鍊被李至誠一上一下反覆撥動，身後的噪音遙遠龐大，像是要將人吞噬。

沉默半晌，他溫聲道：「讓她去試試，她可以的。」

張遠志應了好。

掛完電話，李至誠去洗手檯洗了把手，回到座位時簡牧岩眼神曖昧地看著他笑。

「什麼表情？」李至誠被他看得心裡發毛，攏了攏外套拿起酒杯。

簡牧岩說：「看你去這麼久，以為你豔遇了。」

「屁嘞。」李至誠搖頭。

簡牧岩沒再多說什麼，純屬調侃一句，他知道李至誠獨來獨往慣了。

旁邊有人接話道：「至誠家裡不催你嗎？」

李至誠回：「不催，催了我也不聽。」

「你爹媽真好，我從大年初一開始被安排到今天了。」

其他幾個也加入話題，李至誠退到一旁安靜喝著酒，聽到有意思的跟著笑兩聲。

相親對象倒也不是沒見過，兩三年前他媽就以各種手段讓他和那些女孩見面了。為人處世李至誠一向無可挑剔，得體地應酬完一頓飯，之後父母來詢問他感覺如何，統統應付一句「還行，再相處看看」，實際並無下文。

心裡裝了人，別人再好都看不進眼裡。後來他和家裡坦白，父母便不催了，只不過時不時會被問及「和那個女孩子怎麼樣了啊？」。

李至誠又用一句「人家在國外上學，等回來了再說」糊弄過去。

現在周以歸國在即，按理說他盼了許久、等了許久，這一刻感受到的卻是無邊的慌亂。

有個詞不妥帖，但感覺類似，「近鄉情怯」，他現在就好比站在村口的遊子，想看看家裡是否安好，又害怕可能發生的一切改變。

玻璃杯剛空又被倒滿，李至誠喝得不專心，沒數到底多少杯。

一晚的放縱，喝到最後意識全無。

醉意混雜劇烈的疼痛，他依稀記得自己跌跌撞撞找手機要撥號，至於有沒有撥出去，都說了什麼，李至誠毫無印象。

等再次轉醒，他睜眼見到的是一片刺目的白。

稍稍適應光亮，李至誠環顧一圈，不是熟悉的房間，他嚇得一激靈。

「醒了？」雲峴拎著保溫杯走到床邊，在椅子上坐下。

李至誠撇開視線，思考如何幫自己挽回尊嚴。

雲峴沒給他機會，替他倒了杯水放在床頭，說：「我去幫你買飯，有什麼事喊醫生。」

李至誠巴不得他趕緊走。

胃裡還是覺得難受，喉嚨口也發乾，李至誠小口啜飲著溫水，摸到手機打開前置鏡頭看了自己一眼。

面色蒼白，眼下烏青，一臉要死不活的模樣。

滑溜地裹入被中，只露出髮頂的一撮頭髮，李至誠捂著腦袋，嫌自己丟人。

雲峴很快就回來，替他擺好小餐桌，筷子掰開送到手中。

李至誠一天沒進食，越吃越沒味道，忍不住發少爺脾氣：「我嘴裡發苦，你還給我喝白粥，就不能多點料嗎？」

雲峴冷淡地掃他一眼：「你要是現在覺得難受，昨晚你別喝酒啊。」

李至誠又縮回被窩，單方面切斷通話。

「周以是不是要回來了？」雲峴突然問。

李至誠愣了一瞬，拉下被子露出臉，反問他：「怎麼連你都知道了？」

雲峴說：「她發了動態，我看是要準備回來了。」

李至誠又默默縮回去，隔著被子問：「那你覺得她會去哪？」

雲峴隨口猜：「北京吧，反正她這學歷不用煩惱找不到工作。」

話題不知怎麼又轉到李至誠身上，雲峴一邊收拾餐盒一邊數落他。

李至誠聽得煩了，藉口家裡的貓沒人餵要趕他走。

走到門口雲峴又折返回來，舉起手機對著李至誠：「來，笑一個。」

「哢嚓」一聲，李至誠毫無防備被留下了黑歷史。

奈何虛弱病號無力反抗，只能眼睜睜看著雲峴得逞地笑。

吃完飯護士來幫他打點滴，李至誠單手玩了下遊戲，覺得無聊又切回聊天。在動態一欄看到雲峴的頭像，李至誠起了興致點開，誰料一眼看見穿著病服表情幽怨的自己。

這缺德傢伙，居然立刻上傳？

配的文案還是「紀念李至誠的青春復興」。

李至誠氣得胸膛起伏，他不是人嗎？他不要臉啊？

這還沒結束，他又看見周以在底下留言：『讓醫生治治他的中二病。』

罪魁禍首還好意思笑話他，李至誠無能狂怒，私戳雲峴洩憤般甩貼圖洗版。

因為操作過於繁忙，貼圖旁邊全是鮮紅的驚嘆號，李至誠終於停下，打字問：『她什麼意思？』

雲峴回：『說你幼稚。』

李至誠雙手發抖：『我幼稚？她怎麼不去治治公主病？全天下就她最懂事是嗎！』

過了幾秒，雲峴才回覆：『人家有公主病嗎？有也是你寵出來的。』

李至誠：『……』

窗簾沒有拉上，外頭夜色深重，萬家燈火閃爍。

李至誠重新點進動態，戳開周以的帳號，主頁訊息早就看爛了，他又點進了聊天室。

某一刻衝動的想問問她，全國那麼多城市為什麼非要來申城。

想問問她，我現在好像可以理解妳了，妳呢？

第二枚硬幣

八月盛夏，葉子被陽光映得發亮，滿世界蟬鳴不休，葡萄枝椏纏繞生長，萬物在炎熱悶潮中生機勃勃。

落了一場大雨，太陽沒那麼毒辣，空氣卻更加潮濕，風一吹猶如海水灌入。

周以蹲在行李箱旁，從包裡翻找出一片濕巾，打開疊在額頭上。

她討厭濕漉漉的夏天。

離通話結束已經過去二十分鐘，果然，這個世界上的「快了馬上到」沒一句能信。

在周以猶豫要不要去對面超市買根冰棒解解暑，以防自己到學校進的第一站是醫務室的時候，她終於看見一個穿著熱褲和小背心，長髮隨意用鯊魚夾盤起，打著一把遮陽傘，身材豐滿又嬌小的女人朝自己熱情地揮了揮手。

「周老師！」女人的聲音甜甜的，尾調上揚，有如一杯冰涼解渴的白桃沙冰。

所有的抱怨不滿悄然退散，周以揚起發自真心的笑容：「覃老師。」

覃松走得越近，仰頭的角度就越大，她開口的第一句話便是：「哇，妳好高！」

周以笑了笑，自然地接過她手裡的傘：「我來撐吧。」

覃松幫她拿了較小的那個行李箱，撓撓頭髮不好意思地說：「等很久了嗎？抱歉抱歉，我剛剛在廁所拉屎。」

甜妹的初印象瞬間覆滅，周以垂眸看她一眼，皮膚清透無暇，睫毛濃密纖長，臉頰粉嫩，顴骨處有打亮，嘴唇是晶瑩的淡紅色。

……一邊拉屎一邊化全妝？

南門往裡走就是教師宿舍，覃松是她的新室友，外語學院日語系的老師，今年三十一，但擁有一張無敵娃娃臉，混在大學生裡都毫無違和感。

「欸周老師，妳之前幾個月一直沒辦法回來啊？」覃松問周以。

周以點點頭：「本來上半年線上上面試過，沒通過，這次是有個老師出去讀博士了，正好少個講文學的。」

因為疫情在英國耽擱，被焦慮迷茫包圍的四個月，如今一句話就能揭過，周以一邊拎著行李箱上樓，一邊感嘆說：「是我幸運。」

覃松嘴裡說著「嘿咻嘿咻」幫自己打氣，插空回她：「明明是妳優秀！」

好在宿舍裡有電梯，兩個人都重重喘了口氣，背上洇出一片汗。

「冰箱裡，有霜淇淋。」覃松氣喘吁吁，「走，我們回去吃。」

打開門，冷氣拂面而來，周以閉著眼舒服地喟嘆了一聲：「爽。」

覃松拿衛生紙擦了擦汗，整個妝容竟然完整服帖。

教師宿舍的條件不錯，雙人一間，還有個小客廳，不知是不是因為有新室友到來，所以特地收拾過，整間屋子乾淨而整潔。

覃松從冰箱裡拿出兩罐霜淇淋，扔給周以一罐：「中午點外送？」

「行。」周以剝開蓋子，是巧克力口味的。

覃松翻著外送APP，選中一家問周以：「咖哩飯可以嗎？」

沒聽到回答，覃松抬起頭，看見周以正舉著手機對著霜淇淋拍照，旁若無人，頗為認真。

「周以？」她提高聲音。

「啊？怎麼了？」

「中午吃咖哩飯可以嗎？」

「可以。」

一整個上午周以都在收拾行李，把床鋪理好，她進浴室沖了個澡。

下週學校開學，老師們都已經返校。覃松等一下要回系裡開會，問周以有什麼安排。

周以擦著頭髮，答：「我有個兼職，下午要出門。」

覃松沒細問下去，以為是翻譯這類的工作，「那妳晚上回來吃嗎？」

周以搖搖頭：「那邊不知道什麼時候結束。」

覃松把鑰匙遞給她：「那行，鑰匙妳拿好啊。」

吃過午飯，覃松打了個哈欠要回房間睡覺。

周以還在調時差，泡了杯咖啡提神。

等聽到裡屋的門關上，她才從包裡拿出劇本，翻開細細閱讀，準備下午的授課。

作樂翡的私人英語老師這份工作，也是她走運。

樂翡是個人氣不錯的九五後小花旦，兩年前因為和原經濟公司的解約糾紛淡出圈子，去美國學習表演，在此期間她幫自己爭取到一部電影角色，扮演亞裔女駭客，因為設定是英國腔，樂翡的經紀人想替她請位私人教師。

與其說兼職，不如說這是周以幫自己安排的後路。

如果面試再次失敗，她還有理由暫時留在申城。

女駭客的臺詞不多，但一開口便是成串的專業術語。

Instruction device, instruction cycle, resolution,trackball……

Trackball？

周以在這個單字下劃了條橫線，跟蹤球？幹什麼的？

她撓撓頭髮，感覺回到了大學時期，她偶爾無聊翻看李至誠的教科書，那上面密密麻麻的陌生名詞看得她頭昏眼花。

表演時的對話和日常交談不同，每一句的邏輯重音，哪裡該做停頓，哪一句可以說得不那麼清楚，周以都要分析出來，更好的幫樂翡發音，讓她的腔調聽起來更道地。

只是她對電腦實在不精通，周以放棄無效琢磨，拿手機對著劇本拍了張照片，截出那段對話，虛心求助某位電機系高材生。

周以：『幫我看看，這幾個單字是什麼意思？』

李至誠回了令人摸不著頭腦的三個問號。

周以也回：『？？？』

李至誠：『你他媽！』

李至誠：『你他媽找不到工作也不用去做間諜吧？』

周以對著手機螢幕翻了個白眼，這段對話的中心內容是一場國際情報竊取，也是女駭客的初次登場。

周以：『誰做間諜了，這他媽是劇本。』

周以：『問你什麼叫 trackball？什麼叫 cluster？』

螢幕一直沒動靜，周以以為李至誠正在認真回答問題，便放下手機繼續看劇本。

過了半晌，李至誠那裡終於傳來訊息。

一個字都沒有，只有一張圖。

搜尋引擎網頁截圖，鮮紅醒目的字體寫著：第一步：在這裡輸入你的問題；第二步：點擊「搜尋」。

周以：『……吃屎吧！』

周以：『謝謝學長（可愛），太實用啦（玫瑰）。』

李至誠：『不用謝哦學妹（親親）。』

周以咬牙握緊拳頭揮了揮，低罵了句：「狗男人。」

她又不是只認識他一個學程式的，好笑了。

周以翻著列表，找到備註為「雲峴」的聯絡人，把同樣的問題傳過去。

這一次，得到的是耐心又易懂的解答。

雲峴：『clust是簇，資料存儲在硬碟裡都是以簇為單位，它是最小和最基本的單位，妳也可以理解為「一群」，cluster就是集群，集群解釋起來比較複雜，妳只要理解它是一種通訊系統，可以共用資源。trackball，我看了一下，在這裡指的就是軌跡球滑鼠，它比普通滑鼠定位更精準，而且可以減少手腕疲勞，比如從事設計工作的人會用到這種滑鼠。』

周以捧著手機，嘆息一聲人與人之間的差距，萬分感激地打下：『謝謝學長，我明白了！』

雲峴回的卻是：『不用謝我，這都是李至誠剛剛拿我手機打的字。』

像是喝到一口檸檬氣泡水，周以吸吸鼻子，換了個姿勢，抱著膝蓋蜷縮成一團：『他在你旁邊嗎？』

雲峴：『嗯，捧著一桶霜淇淋邊吃邊猜妳找了什麼工作。』

周以：『他猜是什麼？』

雲峴：『說妳是不是在國外被星探發現，要去拍戲了。』

周以噗嗤一聲笑了：『他是不是腦子有問題啊？』

雲峴：『妳才知道嗎。』

雲峴：『他現在在嘆氣，擔心妳會不會以後都不回來了。』

周以抿著嘴唇笑：『讓他省省吧。』

上次在動態上大張旗鼓昭告天下她即將回國，結果工作沒著落，再加上疫情嚴重，周以又灰溜溜地在英國待了快半年。

這次她選擇保密，決定等一切塵埃落定再告訴大家。

書桌正對著窗戶，外頭一株參天大樹，翠綠的顏色，透過枝葉的罅隙能看見一點天空的淡藍。

周以伸了個懶腰，雖然不喜歡夏天，但她喜歡燦爛的陽光，倫敦那總是霧濛濛的陰天太讓人委屈了。

看時間差不多，她起身收拾準備出門。

周以個子高挑，四肢纖細，她換上一件黑色細肩帶長裙，外頭套了件白襯衫，簡單又乾淨俐落。

她很少穿高跟鞋，五顏六色的帆布鞋占滿鞋櫃，周以選了雙酒紅色的換上，把頭髮綁成高高的丸子頭。

出門前照了下鏡子，覺得脖子上有點空，她又墊腳回到臥室，在首飾盒裡隨手拿了一條。

等坐上計程車，周以打算幫自己戴上項鍊，才發現她拿的那條，中間的掛墜是個硬幣。

大部分人是信奉科學的，又偶爾迷信，人們選擇自己的幸運數字和幸運顏色，並堅定不移地相信這能帶來好運。

這枚硬幣是李至誠送給她的幸運物，背面是戴皇冠的玫瑰花飾，重新打磨抛光過，改成了項鍊。

他把它戴在周以脖子上的時候，信誓旦旦地保證——「妳學長我會魔法的，現在幫妳加成，只管往前衝。」

那時惴惴不安的周以終於得到解救，她笑咪咪地問李至誠：「所以你是我的神仙教母嗎？」

李至誠彈了她額頭一下，糾正道：「我是妳的國王老爹。」

周以笑得更厲害。

她的王子總是不正經，驕傲張狂，但又真的無所不能。

他贈她好運，贈她愛意與庇護，贈她一往無前的勇氣。

周以摸了摸硬幣，把它小心放在胸前。

車廂內的冷氣很強，窗外的街景一閃而過，她看見一張張熟悉的華人面孔，看見繡球花團錦簇，看見高樓大廈鱗次櫛比，看見吃冰淇淋的小女孩和抱著籃球的男高中生。

這個季節的申城朝氣蓬勃，熱鬧而絢爛。

五星飯店ＶＩＰ套房，用的薰香都比尋常的高檔，空氣裡飄著柑橘綠茶味，門口整齊擺放七八雙女鞋，都是周以只在時尚雜誌上見過的牌子，櫃子上有女明星出門必備的墨鏡、口罩和棒球帽。

放輕腳步穿過玄關，周以快速掃了整間屋子一眼，北歐極簡風格，深灰色壁紙和米色沙發，牆上掛著印象派的畫，客廳被兩排衣架占滿，窗邊竟然還有一臺跑步機。

「老師妳先坐，我去叫樂翡。」

周以「欸」了一聲，拘謹地在沙發落座。

沒多久，從臥室裡走出一個年輕女人，臉上簡單打了底，頭髮沒做造型，隨意地披散在肩上，她穿著一件到膝蓋的oversize白襯衫，用網路語言來說就是又純又欲。

周以盯地眼睛都直了，偷偷咽了咽口水。

這是她從小到大第一次見活明星，樂翡的清冷氣質，纖細而骨感的身材，讓她自帶仙氣，往那一站像是在拍雜誌內頁。

當真是美人在骨不在皮。

「是周老師吧。」樂翡朝她微笑了下，伸出右手。

周以上前半步，牽住握了握：「妳好。」

樂翡又問：「喝什麼？」

周以說：「咖啡就好。」

樂翡讓助理去準備，又另外補了一句：「再買兩塊蛋糕。」

來的路上，周以本還有種種擔心，但真正開始教學，她發現樂翡真是個讓人放心的學生。不會的地方虛心請教，對臺詞時很快入戲，被她揪著一個母音的讀法反覆練習也沒表現出不耐煩，錯了就落落大方重新念。

「r不要發那麼清楚。」周以念了個單字，「像這樣，發音到e就行。」

樂翡跟著念，但語言已成習慣，每遍結尾她都會不自覺地帶出r，如果太過注意，發音又會顯得不自然。

看樂翡有些急躁了，周以溫和地笑笑，安慰她：「慢慢來，不著急。」

五點，兩個小時的課程時間到，周以及時停住：「那今天就先到這，妳好好休息。」

樂翡摘下眼鏡，伸了個懶腰活動筋骨：「周老師辛苦了。」

周以擺擺手：「不辛苦不辛苦。」

她們走到外廳時，發現樂翡的經紀人林舞正坐在沙發上。

樂翡喊：「姐。」

周以也喊：「學姐。」

林舞收起手機，放平緊皺的眉頭，緩聲問：「上完了？」

周以看她們應該有工作上的事要談，便趕緊告辭：「嗯，樂翡進步很大。我先走了啊，學校裡還有事。」

「那就行，妳教我肯定放心。」林舞笑了笑，偏過身子讓助理送送周以。

走出飯店大門，周以鬆了口氣，幫自己捏了捏脖子和肩背，準備叫車回學校。

從七月初接到系主任的電話，問她還有沒有意向來任教，到準備入職、申請開課、交接工作，走完各種程序，再到回國，又自我隔離了兩週，還要抽空準備樂翡的劇本，周以這段時間很忙，每天熬到凌晨三四點，時差根本沒辦法調回來。

明天就要去學院報到，她這個學期開的課有兩門，一門是帶著大一新生上視聽說，另一門是面向全校的選修課，講英國電影和小說鑑賞。

文學是她的研究方向，教務系統也已經開放選課，周以前兩天登錄看了一下，選修課四十個名額，才十一個人選。

她從大一開始就選好了以後要走的路，這麼多年一點一點往前邁，到明天，就是一名正式的大學講師了。

不管怎麼樣，已經是個好的開始。

傍晚時分，太陽西斜，將天邊的雲霞映成橘粉色，馬路上川流不息，繡球花在風中搖曳。望著黃昏街景，不知名的滿足感從心底竄出，周以中二病發作，非常想仰頭對著天空，像日劇裡的女主角那樣，雙手放在嘴邊長長地「啊——」一聲。

——我回來囉！

——我終於把很多年前的遺憾，彌補上了。

回到宿舍時覃松已經在了，周以把路上買的蛋黃酥分給她。

她似乎在和男朋友視訊，一天過去，臉上的妝容依舊完美。

「老公我跟你講哦。」覃松一邊啃著蛋黃酥，一邊忍不住咯吱咯吱笑，「安桑今天問我們他有什麼變化，我一句『您頭髮又少了』都要到嘴邊了，他說他最近在健身。天，我懷疑他說的健身和我理解的不一樣，大學老教授也會信撞樹能長壽？」

周以倒了杯水，倚在餐桌邊看小倆口閒聊，嘴角忍不住上揚。

看覃松戀戀不捨地掛了電話，周以問她：「妳和妳男朋友現在是異地嗎？」

覃松撅了撅嘴：「豈止異地，異國呢，他搞生物科技的，在國外進修。」

「哦還有。」覃松笑著朝她眨了下眼睛，「不是男朋友，是老公，我們讀研究所的時候就結了。」

周以放下杯子，驚訝道：「那妳還住教師宿舍？」

覃松答：「我們在羊城買房，我是調職過來的，明年就回Z大了。」

周以看著她，眼裡的羡慕藏不住，買房或結婚，對現在的自己來說很遙遠。

「妳呢？」覃松用手肘拱了拱周以，「有男朋友了嗎？我們學院裡不說，學校裡還是有好幾個優質單身男老師的。」

周以彎唇笑了笑，回絕道：「不用，我有可發展對象了。」

「哦，預備上崗？」

「準確地說，是停職復工。」

覃松了然地點點頭，抬起杯子和她碰了碰：「祝妳開業大吉。」

白日長，到了七點才有夜幕降臨的跡象，周以把晾在陽臺的被子收進屋，還暖烘烘的。

翻看動態時看到張遠志的名字，她才想起還要請他吃一次飯，便戳進聊天室傳送邀請。

張遠志是她的大學同學，和她是在跆拳道社認識的。他是李至誠的同系學弟，不過組別不同，他學的是網路安全，也在J大任教。

面試的事張遠志幫了不少，周以想趁還沒開學趕緊把人情還了。

對方很快就回覆：『好啊，那週六晚上？』

周以回了個OK的貼圖：『你選地方吧，我也不知道哪家好吃。』

張遠志回：『沒問題。』

退出聊天室，周以瞥見置頂，點了進去。

大概是有心電感應，她剛要打字，家裡的語音通話就打了過來。

『喂，小以。』

周以應道：「媽。」

『在學校了吧？』

「嗯啊，我剛打算去洗澡。」

電話裡安靜了幾秒，這麼多年母女倆都是以通話的方式聯絡，但除去日常問候還是找不到其他話題可聊。

周以先開啟一個話題：「小姑怎麼樣了？」

『就那樣，前兩天去看她，精神好一些了。』

「嗯。」

『那個。』電話裡，母親生澀地開口，『妳哥週末要回來。』

周以揪著被套的花邊，冷哼了一聲，故意說：「那大伯又要大擺宴席了吧，奶奶這次是殺豬還是殺雞啊？」

母親無奈地笑了笑：『妳這孩子，妳回來她也會做好吃的。』

周以撇撇嘴：「我不指望這些。」

母親嘆了聲氣，埋怨她道：『現在疫情嚴重我也不好催妳，過段時間找個機會回家一趟，聽到沒？哪有回國家都不回的。』

周以「哦」了一聲。

聽筒裡，周建軍粗魯地喊她媽媽去燒水，看樣子是又喝多了。

周以不適地皺緊眉頭，下一秒就聽見她媽說：『那媽媽掛了啊，妳早點休息。』

「喂媽。」周以叫住她，語氣輕鬆道：「妳不是想來申城看看嗎，要不然我把妳接過來玩兩天？」

『不用啦乖乖。』母親的聲音柔軟而親暱，『妳好好照顧自己。』

掛了電話，周以坐在床邊，抱住膝蓋蜷縮成一團，眼淚蓄在眼眶裡，她被突如其來的酸澀情緒淹沒。

覃松在外頭喊：「周以，我洗完啦，妳去吧。」

周以吸吸鼻子，啞著聲音回：「知道了。」

手機螢幕亮了亮，周以拿起看了一眼。

她有時懷疑李至誠是不是在她身上裝了雷達，只要她的心情指數一低於及格線，他就會像蠟燭吹滅後的鬼怪大叔一樣從天而降。

只是他的出場方式總是奇奇怪怪。

大笨比：『吃雞？』

周以高冷地回：『不玩。』

大笨比：『那妳想玩什麼，糖豆人？妳會過第一關了嗎？』

周以回了個揮拳的貼圖，卻不自覺地破涕為笑。

大笨比：『來唄，倫敦這時下午，妳一個無業遊民不打遊戲多虛度光陰啊。』

周以回了六個點，氣沖沖地打字：『誰說我虛度光陰，老娘忙著和金髮碧眼大帥哥約會！』

大笨比沉默了，過一陣子才回一句：『怎麼約啊？』

周以開始胡編亂造：『特拉法加廣場餵鴿子，聖保羅大教堂宣個誓，再去倫敦眼上俯瞰全城夜景，浪漫吧。』

大笨比這次回覆的間隔時間更長：『然後他發現妳是販賣國際情報的女間諜，把妳推進泰晤士河。』

周以：『。』

不欲再插科打諢，李至誠丟出一句：『到底來不來？』

周以象徵性地猶豫兩秒，決定屈服：『來，等我洗個澡。』

這次李至誠直接傳了則語音，戲謔的口吻、自戀的語氣，聽得周以腎上腺素直飆。

——『不用吧，和哥哥打個遊戲而已，還要沐浴更衣啊，太隆重了。』

周以成功從悲傷中脫離，一腳踩進憤怒抓狂的沼澤：『李至誠，我告訴你，自信油膩男是會被脆皮鴨[1]的。』

李至誠絲毫不懼，果斷回擊：『好大的狗膽啊，還想跟哥哥發展第四愛[2]。妳行嗎？』

聽到最後輕蔑的一聲冷笑，周以怒火攻心，嗷嗷嚎叫，對著空氣猛揮了兩拳：『李至誠，你真他媽是上古遺留下來的奇行種[3]！』

最初是因為那糟心的家庭，後來又因為各式各樣的社會新聞，周以對男人這個群體總是抱著消極態度，認為他們普遍自大、專制，滿身不良嗜好，還死要面子活受罪。

世界沒有男人存在就好了，她有時會很極端又悲觀地想。

——但一定要把李至誠留下。

這種離奇生物，她要留下來好好研究並馴服。

1「脆皮鴨」取自插屁眼一詞羅馬拼音首字母縮寫「CPY」的隱晦說法。
2是一種「女攻男受」，生理女性強勢，生理男性弱勢的愛情模式。
3出自漫畫《進擊的巨人》中，不同於普通巨人，反應、行為、肢體捉摸不定的一種巨人。

第三枚硬幣

洗完澡，周以從冰箱裡拿了瓶優酪乳，盤腿坐到電腦前。

隔離期間怕無聊，她買了臺電競筆電，但一直忙著工作還沒怎麼好好玩過。

周以搓搓手，不禁有些躍躍欲試。

開好加速器，點擊桌面上的 PUBG[4] 圖示，待下載完畢後，她傳訊息給李至誠。

周以：『我好了。』

對方看到，立刻撥了個語音通話過來。

周以戴上耳機，點擊接聽，「我在了，你上線了沒？」

『沒呢。』李至誠的聲音懶洋洋的，『還在載入。』

周以問：「你明天不上班嗎？這麼晚還打遊戲。」

『上啊，但我是老闆我怕什麼。』李至誠停頓幾秒，換了種語氣說：『我家門口最近開了家新網咖。』

周以操作著滑鼠，「嗯」了一聲。

4　遊戲《絕地求生》，經常被玩家簡稱為 PUBG 或是吃雞，是一款大型多人大逃殺射擊遊戲。

李至誠帶著意味不明的笑意，說：『路過的時候，想起妳當年的英姿了。』

滑鼠點擊的聲音戛然而止，周以垂眸，眼前閃過某些畫面。

她打哈哈道：「哎呀，我那點黑歷史就忘了吧。」

李至誠笑了聲。

周以的喜好在青春期時發生顛覆性的轉變，芭蕾舞變成了跆拳道，言情小說變成了電子遊戲，傳統意義上女孩子該幹男孩子不該幹的事她除了抽菸喝酒刺青全幹了一遭。別的女同學在體育課上找了塊陰涼處成堆聊天或趕作業，她捧著籃球在陽光下肆意奔跑。大概也是因此，十五六歲，女孩子的身高通常都定型了，周以卻又長了四公分，直接飆到一七三。

這可以歸結於叛逆和某種幼稚的反抗，畢竟她生長在一個隨時隨地都強調「女孩子應該如何如何」的家庭。

周然可以在院子裡撒野瘋玩，她必須規矩地坐著；周然可以大快朵頤，她必須小口吃飯；周然在做錯事挨罵的時候會有奶奶護著，說「男孩子調皮是天性」，她挨打的時候，聽到的卻是「女孩子這樣以後怎麼嫁出去」。

小時候頂多是委屈，大人的話總是要聽的。

後來的某一天，周以覺醒了，越不讓幹什麼，她就越想幹什麼。

大一蹺了通識課，在網咖和李至誠狹路相逢時，她捧著一碗泡麵吃得正香。

她到現在都記得對方當時的表情，尷尬驚訝又拚命想隱藏自己的失禮，最後傻愣愣地從口袋裡摸出一包菸，問她來一根嗎。

那時社會不像如今包容開放，刻板印象裡，外語學院英語系，甚至作為新生代表發了言的典型文組女生，應該是穿著裙子，長髮飄飄，乖巧又文靜，週末會和室友相約出門喝下午茶。

而不是坐在一堆大老爺們中，鍵盤按得劈里啪啦響，髒話頻出，笑容張揚肆意。

周以看對方如此震撼，本想謊稱自己其實是跑出來借網路查資料，就聽隔壁剛認識的高中生嚷嚷道：「姐，妳趕緊吃啊，我下路兵線太差了，救救我啊。」

「知道了知道了。」周以擱下泡麵碗，對李至誠瞇著眼睛笑了一下，然後便收起放鬆的狀態，雙手重新放在滑鼠和鍵盤——她馳騁遊戲世界的武器與戰旗上。

『當時妳真的嚇到我了。』耳機裡，李至誠追憶道：『論壇裡還封妳宅男女神，鬼知道新來的漂亮小學妹只對了兩個字。』

他又補充了句：『我說宅和女。』

周以不屑地哼了一聲：「我又沒為自己立過人設。跳哪？」

他們玩的是雪地模式，李至誠在地圖上標了個地方，言簡意賅道：『城堡。』

遊戲人物可以自行設定膚色和髮型，剛剛沒仔細看，周以才發現他重新更改了外貌，現在是金髮碧眼的白人男性，「……李至誠你有的時候真的很幼稚。」

李至誠早聽慣了，懶得反駁。

『來。』他的語氣散漫不恭，像個不可一世的紈褲公子，『哥哥帶妳去恐龍樂園雲霄飛車，航空城裡撿把槍，再去冰湖旁看極光，浪漫嗎？』

周以失笑，還他一個同樣狗血的劇情：「然後天譴毒圈更新，我們在火山腳下雙雙殉情，真是浪漫死了。」

『那還是別。』李至誠那裡傳來打火機點燃的聲音，『我還想抱著老婆白頭到老呢。』

周以不再搭腔，似乎是專注於手中的遊戲。

過了好半晌，她又兀自嘀咕了一句：「你老婆知道你天天陪前女友打遊戲嗎？」

周以玩吃雞不喜歡苟活，搜尋完物資裝配好，就想出去找人幹架。

通常都是她當敢死隊突擊，李至誠收尾。

第一局他們運氣不錯，更新了兩次都不在毒圈周圍。

恐龍樂園內最容易爆發戰爭，李至誠找了處掩體，打算找機會狙擊。

周以看包裡還有個手雷，想直接突進。

『欸？』李至誠突然開口，疑惑道：『今天倫敦的網路怎麼這麼順暢？』

周以愣住，手一鬆，手雷掉落在腳邊。

砰——

頁面灰暗，遊戲結束。

長達半分鐘的死寂後，李至誠終於開口：『妳總不可能是故意的吧？』

周以撓撓下巴，搬用現成的理由：「剛剛網路卡了。」

李至誠嘆了聲氣：『現在知道家鄉的好了吧。』

「知道了知道了。」

『知道了就趕緊回來……現在國外防控還是不夠安全，妳自己多注意點。』

「噢。」

李至誠問：『還玩嗎？』

周以看了眼時間：「不了。」

『那行吧，掛了。』

「拜拜。」

通話結束，周以關了電腦，從椅子上起身，刷完牙後一骨碌鑽進被窩裡。

對著天花板發了下呆，周以翻了個身，解鎖手機螢幕，戳進和李至誠的聊天室。

周以：『你們公司缺不缺人啊？要不然我去打工吧（可愛）。』

大笨比：『有一個職位倒是缺著，把履歷傳過來看看。』

周以在文件裡找到履歷，傳送過去。

周以：『怎麼樣，資格夠不夠啊？』

大笨比：『有待考量。』

周以：『（鄙視）。』

下一秒，螢幕上多出一筆轉帳，整整兩萬人民幣。

周以：『？？？』

大笨比：『過來面試，機票錢報銷。』

周以瞪大眼睛，不明白男人的腦迴路。

她點擊退還，打字問：『什麼職位，待遇這麼好？』

李至誠說：『輕鬆，每天幫老闆花錢就行。』

一看就是信口胡謅，周以彎了嘴角：『你現在很像詐欺犯。』

李至誠回：『我從來不騙人。』

『其實我已經回來了，哈哈，想不到吧！』，周以飛快地打下這行字，又一個一個刪除，最後她只說：『不早了，你早點睡。』

等對方回了『嗯』，聊天到此結束。

周以放下手機，長長地嘆了聲氣。

即使去之前就做好了心理建設，剛到英國的第一個月，她還是崩潰了。越孤獨，越覺得與周圍沒有融入感，越覺得自己什麼都做不好，她就越想李至誠，那個什麼都依著她，對她好到不行的人。

最後悔最想念的時候，周以找人探他的口風，想知道復合的可能性還有多大。她得到的回答是，李至誠說「算了吧」。

——算了吧。

算了就是沒有必要，算了就是現在這樣就好，算了就是，不想再去承擔那些風險，非要把情誼全部消磨乾淨。

算了就是，往前看吧。

現在他們能輕鬆自如的交談，甚至開彼此的玩笑，都是周以用將近六年的時間和自己不斷拉扯又和解，換來的相安無事。

他們站在脆弱的天秤兩端，不敢隨意挪動一步，怕一不小心就瓦解來之不易的平衡。

周以能跑來申城，能坦然地對別人說我有一個放不下的人，卻沒有勇氣和李至誠說一句：我現在和以前不一樣了，你要不要再試試？

——別就算了。

夏夜蟲鳴擾人清夢，周以戴上耳機，點進我的最愛裡的助眠影片。在悉悉索索的敲擊、摩擦音裡，她闔上眼，漸漸鬆弛神經。昏暗中，枕邊的手機螢幕亮起光，一則新的訊息通知彈出。

周以感受到光亮，拿起看了一眼。

李至誠問她：『倫敦今天有沒有下雨？』

分手之後，他們有三個月沒有聯絡對方。

後來李至誠找她說的第一句話就是——「倫敦今天有沒有下雨？」

周以從不明白他為何如此關心異國的天氣。

她睜開一隻眼睛回：『下了，很大。』

對方沒再回覆，好像真的只是好奇有沒有下雨，莫名其妙。

中城的夏季潮濕悶熱，週六又下了場陣雨，惡劣天氣路上更擁堵，周以提早半小時出門，還是遲到了。

張遠志還在一家私廚，江南水鄉風格的裝潢，服務生們都穿著中式制服，門口擺著兩盆富貴竹，大廳裡還用假山堆了處小橋流水。

周以拍拍手臂上淋到的雨，被領著上了二樓包廂。

走到門口時聽到裡頭有人交談，她沒細想，推門而入。

「不好意思啊我遲——」周以一隻腳邁了進去，另一隻腳卻僵在原地，她機械地吐完最後兩個字，「到了。」

李至誠比她更愕然，抬手拍拍張遠志，一臉認真地問：「你給我喝什麼茶，有毒嗎，我怎麼好像看見周以了？」

張遠志站起身，迎周以進包廂：「就等妳呢，快進來啊。」他又朝服務生揮了揮手：「我們人到齊了，上菜吧。」

在李至誠目不轉睛的注視中，周以如芒刺在背地拉開椅子坐下，如坐針氈地喝了口水，如鯁在喉地苦笑了下：「好久不見啊學長。」

李至誠收回目光，反應過來後心裡升起團無名火，他沒理周以的招呼，只凶了語氣問張遠志：「這怎麼回事？」

張遠志眨眨眼睛，滿臉無辜地回答：「你們都約我吃飯，我想著大家都認識，乾脆一起吧。」

說是六年沒見，周以偶爾也能在社群動態看見李至誠的近照。

但這麼面對面坐著，近在眼前地看著，感覺還是不一樣。

從前T恤運動褲，各種顏色的昂貴球鞋，滿身蓬勃少年氣息，如今李至誠往那一坐，矜貴又沉穩。

他應該瘦了一些，五官稜角分明，所以整個人顯得比以前冷峻，沒那麼愛笑了，喝水吞咽時，下顎線條緊繃而清晰。

周以真切地感受到，他確實是個而立之年的男人了。

她其實是有些難過的，為沒有參與到的，他的成長和成熟。

「喝什麼？」張遠志問。

周以還沒開口，就聽到李至誠說：「酒，久別重逢怎麼能不來點酒。」

張遠志沒管他，視線越過李至誠問周以：「喝什麼？」

周以說：「那就喝酒吧。」

等待上菜期間，張遠志和李至誠又回到剛剛被打斷的話題。

周以安靜聽著，不插話，但會在他們笑的時候也跟著彎唇笑笑。

屋裡開著空調，她剛剛淋了點雨，今天穿了短袖和到膝蓋的短裙，冷風一吹，手臂上冒起雞皮疙瘩，周以皺著鼻子打了個噴嚏。

男人們的交談停下，張遠志喊服務生把空調溫度調高一些。

李至誠腦袋都沒偏一下，取了椅背上的外套丟給周以。

那動作不算禮貌，但又帶著難以言說的熟稔和自然。

周以乖乖套好穿上，小聲說了句：「謝謝。」

在網路上她可以放飛自我張牙舞爪，但現實裡碰上了，她在李至誠面前還是隻小菜雞，怕得要命。

「什麼時候回來的？」李至誠語氣平淡。

周以反應了兩秒才意識到他是在問自己：「六號到的。」

「哦。」

他又轉過去和張遠志說話了。

周以偷偷鬆了口氣。

菜上桌，酒斟滿，雖然桌上有個預料之外的李至誠，但周以該說的話還是要說。

她起身，舉杯敬張遠志：「謝謝你幫我這麼多，真的麻煩了。」

張遠志也趕緊站起來，說：「不麻煩不麻煩，我也是為學校招納賢才。」

兩人碰了個杯，張遠志坐下時垂眸看了李至誠一眼，對方姿態隨意地坐著，一副事不關己的樣子。

他收回目光，話鋒一轉說：「周以，妳也敬敬學長啊，其實妳面試他也幫了忙的。」

周以看向李至誠，問：「真的嗎？」

李至誠並不承認：「我哪能幫上什麼，他亂說的。」

周以點點頭：「哦。」

江南菜系偏甜，正合李至誠的口味，但他卻很少動筷，周以記得他以前很能吃啊，食堂四兩飯還要從她碗裡分走一兩。

周以特地把糖醋排骨轉到李至誠面前，卻見他看都沒看，小口抿著酒。

她記起他胃不太好，難道真是欲當總裁，先壞其胃？

「學長。」

李至誠「嗯」了一聲，偏過頭看她。

周以貼心道：「你別光喝酒，多吃菜。」

聞言張遠志卻笑了：「周以妳別管他，他下午餓了吃了一碗餛飩過來的。」

李至誠睨他一眼：「你沒吃？」

「大哥，我吃了六顆你吃了十六顆。」

周以：「……」

滾吧飯桶浪費老娘感情。

周以把排骨轉向自己，往嘴裡塞了一大塊。

三人也算是同窗，席間免不了提到大學時光，說到那年生死關頭的英語檢定，李至誠的室友考了兩次還是沒過，大四最後一戰才低分飄過。

張遠志說這事要好好感謝周以。

周以不解：「謝我什麼？」

張遠志自顧自地笑起來，推著李至誠的肩問：「你沒和她說過啊？」

大概是回憶起曾經，李至誠的眼裡也有了笑意：「丟臉事，提它幹嘛。」

周以聽得一頭霧水：「到底怎麼了？」

張遠志笑了好一陣，才緩口氣告訴她：「就是至誠學長不是把妳的照片貼在衣櫃上嗎，蔣勝知道妳是英語系的學霸，那時天天跪拜妳，特別全套，擺水果擺零食，還拿了三根Pocky當香上。」

周以感到陰間的涼風從後背颮過，咧著嘴角呵呵笑了兩聲：「我竟有此殊榮。」

張遠志繼續說：「我還記得有一次蔣勝想上手摸，說要沾點仙氣，被至誠哥一腳踹到隔壁宿舍。」

李至誠惱怒道：「你他媽，說這些幹什麼。」

看見男人耳朵泛了紅，周以抿著嘴，低頭笑了笑。

一道銀魚羹端上桌，張遠志正要拿勺子盛，突然想起什麼，放下碗說：「欸，正好兩位都在，我想求證一件事。」

李至誠夾了一筷蝦仁：「說。」

周以隱隱有種不好的預感。

「大二國慶假期那時。」張遠志說出準確的時間，轉向周以問：「我有一天早上起來上廁所，在洗手檯旁看見的人是不是妳啊，穿著李至誠的灰色運動外套。」

那一瞬間，周以很想把李至誠一槍崩了再自殺。

「不是，你夢遊。」

「對，是我。」

兩道聲音交疊在一起，周以和李至誠對視一眼，同時用眼神質問對方。

——你他媽胡說什麼？

——妳他媽承認什麼？

「哦——」張遠志拖長尾調，誇張地點了點頭，「懂了。」

李至誠凝眉道：「妳是笨蛋嗎？留宿男生宿舍是什麼光榮事嗎？」

周以被罵得臉熱，反問他：「那不也是你帶我回去的嗎？你才笨蛋。」

李至誠瞪她：「是妳在電話裡哭說沒地方去！」

周以哼了一聲撇開臉。

張遠志一邊聽兩人拌嘴，一邊樂呵地夾菜吃，插問一句：「那宿舍裡其他人呢，都不在啊？」

李至誠想這有必要說明：「不在。雲峴回家，另外兩個去蓉城玩了。」

「哦，那你們沒在宿舍幹什麼吧？」

張遠志只是無心問了句，本意是調侃調侃，他想再怎麼樣也不至於在宿舍……半天沒聽到回答，張遠志抬起頭，看到兩人同樣紅著臉，視線不自然地飄忽著，一副被抓破姦情的模樣。

張遠志張大嘴「我靠」了一聲：「你們缺不缺德？」

其實這事不是張遠志想的那樣，還是很純情，不帶顏色的。

當時周以和室友吵架，大半夜賭氣跑了出來，委屈兮兮地打電話給李至誠。

李至誠找到她的時候，她身上還穿著睡衣，坐在路燈下縮成一團。

看見他來了，周以嘴一癟臉一皺，又開始掉眼淚。

李至誠只能把人帶回宿舍，放假期間管得鬆，正好其他人也不在。

又是擦眼淚又是餵零食，好不容易不哭了，李至誠問周以：「送妳回去好不好？」

聽到這話周以死死攥緊李至誠的衣擺，淚眼朦朧地仰頭看著他：「我不想回去。」

鼻頭都哭紅了，李至誠一顆心被她的眼淚淋得皺巴巴，只能順著她。

「不回去不回去。」他把人攬進懷裡，抱著親著哄著。

那時他們都純情得要命，李至誠讓周以睡他的床，自己去睡雲峴的。

折騰了一晚，周以平復了情緒，卻難以入眠。

漆黑的房間裡，她聽到對面的李至誠又翻了個身。

「學長，你還沒睡嗎？」

李至誠睜開眼睛：「沒。」

周以說：「我有點認床。」

「我也。」

周以提議道：「那我們要換一下嗎，你睡你自己的。」

李至誠當然不同意，不可能讓自己女朋友睡別人的床：「不用，妳好好睡。」

大概是夜太寂靜，他們能清楚聽到對方的呼吸聲，帶著溫度，頻率有些急促。

周以側過身子，小聲開口：「那……你要過來嗎？」

說完就將臉埋進被子裡，十月北京已入秋，周以卻熱得出了汗。

在聽到床板「咯吱」響動時，周以往裡挪了挪，騰出一半位置。

李至誠很快在她身邊躺下，宿舍的單人床狹窄擁擠，他們幾乎全身貼在一起。

臉上的被子被人扯下，周以大口呼吸著空氣，她聽到李至誠沙啞的低笑。

「把我叫過來，自己又害羞成這樣。」

周以早就滿臉通紅，渾身發燙，卻還要往他懷裡拱。

「我今天真的很委屈。」周以像是依賴上他的擁抱，毫無顧忌地展示自己的脆弱。

李至誠輕輕吻了吻她的髮絲：「我知道，不哭了。」

周以吸吸鼻子，哭過之後她的聲音是啞的，帶著平時沒有的軟：「幸好有你哦。」

「我在等你來找我的時候就想，幸好，幸好我還有你，不然我真的要可憐死了。」

說著說著周以又要哭了，李至誠不厭其煩地哄著安慰著。

兩個人擠一張單人床，肯定睡得不舒服，但周以前所未有地感到某種歸屬感，她睡得比來北京之後的任何一晚都安心。

當時是因為什麼事吵架的？

周以歪頭想了一下。

好像是室友擅自拿了她的筆記本沒還，等周以翻箱倒櫃找瘋了她才「唉呀」一聲：「對不起，我好像忘了還給妳。」

為什麼沒經過同意就碰她東西，為什麼在她找了快半個小時才悠悠然想起。

彼時十九歲的周以，雷點被瘋狂碾磨，但她也只會奪門而出，用震天響的摔門聲宣洩自己的憤怒。

在打電話給李至誠之前，她只是單純的生氣而已。但是一聽到他的聲音，聽到他問「怎麼了？」，周以瞬間鼻酸，「哇」的一聲就開哭。

那一晚，最後他們只是抱在一起睡了一覺，什麼事都沒有。

在張遠志痛斥兩人缺德後，周以其實是想反駁的，但出國這麼多年她中文水準有所退步，只能求助似地看向李至誠，卻發現對方神情複雜，放在調色盤上那大約就是三分無措，三分窘迫，三分惱怒，還有點莫名的……含羞帶怯？

她不好意思，是覺得自己以前真做作。

那李至誠呢，他臉紅什麼啊！

幸好這時服務生進屋上菜，尷尬的話題被打斷，乾脆便就此揭過。

烏米餅炸得酥脆，表面金黃，周以轉著圓臺，對張遠志熱情洋溢道：「你快吃，多吃點。」

言外之意就是少說話吧，這情商怎麼當老師的。

李至誠拿起酒瓶往自己的杯子裡倒了半杯，淺淺抿了口，片刻後，神色已恢復如常。

「十萬八千年以前的事還提？除了這個沒話說了？」他的語氣冷冰冰的，帶著慍意。

筷子在空中停住，周以看向他，怕他真生氣了。

張遠志今天故意把他們安排在一起吃飯，肯定是沒安好心的，周以從進門就做好了準備。

但是看到李至誠這麼介懷提起以前的事，她又有點說不上來的委屈。怎麼樣也算是美好青蔥歲月，幹嘛說的好像陳芝麻爛穀子一樣。

她夾起一塊烏米餅，蘸滿白糖，放進李至誠的碗裡，揚起笑容附和道：「就是啊，都過去多久了。」

張遠志啞口無言，看看周以又看看李至誠——口是心非又彆彆扭扭的大人。

他做了個投降的姿勢：「行行，是我不對。」

李至誠垂眸看著碗裡多出來的一塊米餅，用筷子夾起咬了一口，白糖融了，甜絲絲的。

很快話題變成了其他，張遠志興致勃勃地和周以聊起J大。

李至誠斂目靠在椅背上，偶爾看手機一眼。這是他們二人的共同話題，他在後半場做起了安靜的聽眾。

一頓飯吃了近兩個小時，好像真是同窗重聚。最後張遠志接了個電話，說老婆催他回家了。下樓結帳時周以搶著走在前面，卻被前檯店員告知已經付過了。

她為難地看向張遠志：「說好我請的。」

張遠志擺擺手，指著李至誠說：「學長付的，不是我。」

周以又把目光轉向李至誠。

他手插著褲子口袋，襯衫領口解開，袖子挽到小臂，財大氣粗又欠揍招人恨地說：「誰賺得多誰請唄，走了。」

身後兩人無言以對，乖乖跟上霸總的腳步。

張遠志沒開車，叫了一輛計程車，走之前拍拍李至誠的肩，叮囑道：「學長，你把周以好好送回學校啊。」

李至誠白他一眼：「要你說？」

他把人按著頭塞進計程車，「砰」一聲關上車門：「以後再找你算帳。」

張遠志大概也是喝多了，這時天不怕地不怕：「胡說，你要好好感謝我。」

李至誠哼了一聲，看著車子上了路，他轉身往回走。

這時雨停了，周以站在大門屋簷下等他，還穿著他的外套。

她的五官生得深邃，鼻梁高挺，尤其睫毛纖長而濃密，但因為顴骨偏高，窄臉長眼，所以顯得更英氣些。

第一眼，會讓人覺得她冷漠又清高。

以前學校校園模特兒好像找過她，只是被周以拒絕了。

確實挺適合當模特兒的，個子高身材又骨感，穿著大兩碼的男士西裝外套，也能撐得起來，並不違和，甚至添了幾分帥氣。

李至誠一邊走過去，一邊想起有人曾經調侃他，「沒想到你會喜歡這種類型。」

畢竟他桌上擺著一排伊莉雅和夏娜的手辦，像這種二次元鋼鐵直男，肯定是喜歡蘿莉甜妹的。

那時李至誠「嘁」了一聲，回對方四個字：「你懂個屁。」

他得意地想，別人都不知道——周以這女孩，其實很會撒嬌。

還剩兩級臺階，李至誠沒邁上去，平視著她說：「走吧。」

周以臉上紅紅的，不知道是熱的還是酒意上臉，她問：「我們怎麼走？」

李至誠答：「用腳走。」

周以：「……我說交通工具。」

李至誠「哦」了一聲，回：「我叫了代駕，車停在附近。」

周以點點頭，沒跟上去肩並肩，始終慢了李至誠兩步的距離。

夏天的夜晚依舊悶熱，潮濕的空氣混著青草味，地上散布大大小小的水溏。

走出去一段距離，四下無人，李至誠開口問：「為什麼回來沒告訴我？」

周以低頭走路，小心避開落葉和花瓣，回答說：「想找個合適的機會再說的。」

李至誠話裡帶著埋怨：「回來都快一個月了，還找不到機會？今天這麼見面，被張遠志當笑話看，這時大概去各個群組分享八卦了。」

有蚊子飛，周以撓撓臉，「哦」了一聲，然後又小心翼翼補了句「對不起」。

李至誠停下，還是回到那個問題：「為什麼不告訴我？難道妳在英國惹了事，逃回來的？」

「當然不是。」周以抬起頭，對上他的目光後又火速撇開，「就是，上次面試沒過，被你嘲笑無業遊民這麼久，我這次想低調點，等全部安頓好了再說。」

她聽到李至誠表達無語的一聲嘆氣。

周以吸吸鼻子，還有一個原因她沒說——她怕他無動於衷。

上次滿懷期待上傳了動態，說自己即將重回故鄉懷抱，底下好幾十則留言，都是以前的同學朋友，說恭喜，說要約吃飯，問她回來做什麼工作，打算去哪個城市。

只有李至誠，好像看都沒看見，什麼反應都沒。

周以怕他像別人一樣只是客套兩句，又怕他根本不關心。

總之這樣拖延著拖延著，就變成了今天猝不及防的一場重逢。

額頭被戳了一下，周以抬起頭，李至誠低垂著視線，半邊身子在路燈的橘色光芒下。

他問：「熱不熱啊？」

周以點點頭，動了動脖子，她背上都出汗了。

李至誠心想，熱就把外套脫了啊，還穿著，傻子一樣。

看到路邊有家便利商店，他問周以：「吃不吃冰？」

「吃吃吃。」周以笑起來，眼瞳映著路燈的光，明亮閃爍，像藏著星星。

李至誠多看了兩眼，才轉身邁步。

「我前兩天吃到一個很好吃的巧克力口味。」周以彎腰趴在冰櫃上，翻找出兩個小圓盒，塞給李至誠一個，獻寶似地說：「這個牌子的，試試，你肯定會喜歡。」

李至誠瞥一眼，早就吃過了，就這個小海龜還當稀奇寶貝呢，但他還是很配合地說：「是嗎？」

「嗯嗯，我請你。」周以說著就掏出手機打開付款頁面結帳。

之前下著雨，李至誠繞了好幾圈才找到一個停車位，走過去要十幾分鐘路程。

巧克力口味的奶油霜淇淋太甜，周以吃了半個就不動了。

李至誠早就三口兩口解決完，看她手裡的霜淇淋都快融化成奶昔了，他朝周以攤出手。

周以想都沒想，十分自然地把霜淇淋遞了過去。

李至誠接過霜淇淋，又抬手，捏住被她叼在嘴裡的木棒。

周以沒反應過來，呆愣地看著他。

李至誠扯了扯木棒：「給我啊，我難道用手吃？」

周以趕緊鬆開牙齒。

「那個學長。」盒壁上掛著液化後的水珠，周以用沾濕的指腹蹭了蹭滾燙的臉頰。

「嗯？」李至誠多吃了半個霜淇淋，喉嚨發膩，潦草吞完最後一口，他把手裡的盒子遙遙拋進垃圾桶。

「謝謝你。」

「謝什麼？」

「剛剛你出去的時候，張遠志和我說了，你還幫我聯絡過一家外企。」

李至誠說：「妳也沒去，不算幫上忙。」

周以揪著衣袖，解釋說：「我還是更想去大學，我不適合當白領。」

李至誠點點頭：「挺好的，妳如願以償了。」

周以堅持說：「但還是要謝謝你。」

李至誠慢了腳步，等她跟上：「怎麼謝？」

周以沒料到他會這麼回：「啊？」

「妳請張遠志吃了飯，那我呢？」

周以想了想：「那我也請你吃頓飯？」

「免了。」李至誠清清嗓子，啟唇說：「明天我要見個日本客戶，妳過來當翻譯。」

「說英語？」

李至誠回給她一個看白癡的眼神：「當然是日語。」

周以指著自己懷疑道：「你確定我來？你又不是不知道我第二外語沒認真上過。」

李至誠反問她：「沒認真上妳還全系前三名？」

周以抿了抿嘴，沒底氣地說：「那我早就忘了……」

李至誠安慰她道：「沒事，就日常聊聊天，不談什麼工作內容，闊尼寄哇哦一西這些總還會吧？」

周以還想掙扎：「可是……」

李至誠一句話拍板：「別可是了，就這麼說定了，明天別讓我丟臉啊。」

「……行吧。」

走到車旁時，代駕已經到了，李至誠把車鑰匙遞給他。

周以爬上後座，卻見李至誠也從另一邊門上了車。

她不作聲，乖乖繫好安全帶。

作息不規律加上剛剛喝了點酒，沒多久，周以打了個哈欠，泛出睏意。

「到學校要多久啊？」周以問。

李至誠看了導航一眼：「要半個小時吧。」

「那我瞇一下，到了叫我。」她脫了外套蓋在身上，腦袋一歪靠著車窗，闔上了眼睛。

李至誠偏頭看了她一眼，把空調的冷風調小。

路上無聊，他拿出手機玩單機遊戲，突然聽到身邊的人含糊地呢喃了句：「怎麼聞不到了。」

李至誠看她還閉著眼，似乎是無意識的夢話：「什麼聞不到了？」

周以抬高外套，遮住下半張臉，輕輕嗅了嗅，回答說：「你身上的香味，聞不到了。」

李至誠從來不用香水也不認為男人會有體香，他皺起眉，鄙夷地問：「什麼香味？我身上的？」

周以迷糊地睜開眼睛，睡眼惺忪地看向他，小聲回答：「嗯，以前總能聞到，像柳丁口味的牛奶。」

李至誠沒見過柳丁口味牛奶，正要質疑，猛地意識到什麼，他渾身一僵。

閃電照亮雲層，一聲悶雷作響，風雨急驟穿過夏夜。

豆大雨點劈里啪啦砸在窗戶上，車廂在大雨滂沱的天地間像是與世隔絕的庇護所。

周以睏著，醉著，毫無防備。

李至誠覺得自己不該趁人之危，但轉念一想自己何曾是個君子。

「衣服上聞不到嗎？」李至誠壓低聲音。

周以點頭，有些可惜地說：「嗯，沒有了。」

車裡光線昏暗，音樂播到一首英文歌。

代駕十分盡職，安靜專心地開著車，似乎對周遭發生的一切並不關心。

李至誠解了安全帶，手搭在椅背上，整個人起身湊了過去。

「那妳聞聞我身上還有沒有。」

第四枚硬幣

突然拉近了距離，周以睫毛顫動，吞咽了一下。這時她遲鈍又乖順，像隻小狗似的，腦袋往前湊了湊，皺著鼻子在他頸邊輕輕嗅。

「有嗎？」李至誠的聲音又低又近。

周以抬起頭，嚴肅頷首，客觀評價道：「嗯，菸味、酒味，這就是傳說中的臭男人味？」

李至誠眼角抽了抽，額上冒出三條黑線，用嘴型說了句髒話。

這是裝醉耍他呢？

旖旎心思瞬間全無，李至誠咬牙瞪了她一眼，重新直起上半身，剛要張口回嗆點什麼，脖子被人圈住，身上一重，懷裡多了件東西。

熱乎的溫度，燙得李至誠一顫。

周以把腦袋靠在他肩上，找到一個舒適的姿勢重新閉上了眼。

柔軟的髮絲蹭得下巴癢，李至誠連呼吸都放慢了，雙手愣在半空不知道該怎麼放。

「周以？」

得到的是一聲懶懶的回答：「嗯？睏死我了，再睡一下。」

李至誠捏緊拳頭，真想揍她一頓。

最好不是裝的。

西裝外套隨著動作掉到腳邊，李至誠伸長手臂搆到，展開往她身上一蓋。

他乾咳一聲，對代駕說：「大哥，慢點開就行。」

「欸欸，好。」

快到學校門口時，周以自己醒了，揉揉眼睛，打了個長長的哈欠。

李至誠忍著肩背的麻意，問：「睡得怎麼樣？」

周以愣了兩秒，轉頭對他嘻嘻笑了下：「不錯，你的真皮座椅好舒服。」

李至誠「呵」了聲，應該是他這人體靠墊舒服吧。

雨還沒停，時有雷聲。

學校現在管制嚴，外來車輛進不去，黑色賓士在路邊停下。

後行李廂裡有把傘，李至誠讓周以先別動，自己冒雨開門去取了傘。

他撐開，敲了兩下車窗，示意周以下車。

「快回去吧，不早了。」李至誠把傘遞給周以。

他肩上的襯衫被雨洇濕了一片，周以墊腳幫他把外套披上：「那我走了，明天見。」

李至誠「嗯」了聲：「晚上早點睡覺。」

看她一路小跑腳步匆匆，李至誠又追加喊了一句：「走慢點，別跑。」

回到車上，代駕問他：「先生，那我送你去哪裡？」

李至誠說：「附近找家飯店把我放下就行。」

他週五到申城出差，見了兩個製作人，原本打算今天晚上吃完飯就回去，行李也收拾好放車上了。

現在計畫有變，要多待兩天，他不打算就這麼放過周以。

大雨沖刷世界，模糊玻璃窗外的夜景。

李至誠一隻手撐著下巴，隨意翻著動態。

一到週六大家就開始曬各種照片，李至誠懶得點讚，看過就算，也沒閒心一張張點開。

回到聊天列表，周以剛傳了訊息，說已經到宿舍了。

李至誠回了個『好』。

他往上翻了翻，今天早上他們還有過簡短的對話。

李至誠說：『今天好像有陣雨。』

周以回：『那你記得要帶傘。』

那時誰也不知道，幾個小時後，會有一場倉促的重逢。

李至誠關上手機，抬手抹了抹車窗的水霧。

這個季節太陽毒辣又有暴雨侵襲，蟬鳴吵鬧，街道喧嚷，一出汗便全身黏膩。

他卻最喜歡夏天。

明亮的、熾熱而盛大的夏天。

周以回到宿舍的時候，覃松還不在，大概是出門逛街了。
她洗完澡，把髒衣服丟進洗衣機裡。
周以從來沒有正式的睡衣，總是喜歡套一件寬鬆的T恤和五分褲。
冰箱裡有一盒哈密瓜，她拿出來，躺在小沙發上，悠閒地在閨密群組傳訊息。
周以：『我今天見到李至誠了。』
這個五人小群組都是她高中時的朋友，現在大家在不同城市忙著各自的事業，有事才會多聊兩句，平時可能十天半個月都不見人說話。
但周以這一句話，無異於一石激起千層浪，群組裡咻咻咻開始滾動。
陳文歡：『誰？妳他媽說誰？』
盧杉山：『你們怎麼遇到的？他約妳的？』
鄭筵：『天！！！』
陳文歡：『@王若含快滾出來聽八卦咯！』
周以看她們一人一句聊得起勁，她還沒開口呢，就已經幫她寫好劇本了。
盧杉山：『他是不是深情凝視妳，欲言又止。』
盧杉山：『雖然嘴上對妳冷嘲熱諷，眼神卻充滿柔情。』
盧杉山：『他旁邊是不是跟了個漂亮溫柔的女孩子，乍一看很像妳，卻又不是妳。』

陳文歡：『第一章回國，第二章重逢，下面是不是該發現他就是孩子親爸了？』

王若含：『我靠？說什麼呢？周以妳他媽什麼時候有孩子了？』

周以：『有個屁孩子！』

她簡單敘述了一遍今晚的經過，包括李至誠明天約她吃飯的事。

另外四位顯然有些失望。

盧杉山：『你們沒發生點什麼？』

王若含：『媽的，老子從妳回國就盼這一幕，居然就這？』

周以挑了挑眉，鍵盤敲得劈里啪啦響，怎麼可能就這，太小看她了：『回來的時候在車上，我裝醉趴他身上睡了一路。』

鄭筵：『？！』

王若含：『詳細說說（耳朵）。』

陳文歡：『妳有點東西啊周以。』

周以揚了揚嘴角，自信而肯定道：『我敢說，全世界除了他媽，沒人比我更懂李至誠，我太明白他吃哪一套了。』

王若含：『這算不算 bug，我感覺妳撩他跟玩似的，他就一點都沒變？』

盧杉山：『欸，這哪能叫 bug，這叫前任 buff，誰讓她早打穿副本，手握攻略。』

周以想了想：『還是有變化的，他現在特別大方特別財大氣粗，妳們知道哪種吃飯中途借著上廁所把帳結了的霸總吧？可惜了，我以前最喜歡他的優點就是摳門。』

王若含：『。』

盧杉山：『。』

陳文歡：『。』

鄭筵：『幸好我見過真人，不然真以為妳被PUA了。』

群組裡好久沒這麼熱鬧，女人湊一起話題總是說不完，她們一人一句，貼圖亂甩，周以都快來不及看。

聊到最近熱播的電視劇時，周以看見鄭筵傳私訊給她。

鄭筵：『六年畢竟是六年，妳要好好想清楚，妳等著他，他未必等著妳。』

她還是像個操不完心的老大姐一樣，周以笑了笑，換了個姿勢，側躺在小沙發上。

周以按下語音鍵，開口說：「筵筵，李至誠以前和我說過一句話，他說如果妳懷疑我有多愛妳，妳就想想自己有多愛我，我給妳的不會多，也不會少。我不知道為什麼。」

說是裝醉，其實也不準確，她只是借著酒意壯了膽，而且她是真的很累，這兩天沒好好休息過。

這樣舒服地躺著，很快睏意侵襲，周以打了個哈欠，眨眼的頻率越來越慢，上下眼皮漸漸合攏在一起：「我就是很肯定，只要我還沒放下，他也一定。」

她輕笑著說：「而且他確實沒什麼變化，更有錢了更帥了算不算？他連吃我吃不完的霜淇淋，都那樣順手，一點都沒變。」

鄭筵最後回：『妳好像比二十歲還戀愛腦。』

周以對這話不作評價，在群組裡和大家道了聲晚安，起身回房準備睡覺。

她剛設好鬧鐘，就看見李至誠傳來訊息。

他說：『明天也下雨，別再忘記帶傘。』

周以打下一個「哦」，想想又刪除，繼續維持今晚的醉酒軟妹人設：『好喲。』

然後從一堆貼圖裡找到咕嘰咕嘰的棉花糖兔，傳過去：『おやすみ。』

李至誠裝傻：『看不懂，什麼意思？』

冷氣二十二度，周以裹緊柔軟的被子，長按語音鍵，一字一頓念：「哦—呀—斯—密，祝你晚安。」

李至誠也回了則語音：『晚安黏人精。』

第二天周以一覺睡到中午，覃松留了一個三明治給她，周以起床吃了點東西果腹，就準備去幫樂翡上課了。

思及晚上還要被拉去當個半吊子翻譯，換衣服時周以糾結，畢竟對方是李至誠的合作對象，還是不能讓他丟臉的。

她挑了件不會出錯的白襯衫和深色西裝褲，衣服配色和款式簡單，她便加些金屬首飾增加整體造型的吸睛點，最後穿上萬年不變的帆布鞋，周以還特地噴了點香水。

今天課上還有一個表演老師在，樂翡的主要任務是抓情緒和表演節奏，周以只充當輔助作用，幫她順順臺詞。

下午四點半，李至誠傳訊息問她在哪。

周以沒說是幫女明星上課，看附近有家商場，她定好位傳給李至誠。李至誠說他等等來接她。

五點走出飯店，天空烏雲密布，飄著細雨。

周以步行去商場，問李至誠要不要喝飲料。

對方非常不客氣地直接點了單：『×茶的多肉葡萄，雙份葡萄肉，少冰半糖，我看那邊有家可頌也好吃，妳再去買兩個，要鹹的。』

周以低罵了句飯桶，打字回：『知道了。』

飲料店生意一向火爆，周以等了半個多小時才取好餐。

這時晚上尖峰期，李至誠塞在路上，到的時候周以剛買完麵包。

她把手裡的袋子全塞給李至誠，張口就抱怨起現在國內的年輕人為什麼這麼喜歡喝飲料。

李至誠喝了口冰涼清爽的冷飲，美滋滋地嘆了聲氣：「走吧，想去哪吃飯？」

周以停下腳步，狐疑地看著他：「你不是要跟日本客戶吃飯？」

「哦。」李至誠眨眨眼睛，「他有事來不了了，我們自己吃。」

周以抱著手臂，上下打量他。

跟昨天的西裝革履比起來，今天李至誠隨性休閒多了，白色T恤深色長褲，腳上一雙限量聯名款球鞋，哪有見客戶的樣子。

「是有事不能來吃飯，還是根本就沒來？」

被一眼識破，李至誠也不心虛，撇開視線，戰術性轉移話題道：「餓死了，今天人好多，吃飯也要排隊，妳有什麼想吃的嗎？」

周以咬著後槽牙：「李、至、誠。」

對方沒臉沒皮回：「欸——叫哥哥幹嘛？」

周以一腳踹他小腿上：「你知不知道我今天起床還特地複習了一遍常用日語一百句？」

李至誠用手臂夾住周以的脖子，帶著她往前走：「辛苦了辛苦了，哥哥這就帶妳去吃好吃的。」

「我再信你我是小狗，不對，你是狗！」

李至誠深諳這時要順著她的脾氣，連連點頭道：「對對，我是狗，汪汪汪。」

夜晚五六點，是商城客流量最多的時候，走過去一排店鋪門口都排著長隊。

「挑吧。」李至誠打開手臂，彷彿指點江山的君王，豪氣道：「川菜、日本料理還是火鍋、烤肉，隨妳喜歡。」

周以看了一圈，拍手決定：「我要貴的，有沒有西餐，我要吃惠靈頓牛排。」

李至誠手掌按著她後腦勺晃了晃，笑罵：「妳就這點出息。」

周以垂下視線，神情突然有些不自然：「還是你挑吧，我也不知道哪家好吃。」

搭著她一路的手鬆開了，李至誠幾秒後才回：「行，那我挑。」

周以捏緊肩包帶子，跟上他的腳步。

鄭筵說的沒錯，六年畢竟是六年，空缺的時間裡無數錯過的機會，都是找不回來的。

剛剛與一對年輕情侶擦肩而過時，李至誠發呆似地盯著他們。

周以知道他在想什麼，她也同樣，她也覺得好遺憾。

大四那一年匆促忙碌，站在人生的分水嶺，畢業論文、考研究所折磨身體，實習求職摧殘神經，有人悔恨前三年碌碌無為，有人迷茫猶豫不決，但也有人，在一眾奔波勞碌的身影中格格不入，悠閒輕鬆得過分。

周以看李至誠沒準備考研究所又整天吃喝玩樂，還很天真地提問過：「學長，你為什麼每天都很閒？你不用找實習嗎？」

她記得李至誠那時張揚驕傲，身上披著名為「天之驕子」的光，輕挑地說：「我保送了，我爸倒是天天催我去公司實習，我懶。」

他說起這些的語氣稀鬆平常，沒有炫耀也不刻意，因為這是他生來就擁有的。

造物者是偏心的，周以第一次真切地感受到。

富裕的家庭，聰明的頭腦，他生來便有，有些人就是不需要努力也可以手握一切。

初春的太陽溫暖燦爛，曬得周以臉頰泛起紅，她用手遮住眼睛，抬頭去看即將二十二歲的李至誠。

他穿著T恤和運動外套，腳上是四位數的球鞋，好像還是朗朗少年，眉宇之間又已成熟不少。

周以問他：「那你保送哪裡啊，本校嗎？」

李至誠回答：「不，F大，想離家近一點。」

周以點點頭，F大在江南一帶，那是個傳說中寸土寸金，物價已經直逼首都的城市。

看她低頭走神，李至誠輕拍了下周以的腦袋：「怎麼樣，要是讀研究所，跟我一起去申城唄？」

周以撇撇嘴，抱怨說：「F大很難考耶。」

李至誠回：「那妳就去J大唄，聽說也是對CP，我們一人一所，正好。」

周以彎了唇角，暖陽下笑容明豔似春花：「行，那我們一起去申城。」

異地分開的一年多，都是李至誠飛回北京看她。

有的時候周以提議這次她過去，李至誠不答應，怕她一個人出行不安全，來回又麻煩。

結果後來就沒機會了，她沒能躺在光華樓外的草坪曬太陽，沒能親眼看看四月的紫藤和山櫻，還有被他誇得天花亂墜的旦苑餐廳的清真大盤雞。

周以也是後來才從雲峴那裡得知，李至誠甚至都看好房子了，離J大更近一些，一棟三十五坪的lofter，他原本是打算留在申城工作，等周以讀完研究所後，再帶她去溪城。

他把他們的未來都規劃好了。

「學長。」周以小跑兩步追上他，「F大現在還能進去嗎？」

「不行吧，疫情這樣，學生能不能回來都不好說。」

周以有些失望：「哦，J大現在也不行，前兩天我去吃食堂，糖醋排骨很好吃，你肯定喜歡。」

李至誠偏過頭，放慢腳步：「以後去唄，日子還長，總有機會。」

周以望向他的眼睛，烏黑的眼瞳裡有她小小的倒影。

她點點頭，應：「好。」

周以今天沒戴幸運項鍊，但大概李至誠就是個幸運物，本來前面還排著十多號，旁邊有一家三口不願意等了，把號碼牌讓給了他們。

李至誠最後決定吃的是一家韓式料理，進門烤肉香味撲面而來，鐵盤上油滋滋作響，服務生遊走在桌與桌之間，屋裡熱鬧又溫馨。

周以喜歡這樣的餐廳，火鍋、烤肉、路邊攤，熱鬧接地氣的她都喜歡。

點菜時，李至誠說：「以前學校旁邊也有一家，店面不大，生意倒是挺好的。」

周以貓著身子湊過去看菜單，指著五花肉那欄說：「點一份你夠吃嗎？在我面前你矜持什麼。」

李至誠瞥她一眼，在「1」上重重加了兩筆。

「這家的泡菜炒飯合妳的口味，又辣還鹹，我每次吃完都要喝一公升水。」說著，李至誠打下一個勾。

周以默默坐回去，搆到面前的杯子喝了一口茶。

「想不想喝米酒？」

周以說：「都行。」

「那個，學長。」周以小心翼翼地開口，「你是不是以前就想帶我去吃啊？」

李至誠轉筆的動作停住，木頭鉛筆掉落在桌面上。

他很輕地「嗯」了一聲：「可惜學校那家關門了，以前每次去老闆娘都會多送我一碟小菜呢。」

周以笑了笑：「為什麼啊，因為你肉吃得多？」

李至誠白她一眼，加重語氣道：「因為我帥。」

周以呵呵笑了兩聲。

李至誠說的沒錯，這家的泡菜炒飯非常戳中周以的口味。

她不怎麼喜歡吃白飯，鍾愛各種有味道的炒飯、拌飯，最好還要鹹一點。

李至誠以前就說，別的女孩是水做的，周以是鹽水做的。

可惜出國之後因為飲食差異，她口味淡了不少，胃口也小了。

吃了小半碗，周以就放下勺子，把炒飯推到李至誠面前。

李至誠把烤好的五花肉夾到餐碟裡，說：「妳吃得好像少了。」

周以灌了一口水，咽下後發出一聲滿足的喟嘆：「現在每天不怎麼運動，吃得不多。」

李至誠用生菜葉包好一塊烤肉遞過去：「沒事多動動，學校就有操場，多去跑跑步。」

周以張嘴咬住，口齒不清地應：「知道了。」

看外頭還有好多人在排隊，吃飽後李至誠和周以趕緊起身讓位。

「要去哪逛逛嗎？」周以問。

李至誠按亮手機螢幕看了時間一眼，說：「我今晚要回溪城，明早有個會。」

周以放平嘴角：「哦，那你快回去吧，都八點多了。」

李至誠邁步往前走：「先送妳回學校。」

雨終於停了，看天氣預報明天放晴，氣溫又要飆升好幾度。

出了商場大門，臺階下一大片水溏，周以躊躇不前，不知該怎麼邁。

李至誠在一旁說風涼話道：「叫妳穿白的，趕緊走。」

他長腿一邁便可以輕鬆越過水溏，但周以沒給他這個機會。

手裡的麵包袋子被拿走，李至誠還沒反應過來，就被周以推了一把轉過身。

她搭著他的肩，原地一跳，整個人靈活地跳到李至誠的背上。

「我靠。」從喉間擠出一句髒話，李至誠被壓得彎下腰，重心不穩往前踉蹌一小步，精準踏在水溏上。

「媽的，老子的鞋！」

周以環住李至誠的脖子，討好地笑：「我買新的給你，買新的。」

李至誠深呼吸一口氣，托住她大腿往上顛了顛，直起腰往停車場走。

「知道我為什麼從來不和妳計較嗎，周以？」

周以笑嘻嘻地問：「為什麼？」

李至誠輕笑一聲，說：「每次快要生氣之前我就想，算了，這是未來老婆，和自己老婆計較什麼呢。」

路燈昏黃，行人寥寥，周以將通紅的臉埋進手臂。

在她還心緒起伏，無措又羞赧時，李至誠已經悄無聲息地變了臉色，冷聲道：「但現在妳沒這個特權了。」

話音未落，他突然鬆了力氣，眼看要跌下去，周以尖叫一聲，死死抱住他的脖子，雙腿在他腰側夾緊。

「別啊別啊。」她驚慌求饒，「再怎麼樣我們還是學長學妹，白鞋真的很難洗！你最好了！」

李至誠又穩穩托住她，無奈地嘆息。

身體重新找回平衡，周以鬆了一口氣，

「我一定是上輩子欠妳的。」李至誠咬牙切齒哼哼道。

周以吹著涼爽的夜風，漾出笑容：「那這輩子你就慢慢還吧。」

一路背到車子旁，李至誠才放下她，還捏著嗓子非常戲精道：「娘娘，下轎咯。」

周以穩穩落地，滿意地點點頭：「平時練得不錯叭。」

李至誠配合地回：「謝謝娘娘讚賞。」

一瓶米酒都是周以喝的，李至誠沒動，看她喜歡走之前還打包了一瓶。

想到什麼，李至誠邊開車邊偏頭對她說：「一個人出去別和男的喝酒，聽到沒？」

「哦。」

「要是有什麼事，打電話給我，我開車過來挺快的。」

「嗯。」

一路通行，連紅燈都沒遇到，開了不到二十分鐘就到目的地了。

李至誠按下車門的鎖：「回去吧。」

周以解開安全帶，走之前說：「你路上開慢點啊。」

李至誠點了點頭。

下了車，周以走出去兩步，又轉過身。

李至誠降下車窗，問她：「怎麼了？」

風雨吹落一地玉蘭花瓣，夜晚的南校門安靜而莊嚴。

周以揚起微笑，朝他喊：「下次想約我吃飯就直接說。」

「知道了。」李至誠的聲音被夜風帶到耳邊，是溫柔又囉嗦的叮嚀：「晚上早點睡，多運動，好好吃飯，下雨天要記得帶傘。」

看著人進了校門，李至誠才轉動方向盤重新啟動上路。

上高速公路時，手機收到一則新訊息。

周以問他：『我一直很好奇，你為什麼總是關心倫敦有沒有下雨呢。』

李至誠收回視線，關了空調，降下一半車窗。

不方便打字，他回了則語音：「笨蛋。」

周以回了三個問號。

李至誠並不解釋，只催她早點睡覺。

說不出口的祕密藏在所有無關緊要的話裡。

比如，倫敦今天有沒有下雨？

——我現在好想妳。

第五枚硬幣

九月開學季，晴空湛藍，驕陽似火。

周以和覃松在食堂吃完飯，在路上看到一個個拖著行李箱，滿頭大汗卻壓抑不住青春昂揚的青年男女們。

「今年新生慘了。」覃松說：「家長不能進，這麼多行李自己搬會累死吧。」

周以用眼神示意她往左前方看：「Don't worry. 熱心學長 always on call。」

三四個男孩正帶著一群小學妹往裡走，各個笑得滿面春風，雙手拎滿背包。

「那好像是我們班上的。」覃松認出其中一個，嘖嘆著搖了搖頭，「他學日語要是有這一半積極就好了。」

周以笑了聲：「學習哪有把妹快樂。」

覃松認清現實：「說的也沒錯。」

宿舍裡的水喝完了，路過超市時，兩人走進去買水。

覃松拿了一瓶一點五公升裝純淨水抱在懷裡，轉身便看見周以一隻手已經拿了兩瓶，還要繼續從架子上拿貨。

她睜圓眼睛，驚訝道：「這麼多？妳拿得動嗎？」

「我行。」周以輕鬆舉起四大瓶水，「以前宿舍住六樓，那種桶裝水都是我搬的。」

覃松由衷「哇」了一聲，周以在她心中的形象又拔高了。

四瓶水怎麼說也好幾公斤重，周以一路搬回去，手臂不抖肩不疫。

覃松暗嘆撿到了大寶貝，以後快遞不愁搬不動了。

明天開始正常上課，大一前兩週軍訓，周以只有星期四的一節校選。

覃松對她的排課深感羨慕，她一週有三天早八。

下午補了一下覺，周以從臥室出來，看見覃松在補妝。

「要出門嗎？」

「嗯。」覃松嘆了聲氣，「日語系的老師說要開學前聚一餐，我們安桑今天又要開講座了。」

安桑是日語系的系主任，一個和藹的小胖老頭。

周以笑笑：「挺好的，我都不認識新同事。」

「明天去院裡就見到啦，不過有一個妳應該不想見。」

周以問：「誰？」

覃松閉著一隻眼上眼影，刷子敲在盒沿上「噠噠」響。她神祕地笑了笑，一副「懂的都懂」的表情。

周以隱隱約約明白過來，從冰箱裡拿了瓶優酪乳，坐到她旁邊，聳聳肩說：「Whatever.」

手機鈴聲響起，覃松眼線畫到一半，不耐煩地嘖了一聲，一看備註又慌忙接起。

「喂，盛老師。」她擠出營業假笑。

「我在上廁所呢，馬上好馬上好。」

「好的，你們在南校門口等我就行。」

周以看她精彩紛呈的面部表情，忍不住樂出聲：「妳為什麼不直接說妳在化妝？」

覃松加快手中的動作：「如果我說我在化妝，男人就會覺得，看，女人就是這樣麻煩，如果我說我在廁所，他們只會覺得，哦，人之常情，可以體諒。」

周以認同地點點頭，倏地想到什麼，問：「所以接我的那天早上妳遲到了，也是在化妝吧。」

覃松愣了一下，裝作沒聽見。

「妳知道我那天快被曬死了嗎？」

覃松飛速抹完口紅，用力地抿了兩下，朝周以撅嘴飛吻了一口：「……走咯寶貝，妳要吃什麼告訴我我幫妳帶回來——」

周以對漂亮女孩子總是無限包容，根本沒生氣：「帶盒鴨脖給我！」

「好嘞。」

一個人的晚飯，周以懶得出門，吃了麵包和牛奶草草了事。

她打算今晚早點睡覺，以活力滿滿的狀態迎接入職第一天。

洗完澡洗完頭，周以用毛巾擦了擦身上的水，無意中瞥見手臂上的皮膚紅了一塊。

她拎高手臂，瞇著眼湊近仔細看。

手臂內側一片紅點，她沒密集恐懼症看著都有些害怕，周以撫了撫，不痛也不癢，也沒有凸起，不像疹子。

小時候周然沉迷武俠劇，周以也跟著看過幾部，裡頭各種毒啊散啊，發病的症狀好像就是這樣，等紅點遍布全身便會潰爛至死。

一口氣梗在胸口，周以匆匆套上T恤，在洗手檯上摸到手機，打開李至誠的聊天室，拍照傳送過去。

周以：『救命啊！！！你看！！！一片小紅點！！！我是不是中毒了！！！』

對方立刻回覆：『怎麼回事，過敏了？』

周以說：『好像不是，不癢也不疼。』

她打開搜尋引擎，剛打下「手臂上」，關聯搜尋裡就有一項是「手臂上小紅點不痛不癢怎麼回事」。

周以點開，匆匆瀏覽。

——「手臂長紅點不痛不癢，有可能是血管痣，又叫櫻桃樣血管瘤……」

瘤。

周以兩眼一黑，耳邊嗡嗡作響。

她把截圖傳給李至誠：『完蛋，我好像有瘤。』

李至誠非常冷血地回：『傻子，網路查病，妳先看看腦子。』

周以傳了個小企鵝撓腦袋的貼圖。

下一秒，螢幕上彈出語音通話。

周以嚇得一激靈，點下接聽放到耳邊。

「喂。」她的聲音聽起來委屈極了。

李至誠問：『最近有沒有搬什麼重物，或者蹭到哪裡了？我看像皮下出血的瘀點。』

周以想了一下：「哦！我剛剛拎水，是不是塑膠帶子蹭到了？」

李至誠說：『應該是，過兩天就消了，小問題。』

虛驚一場，周以鬆口氣，這時想起自己剛剛的反應覺得有些好笑：「呵呵，嚇死我了。」

李至誠輕哼一聲，暗諷道：『就妳這生活自理能力怎麼在國外待六年的？』

周以臉上發熱，不說話了。

聽筒裡，呼吸聲時輕時重，周以還光腳踩在浴室的瓷磚上，頭髮的水珠打濕了T恤。

她吸吸鼻子，猶豫應該問什麼還是結束這一通電話。

『周以。』李至誠喊她。

「嗯？」

男人的音色低沉，語氣裡帶著命令感：『把褲子穿好。』

周以怔住，耳朵泛熱，雙腿不自覺夾緊，明明只有她一個人，卻好似被圍觀一舉一動，突然無所適從起來。

李至誠繼續說：『頭髮記得吹乾，妳一到換季就容易感冒，空調溫度開高一點。』

浴室裡悶而潮，周以覺得快喘不上氣，她聲若蚊蚋地回：「知道了，掛了。」

結束通話，周以重新放大她剛剛手忙腳亂拍給李至誠的照片。

因為想拍得清楚一些，周以是舉高手臂，拿到燈光下拍的。

也因此，鏡子裡的自己暴露無遺。

雖然氤氳了層薄霧，只是一個虛影，但也能清楚地看見寬大的T恤堪堪遮住腿根，露出的雙腿白皙細長，頭髮濕漉漉的，被她隨意捋到腦後。

不管李至誠知不知道，T恤下她什麼都沒穿，周以也夠窒息了。

衣擺被她擰皺，周以咬著下唇，後知後覺地尷尬和羞恥。

兩分鐘的收回時限早就過去，而且他也已經看完了。

周以把剩下的衣服慢吞吞穿好，頂著一條毛巾走出浴室。

蜷成一團窩在沙發上，周以開始擔心李至誠會不會覺得她是故意的。

她煩躁地用毛巾揉搓濕髮，又聽話地調高了空調溫度。

故意就故意吧！

她在李至誠面前的社死事件也不差這一件。

清早八點，周以在教師食堂打包了一杯豆漿和兩個肉包，一邊吃一邊步行去學院大樓。

上課鐘聲響起，這是在疫情的寒冬過後，莘莘學子重返校園的第一天。

教學大樓的屋簷上棲著兩隻肥啾，藍天白雲，萬物清晰明朗，周以拿出手機，取景拍攝留下紀念。

她的辦公室在二樓，一共三個老師，周以的桌子在窗邊，前面的位子是霍驍。

——霍驍就是覃松口中，那位周以不太想見到的同事。

四月礙於疫情，下個學期外國教師的審核程序下不來，其他老師無法分擔所有課程，學院才想著招新人。

霍驍就是那位金光閃閃，在學歷上完敗周以，年紀輕輕已經在學術界有所成就，並且聽聞法語水準也一流的大佬。

周以拜讀過他的幾篇論文，霍驍的主攻方向是語用學。

上學時周以就不太喜歡此類課程，覺得無聊枯燥，但是霍驍的許多解讀很有趣，他能從歐洲的下午茶文化談到語言的審美意識，而且文字精煉，語言生動，不冗長灌水，這樣純文科的學術性文章，整篇看下來也不會讓人覺得吃力。

周以佩服、欣賞他，對這個人感到好奇的同時，也隱隱擔心，他會不會不好相處。

普通者尚且自信，何況這類本身就睥睨庸庸眾生的。

學校雖不如公司那般競爭激烈，但畢竟是職場，她和霍驍一同入職，免不了要遭到比較，而且她還輸過一次。

「唉——」周以長長嘆了聲氣，但願一切順利。

霍驍似乎早上有課，並不在辦公室，他的座位整潔有序，除去辦公用品，唯一透著生活氣息的就是一盆多肉。

周以胡思亂想了一下，拉開椅子坐下，拿出筆電專心備課。

快中午的時候王老師回來了，她的辦公桌在靠門第一張，現在不僅負責大二的精讀課，還有研究生要帶。

「小周，妳吃飯了嗎？」

周以搖搖頭：「我不餓。」

王老師說：「等等小霍應該回來了，你們可以一起。」

周以從她的笑容裡讀出八卦，聽覃松說學院裡的老師早就討論過他們，稱其為「金童玉女，相愛相殺」。

前四個字周以尚且能接受，但後四個就讓她雞皮疙瘩掉一地。

相愛相殺個屁，她只求對方手下留情。

手機螢幕亮了，李至誠問她開學第一天感覺怎麼樣。

周以抱著抱枕，縮在電腦螢幕後，打字回：『不怎麼樣，有個來者不善的新同事。』

李至誠問：『耶魯那個？』

周以驚了：『你怎麼知道？』

李至誠說：『聽張遠志提過。』

啊，周以趴在桌子上，他們的故事都傳到電機系了。

李至誠總是能讀出她那些彎彎繞繞的小心思：『怕他個屁啊，他現在和妳平起平坐，還能為難妳？』

周以抿嘴笑了笑，但並沒有打消心中的顧慮，她對李至誠說出實話：『我怕他看不起我，怕他會很mean，怕他張口就問我發表過幾篇論文，參加過什麼專題，有沒有去過大使館，有沒有進過外交部。』

李至誠回了則語音：『那妳就問他卡裡存款幾位數，開什麼車，買了哪裡的房，家裡有幾畝地。』

周以說：『你說的好像我就有房有車存款好幾位數一樣，我才沒底氣。』

李至誠理所當然道：『我有，我給妳底氣，我們不怕他。』

嘴角的弧度不自覺放大，心緒起伏，四秒的語音播放完，周以放下手機，搓了搓臉頰。

窗外鳴鳥啁啾，參天大樹碧綠蔥蘢，金黃色的陽光碎了一地。

周以摸著胸前的硬幣，挺直腰背，彷彿被加持過後的勇士，再無顧慮，只管一路向前奔赴遠方。

某一瞬間，她產生錯覺，好像她和李至誠從未分開過。

這個人一直看著她，相信她，展開雙臂托住她。

Always on call.

上午的最後一節課在十一點半結束，聽到外頭悠長鐘聲響起，周以關了文件，合上筆電，抬起手臂伸了個懶腰。

懶得出門覓食，她從包裡拿了代餐餅乾，嚼完兩塊後拍拍手上的碎屑，展開小毛毯裹在身上，午睡時間到。

迷糊中聽到辦公室的門被打開，有人走了進來，腳步聲沉穩，是位男性。

他的動作很輕，周以睏倦著睜不開眼，但大腦反射一般分辨出他的一舉一動。

他拉開椅子坐下了，他在喝水，用的是玻璃杯，他在翻閱資料，他在打字。

直到耳邊發出「咚」的一聲，周以被拽到夢境的半邊靈魂嗖的一下歸位。

她睜開眼睛，快速眨了兩下，抬起頭，先入眼的是盆多肉。

棕色的花盆，葉子小巧飽滿，上面貼著一張便利貼。

——Hope to get along with you.

周以撓撓頭髮，視線逐漸向上，對上一張清俊的臉龐。

「我吵醒妳了嗎？」男人的語氣裡帶著歉意。

「沒有沒有。」周以指著面前的多肉，問：「這是給我的嗎？」

他笑了一下，臉頰兩邊有酒窩：「防輻射的功能我雖然不能保證，但是裝飾桌面的效果還是不錯的。」

周以也被他的笑意感染，翹起嘴角：「謝謝。」

「我們應該不需要再做自我介紹了吧，周以？」

突然被他喊出全名，周以有些反應不過來：「啊，嗯。」

她抿了下唇，不太自然地喊：「霍驍。」

霍驍對她又笑了一下，轉正身子忙自己的事了。

周以拿下搭在肩上的毛毯，疊好收進櫃子裡，她伸長手臂，把那盆多肉挪到眼前，用指腹輕輕摸了摸圓胖的葉子。

霍驍和她想像中的樣子不太一樣。

他穿著純色T恤，衣擺紮進牛仔褲裡，膚色很白，整張面容給人的第一個感覺是乾淨，細觀眉眼，他的五官雖然不算出眾，卻溫和舒服，就像夏日未散的暑氣滲進初秋的風裡，清新、鮮活、明朗。

如果不是聽到聲音，周以甚至會以為這是某個男大學生。

周以拿起杯子喝了口水，目光不自覺地滑向前面的人。

他正伏案看書，頭微微低著，後頸的隆椎骨凸起。

周以注意到他的脖子後有顆小痣，就在正中間。

想起曾經看過的某部動畫短片，周以噗嗤一聲笑了出來。

霍驍停下手中的動作，回過頭問：「笑什麼？」

周以立刻收住表情，抿著嘴唇，訕訕道：「沒什麼，看到一個段子，不好意思打擾到你了。」

霍驍用輕描淡寫的語氣說：「沒有，就是好奇妳在因為什麼開心。」

周以像被點下穴位，整個人僵了一陣子才找回意識。

她放下杯子，不太自在地摸著脖子咳嗽了兩聲。

這人說話本來就這樣還是故意撩人？

周以深呼吸一口氣，不願自作多情，但也暗自決定接下來要降低自己的存在感，能不與對方交流就不交流。

一點四十的時候，周以收拾東西準備出門，路過霍驍辦公桌時她特地加快腳步，卻聽他說：「加油哦周以。」

不得不慢下來，回以笑容：「好的，加油。」

霍驍的眼睛很漂亮，笑起來像彎月，非常有親和力。

他這樣對她笑，比外頭的陽光還燦爛。

周以收緊呼吸，匆匆逃離。

校選修課在另一棟教學大樓，周以用十分鐘步行過去，在門口看見她的助教同學。

女孩叫蘇瑤，口譯研一，染著亮眼的粉色頭髮，看見她走過來，甜甜地笑著揮了揮手：「老師好。」

「妳好呀。」周以和她一同走進去，教室裡已經有四五個學生。

蘇瑤負責課程的線上簽到，周以打開教室的多媒體設備，準備授課。

站在講臺上，第一次這麼和學生面對面，比起緊張，周以更多的是期待。

蘇瑤走過來說：「老師，簽到碼我寫黑板上了，等等讓同學們在小程式簽到就行，今天沒有和我請假的。」

周以點點頭：「好的，謝謝妳。」

「叮——」一則新訊息彈出。

她無所不能的鬼怪先生永遠不會遲到。

李至誠問：『開始上課了嗎？』

周以回：『還沒，已經在教室裡了。』

李至誠又問：『怎麼樣？』

周以信心滿滿：『我摩拳擦掌！我迫不及待！』

周以：『快打鐘了！！！』

李至誠：『好的。』

李至誠：『周老師最棒。』

彷彿融化在舌尖的水果糖，周以把手機反扣在桌面上，搓了下臉頰，手動放鬆不自覺繃緊的笑肌。

午後校園靜謐安寧，悠悠鐘聲迴盪，陽光鋪滿桌角。

上課鐘聲停止後，周以的開場白從一段流利的英文開始：「Good afternoon everyone. This is my first class at J University, and the first time I've seen you. Glad to meet you and hope we can all enjoy this course.」

底下坐著兩排人，大部分是女孩子，全場的目光匯集在她身上，周以揚起微笑，語氣平和地說：「其實我也是個『新生』，不太習慣被稱作老師，叫我Zoey就可以，我的信箱和電話在螢幕上，大家記一下，方便以後提交作業。」

在正式介紹課程安排前，周以問同學們：「大家有什麼問題嗎？對這門課有什麼好奇或期待？」

有一個女生舉了手，周以對她點了下頭，示意她提問。

「老師，期末怎麼評分啊？平時會有什麼作業？占多少分？」

三個問題砸得周以有些茫然，她緩了緩，耐心回答：「期末我們會交一篇論文，平時可能會讓你們寫影評或者讀後感，期末占百分之五十，出缺勤百分之二十，平時分數百分之三十。」

「好的，謝謝老師。」

「好，還有同學要問嗎？」

這次底下一片死寂，周以掃視一圈，發現大家都低著頭，似乎最關鍵的問題已經得到解決，其他再無可關心的了。

明明有很多可以問，關於電影或小說，關於這門課會涉及到的主題，關於他們將一起聆聽和探討的故事。

確定沒有人再舉手，周以只好付之一笑，將課堂進行下去：「那我們就開始上課了。」

第一節課，周以從勃朗特三姐妹中的艾蜜莉說起，為了讓同學們更好地感受，她準備了一小段電影。

影片開始播放，周以退到一旁，這是《咆哮山莊》開篇第一幕，一九九二年的老片子，烏雲密布的曠野之上，身披斗篷的女人獨自行走其間，關於愛與復仇的故事娓娓道來。

周以看過原著小說，也看過很多遍電影，她喜歡偏沉重壓抑的文字，認為愛情無瘋狂不浪漫。

她把目光從幕布挪向底下的學生們，希望能從他們的表情中讀取回饋。

然而並沒有人抬頭，他們或專注於筆電，或埋頭在活頁紙上寫字，幾乎人手一臺平板，apple pencil 發出連續的「噠噠」聲。

周以垂眸，提起一口氣再緩緩吐出，無論如何還是要保持住嘴角的微笑。

片段播放結束後，她起身，略去可以預知無人回答的提問環節，對著ＰＰＴ開始講解。

期間有學生抬起頭，他們藉著喝水，不鹹不淡地瞥講臺一眼，把這當作短暫的中場休息。

下課前兩分鐘，周以做結束語：「《咆哮山莊》是艾蜜莉唯一的小說，人們總愛用奇特形容它。粗曠、荒涼、瘋狂、凶暴，但它又神祕、濃烈、情感飽滿，甚至是浪漫的。美可以細膩柔情，也可以淒厲殘酷，沒有規定、不設限制。感興趣的同學可以課後去看看電影和小說，如果你有想法歡迎和我聊天。Welcome at any time.」

她拿出十二分的熱情，笑著道：「下課啦，大家再見。」

等同學們走出教室，周以垮下肩膀，背著包離開。

她慢吞吞地走在路上，從口袋裡摸出手機，像隻被雨淋濕的貓，急需擁抱和哄慰。

周以：『能打個電話給你嗎？』

李至誠回得很快：『在開會，三分鐘。』

周以嘆了一聲氣，說：『沒事，你忙吧。』

她剛要放下手機，語音通話就彈了出來。

周以一瞬間鼻酸，接起放到耳邊，「喂。」

『怎麼了？』

強撐的不在意一擊即潰，周以沮喪地說：「我覺得我好失敗啊。」

『怎麼了？沒表現好？』

「沒有，我覺得我講得很好，但是沒幾個人在聽。」

李至誠安慰她：『大學生嘛，摸魚很正常，妳要慢慢習慣，只有妳會連概論通識都認認真真記筆記。』

周以暗自無語了幾秒，重新開口說：「倒也不是，我知道這是『水課』，也沒期待大家會坐得筆直，認認真真聽我上課。」

——所謂水課，就是指那些只要人到場平時分就能滿，課堂可聽可不聽，期末交篇論文即可過關的選修課。

「但是我就是覺得很難過。」周以抓緊背包帶子，不知如何向李至誠準確傳達她的想法，「他們選擇這門課程，肯定是感興趣的，我希望他們可以放鬆地聽我講一講，偶爾發發呆，回一下訊息，或者去看看窗外的花草和樹上的鳥，甚至是偷吃一顆糖都沒關係，而不是在一門可能不太重要的課堂上，去完成手邊更重要的事情。他們看起來比我還滄桑，這才開學第一週啊。」

周以自嘲地笑了笑：「我都不知道該覺得他們可憐，還是我自己可憐。」

『那就告訴他們。』背景音裡有水流聲，李至誠似乎在走路，語氣平靜而認真，『告訴他們妳希望的，現在的孩子雖然難搞了一點，但還是善良可愛的。妳不說，那就是默許，我知道妳想和學生像朋友一樣相處，但是朋友也是要互相尊重的。何況妳是老師，妳有這個權利。』

他好像總是能輕易化解難題。

周以抬起頭，天空澄澈湛藍，飄著疏散的白雲，她「嗯」了一聲，說：「我知道了。」不想這麼快結束通話，她又問：「你在喝咖啡嗎？」

李至誠回答：『泡了杯茶，打算加點甜牛奶，下午太想睡了。』

周以說：「我也想喝。」

好幾秒後李至誠的聲音才又響起：『收錢。』

周以沒明白，等拿下手機，她看見螢幕上多了一筆轉帳。

李至誠說：『周老師今天辛苦了，獎勵妳。』

嘴角漾出笑容，周以咳嗽一聲：「我到學院大樓了，掛了。」

『嗯。』

回到辦公室，只有霍驍一個人在，周以和他點頭打了個招呼，回到自己座位。

晚上系裡老師要開個會，她打算坐一下就去吃飯。

「周以。」

聽到霍驍喊她，周以抬起頭：「欸。」

霍驍提議道：「王老師說今天晚上大家要為我們辦個歡迎會，我想我們要不要請大家喝個下午茶？」

「哦。」周以點點頭，「好啊。」

「妳下午沒課了吧？那我們現在去買？」

「行。」

霍驍有車，一路跟著他到停車位，周以偷偷在心裡感嘆。

這個人也太周到了，一盆多肉先向她示好，然後用下午茶給其他老師留下好印象，還特地問她要不要一起，不讓同為新人的她落入尷尬。

這種無公害的親和力和細膩心思，怕是李至誠這等老油條都敵不過。

周以更覺得自己是個沒開化的呆子了。

「周以。」

霍驍突然停下腳步回過身，兩雙眼睛猝不及防對視上，周以嚇了一跳，慌張挪開視線。

霍驍笑了起來：「妳一直盯著我看什麼？」

被抓包了，周以做賊心虛，臉頰上泛起紅，她大腦飛速運轉，脫口道：「你脖子後面有顆痣。」

霍驍聳了下眉：「對。」

周以繼續胡扯：「我以前看過一個短片，女主角的男朋友是個機器人，他的開關就在脖子後面。」

霍驍順著她的思考方向，猜測道：「難道妳懷疑我是ＡＩ？」

周以扯出笑，小聲嘀咕：「說不定呢，如果你是人類才可怕。」

霍驍臉頰的酒窩凹陷更深，他側過身子，手撐在大腿上，彎腰降低自己的海拔：「那妳按一下，試試看我會不會關機。」

「哈哈，你真有趣。」周以不走心地尬誇，生硬地轉移話題道：「我們快走吧，不早了。」

霍驍挺起身，依舊泰然自若：「嗯，不早了。」

周以欲蓋彌彰般地將雙手插進外套口袋，埋頭趕路。

霍驍這種人，大概山崩地裂都面不改色，永遠不會讓自己落於尷尬。

周以輕吐一口氣，今天以前萬萬沒想到會是這個走向。

他們在附近的咖啡店打包好飲品，一共五個紙袋，霍驍只留了一個給周以。

周以覺得不好意思：「我再幫你拿一個吧。」

他們自己的咖啡沒有放進打包袋裡，霍驍把手裡的冰美式遞給周以：「那妳幫我拿這個。」

周以接過：「好。」

回到車上，霍驍把紙袋都放進後行李廂，然後繞到副駕駛座幫周以開門。

「謝謝。」周以一手一杯咖啡，俐落地坐上車。

看他的雜物欄裡擺滿了東西，杯子無處安放，周以只能用手捧著。

開到十字路口，黃燈閃爍，霍驍放慢車速停了下來。

他開口說：「周以，咖啡給我。」

「哦哦。」周以把左手的冰美式遞過去。

手腕被人抬了一下，周以看著霍驍附低身，就著這個高度，用嘴找到吸管喝了口咖啡。喉結滾動，霍驍笑著說：「好了，謝謝。」

周以睜圓眼睛，愣愣地收回手，杯壁有水珠滴在她的褲子上，冰涼濕潤，洇出一片水漬。

她抬高右手，灌了一大口榛果拿鐵，試圖壓住心頭一團亂麻。

想想還是不對勁，周以偏頭，認真發問道：「你以前就認識我嗎？」

——言下之意，我和你很熟嗎。

霍驍笑意溫和，他似乎總是笑著的，無論是說話還是安靜地看著對方。

他說：「妳之前面試的時候，我也在。」

周以回想了一下，因為是用線上會議軟體，除了幾位面試官，她並未注意到還有其他人在。

「妳表現得非常優秀，說實在，我本來胸有成竹，或者說覺得只是走個過場，但妳讓我產生了危機感。」霍驍的語氣非常真誠。

恭維的話誰不愛聽，周以臉頰發燙，再無剛剛的氣勢，小聲回：「謝謝，讓你見笑了啊。」

紅燈還有七秒，霍驍轉過身子，直視她：「本來覺得可惜，知道能和妳做同事，我真的很開心。」

周以裝傻，連連點頭：「嗯嗯，我也開心，能認識你這樣的大神，以後麻煩你多多指教。」

霍驍還是笑：「好，我們互幫互助。」

綠燈亮了，霍驍將注意力放回方向盤和眼前的路上，周以咬著吸管，真切地感受到什麼叫如坐針氈。

等回到學校，周以藉口已經和覃松約了飯，回絕霍驍的邀請。

「那我們晚上見。」

「好的。」周以揮揮手，「晚上見。」

一路沒拿出手機，周以才看見李至誠在二十分鐘前傳了訊息給她。

李至誠：『吃晚飯了沒？』

周以莫名覺得心虛，語氣都比平時嬌憨：『還沒呢～現在去～』

李至誠似乎在等她，立刻便回覆：『嗯，晚上打不打遊戲？』

周以：『不打，要開會。』

李至誠說：『好，早點休息。』

結束對話，周以收起手機，沿著學校的人工湖散步，在會議前五分鐘回到學院大樓。

推開門，長桌邊圍坐了一圈人，霍驍朝她招了招手。

周以對其他老師笑了笑，走到霍驍旁邊的空位坐下。

坐在主位上的是系主任方勤思，即時翻譯方面的專家，參加過許多國際重大會議。

看大家都到了，方主任戴上眼鏡，清嗓開口道：「也是好久沒看見你們了，我今天課上問學生還習不習慣，也要問問你們，How's everything？」

大家紛紛回：「Well.」「Ok.」「Fine.」

有個活潑的老師大聲喊了一句：「Bravo！」

音調婉轉俏皮，惹得大家都笑了起來。

「首先呢，歡迎一下我們的新同事，你們大概也都認識了，霍驍、周以。」

被點到名，霍驍和周以趕緊起立。

霍驍做自我介紹的時候，周以聽到底下有老師說了一聲：「還真的挺配欸。」

心裡感到不適，周以皺了下眉，很快整理好表情，保持住嘴角的弧度。

現在的人愛八卦愛拉郎愛嗑CP，周以妳要忍住，忍。

「大家好，我是周以，很高興加入我們外語學院英語系，以後請各位多多關照。」

她朝著左右微微鞠了個躬，坐下時刻意避開霍驍笑意溫柔的目光。

還盯著她看，沒看到旁邊那老師嘴都要咧到耳根了嗎？

辦公室的老師們準備了入職禮物給他們，周以的是一個香薰機，霍驍是一臺小音響。

幸好白天為大家準備了下午茶，周以心裡想著，不自覺看了霍驍一眼。

對方迅速捕捉到，回視她。

周以對他扯了下嘴角，低頭假裝看手機。

方主任和他們說了這個學期的教學安排，叮囑他們特殊時期裡學生們的表現肯定不太理想，讓大家做好準備，也適當調整一下要求，慢慢追上來。

工作上的事說完後，方主任合上筆記本，放鬆語氣道：「今年還是一樣，教師節旅遊就定在下個週末，都沒問題吧？」

有老師問：「那今年去哪裡啊？」

方主任回答說：「考慮到疫情也不去遠的地方了，我和小陳老師商量了一下，今年去溪城拈花灣。」

聽到溪城，周以蹭的一下抬起頭。

動作幅度太大，驚動霍驍看過來，用嘴型問她：「怎麼了？」

周以搖搖頭，壓低聲音回答：「沒什麼，就是，我一直很想去溪城玩……」

提到要出去玩，氣氛立刻活躍起來，大家一人一句，討論得熱火朝天。

負責安排活動的陳老師問：「哦對了，大家想住民宿還是飯店？我看了一下，那邊的民俗都挺有特色的。」

「那個。」周以舉起手。

眾人安靜下來，把目光投向她。

周以建議道：「我知道那邊有一家度假山莊很不錯，叫沐心，我們要不去那裡？」

陳老師點點頭說：「這家我也看到了，環境挺不錯的，行啊。」

老師們又討論起行程、天氣、景區特色。

周以搓搓臉頰，抿著唇，眼裡的笑意卻藏不住，她剛要摸出手機告訴李至誠這個消息，又打消念頭。

算了，先不說，留個驚喜給他。

在一天即將結束時還能收穫好消息，白天的負面情緒和疲憊統統被驅散乾淨。

散會後，周以腳步輕快，心情愉悅，要不是怕被學生認出來，恨不得一蹦一跳著回宿舍。

看到閨密群組裡大家問她新入職的第一天感覺如何，周以邊走路邊傳語音：「還行吧，教師任重道遠。」

她話鋒一轉，說：「就是有點奇怪，那個耶魯的，太奇怪了。」

八卦戰士長王若含立刻出擊：『怎麼了怎麼了，他怎麼了？』

周以嘆了一聲氣，把AI開關和車上喝咖啡的事說了一遍。

周以苦惱道：「妳們說，他是自來熟呢，還是撩我呢？」

盧杉山斷言：『他肯定對妳有意思。』

鄭筵客觀道：『也許就是這樣性格的人，再相處看看吧。』

王若含關注的點卻是其他：『他帥嗎？』

周以斟酌了一下，說：「妳們還記得李至誠的室友，雲峴學長嗎？他們差不多類型吧。」

語音裡，王若含開頭便是一句粗口：『我靠，那妳不動心？』

周以嗤笑：「怎麼可能？他們只能說類型相似，都是那種溫柔舒服的，但本質不一樣啊，起碼雲峴他不輕浮。」

王若含表示無語：『服了，帥哥示個好被妳說輕浮。』

周以不打算和她爭辯：「反正我又不喜歡這個類型，我要是喜歡，我十年前就去追雲峴了。」

盧杉山冒泡，插問道：『那我還好奇，為什麼妳當時沒看上雲峴，聽妳描述這人簡直就是完美。』

路過便利商店，周以買了一個冰淇淋甜筒，草莓口味的。
本來打算正經回答，比如雲峴當時可是出名的醉心學業不近女色，比如她就不吃溫柔人設。
但當周以剝開甜筒包裝紙，咬了一口甜蜜的奶油霜淇淋，倏地想起什麼。
她滿臉驕傲、毫無保留地誇道：「因為我們李至誠好啊，全世界李至誠是最好的。」
王若含：『爺服了。』
盧杉山：『妳到底十八還是二十八！』
陳文歡：『蒼天啊，妳對李至誠心動就很離譜，怎麼還這麼死心塌地，他當年是往冰淇淋裡下迷魂藥了嗎？』
鄭筵：『……』
在群組裡攪了一番風雲，周以關上手機螢幕塞進口袋裡，巧克力甜筒依舊甜到膩，她閉眼一口吞下，又跑回便利商店拿了一瓶冰雪碧。
陳文歡有一點說得沒錯，心動當然離譜又突然，否則為何是 fall in love，因為毫無準備地墜落才能讓心跳加速。
汽水沁爽解膩，周以滿足地打了個嗝，思緒放鬆下來，隨著夜風，悠悠飄回某個燥熱的夏天。
這個世界上，不是每個小孩的願望都能被滿足。
周以從小就明白這個道理，所以很少說「我想要」。
大一的新生研討課上，她聽學長姐分享出國交流的經歷，她在課本或資料上見過曼徹斯特的芭蕾舞劇院、利物浦的航海博物館、愛丁堡的王子街、斯卡伯勒的皇家城堡，還有最具英式風情的霧都倫敦。

作為一名英語系學生，怎麼可能不嚮往那個陌生而充滿吸引力的國度。

按照她的成績，海外交換可以免去學費，只要承擔這一年的生活花銷就行。

周以猶豫許久才打出那一通給家裡的電話，接通前滿懷期待，在聽到她媽媽充滿疲憊的一聲『喂，小以』後，又突然沒了勇氣。

日常對學業上的幾句嘮叨關心，周以時不時地「嗯」一聲。

『下個月妳生活費可能會少一點，自己節約著，應該還是夠的。然然工作轉正了要買車，妳爸一喝多，說要包個紅包給姪子，拿了兩萬塊硬塞到人家手上。欸，家裡本來就緊缺，妳說他逞什麼能呢。』

花叢邊蚊子嗡嗡地響，周以抱著膝蓋蹲坐在臺階上，滿臉通紅。

最後倉促掛了電話，眼睛一眨，濕熱的眼淚便從眼眶掉落。

委屈和難過像打翻的濃縮檸檬汁，澀到發苦，她胸腔酸脹，無助地躲在無人角落，臉埋進手臂陣陣抽泣。

周以不記得自己哭了多久，初夏的天氣悶熱，她出了一身汗，嗓子冒火，覺得自己快要脫水。

腦袋脹痛，周以發洩似的用拳頭捶，她覺得自己沒用極了。

「欸欸欸，小心把人打傻了。」

捱到第二下時手臂被人抓住，周以抬起頭，借著路燈的光看見一個瘦高的年輕男人。

意識到對方可能一直都在，她一陣窘迫，用手肘擋住狼狽的臉。

李至誠從口袋裡掏出一團皺巴巴的衛生紙，自己都有些嫌棄，但條件有限，只能讓人家女生將就一下了：「擦擦吧，別哭了。」

周以抽噎著，瞪他一眼，不識好人心道：「你看、看什麼看？」

李至誠張了張嘴，說不出話，看她不接，他抽了張衛生紙，上前俯身胡亂幫她抹了把臉：「是我想在這裡陪妳餵蚊子嗎妹妹，妳踩我鑰匙半天，我剛想說妳抬下腳妳就開始哭，我還被妳嚇一跳呢。」

周以低頭看了一眼，挪開腳，地上真有把鑰匙。

李至誠彎腰撿起來，吹了吹灰塞進褲子口袋裡。

「欸，妳是那個外語學院英語系的學妹吧。」

周以沒心情和他聊天，冷漠地回：「我確實是英語系的。」

李至誠在她旁邊坐下，自顧自地開始聊天：「我認識張遠志，他給我看過妳的照片，說妳是英語系這一屆系花啊？」

周以說：「我不知道。」

認出對方是誰，她回頭，上下打量他，問：「你是那個，李學長？」

李至誠頗為驚喜：「喲，張遠志和妳提過我啊，他怎麼誇我的？」

周以收回視線，把下巴擱在膝蓋上，手指玩著自己的鞋帶。

他說你是有錢但吝嗇的二十一世紀鐵公雞。

「走吧。」李至誠站起身，拍拍褲子，「慶祝我找回宿舍鑰匙，請妳吃個霜淇淋。」

周以故意說：「那我要吃甜筒。」

那時甜筒四塊五一個，對她而言是奢侈品。

她看見對方的臉色明顯黑了一度，周以在心底偷偷狡黠地笑。

李至誠抬臂抹去額頭的汗，最終還是同意了：「行，就甜筒。」

周以其實不喜歡吃這類甜食，舔完上頭的霜淇淋，剩下的甜筒對她來說實在是太膩了。

她剛準備丟，就被李至誠出手制止，下令一般道：「浪費可恥，吃掉。」

周以眨眨眼睛。

「吃、掉。」

周以眼裡的水汽還未散，撇著嘴角，含淚吞下那尖角。

這可憐模樣，李至誠大概看得心軟了，從口袋裡摸出一張五元鈔票：「喏，去買瓶雪碧解解膩。」

已經吃人家一個甜筒，周以不太好意思再拿錢，但她身無分文，喉嚨又實在很膩。

算了，反正臉已經丟光了，她抽走錢，正要往超市走，後脖子的領口被人揪住。

李至誠提著她，轉了個方向，指著對面的便利商店說：「去那家，那家只賣兩塊五，這邊的要三塊。」

他說得認真而誠懇，彷彿在討論一個專業問題，比如今天的股市跌漲。

「噗嗤」一聲，周以笑出了個鼻涕泡。

——果然是有錢又吝嗇的鐵公雞。

大概是亂糟糟地哭過一番，周以的笑點變得非常奇怪。

她彷彿被點了笑穴，捂著肚子放聲大笑。

李至誠起初被她笑得措手不及毛骨悚然，漸漸地，像被快樂病毒感染，也跟著低聲笑起來。

「妳他媽，笑屁哦。」李至誠一邊罵她，一邊叉著腰笑個不停。

周以喘了口氣，開啟新一輪爆笑。

吊橋效應告訴人們，不是每一種心跳加速都來源於相愛時的悸動。

那這一刻呢，月朗星稀，夏夜的風潮濕悶熱，蟬鳴終於停止，路燈映亮蚊蟲飛舞的軌跡。

年輕人的笑聲融進風裡，他們的情緒和心跳到達同一頻率。

抬頭對望時，眼裡只有彼此。

他們知道這一刻肆意的笑聲來自對方，那混亂的心跳呢？

第六枚硬幣

週六清晨，天高氣爽，周以拖著行李箱，走到校門口時霍驍的車已經在了。

大家商量後還是選擇自己開車過去，周以被分到霍驍那組，好在還有另外一個男老師在。

霍驍下車，幫她把行李箱放進後車廂。

「謝謝。」

霍驍蓋上車門，問她：「吃早餐了嗎？」

周以搖頭：「沒。」

霍驍說：「車上有三明治，我記得妳喜歡拿鐵。」

周以暗嘆一口氣，這人真是無孔不入，不放過任何一個機會。

她委婉拒絕：「謝謝，但我起得太早沒什麼胃口。」

霍驍體貼到無可挑剔：「那妳等等餓了吃，拿鐵先拿著喝吧。」

車子啟程上路，周以戴上藍牙耳機，開啟降噪模式，假裝靠著車窗補眠，把聊天空間留給前面兩位男性。

倏地，膝蓋上多了件東西，周以睜開眼，是一件男士外套。

她抬起頭，透過後視鏡對上霍驍那雙溫柔到能掐出水來的眼睛。

「車裡開了空調，怕妳著涼，繼續睡吧。」

周以還沒張口，就聽副駕駛的劉老師「哦喲哦喲」起來：「霍老師你太暖了。」

周以提拉肌肉，擠出笑，等兩個人又回到剛才的話題，她面上毫無波瀾，實則手指一番狂點，先往群組裡傳了一串貼圖發洩情緒。

王若含冒泡：『我猜，耶魯男又輸出了。』

周以：『。』

周以：『先是帶了早餐還特地加了一句我記得妳喜歡拿鐵然後又在我睡覺的時候往我身上蓋衣服。』

周以：『救命他到底想幹嘛啊啊啊啊啊啊！』

盧杉山直言道：『追妳唄。』

周以：『不可能，我看他別有用心。』

王若含：『媽的周以，妳乾脆氣死我吧，妳是對帥哥有偏見還是對男的有偏見？我求之不得的帥哥妳棄如弊履？』

周以看她如此渴求，恨不得趕緊拱手轉讓：『要不然我把他介紹給妳？正好金陵離申城也不遠。』

王若含回覆：『別，長相符合我的XP系統，但性格還略有欠缺，我不稀罕。』

這話正中周以下懷：『己所不欲那就勿施於人。』

王若含屈服了：『好好好。』

陳文歡說：『可惜了，他遇到妳這麼個銅牆鐵壁大直女。』

周以不太認可這話：『我是對本人的異性緣有自知之明。』

不是妄自菲薄，周以知道自己長得還不錯，但她的長相並不在男人的審美標準上。

所以在遇到李至誠之前，周以其實從小到大從未收過男生的告白。

就拿高中那起她現在回憶起來都覺得丟人的校花爭奪戰說起，另一個競爭對手是隔壁班的江蓁，人家個頭嬌小，圓臉大眼，據說情書和禮物收到手軟，早晨上學抽屜裡有人塞麵包，午休回來桌上有飲料，晚自習還有人送宵夜。

當時幾乎全年級的男生都投票給江蓁，周以是靠著那群戰鬥力爆棚的女孩子們才逆天翻盤，打回平手。

周以把腿上的衣服疊好放到一旁，她不認為自己有什麼出眾的魅力會吸引到霍驍。

她非常清醒且自我定位準確，因此霍驍那些招數完全無效。

周以拿起手機，滑開螢幕打字說：『也許人家剛從美國回來，寂寞想玩曖昧，但他找錯人了，我就是不吃他這一套，我只希望他趁早收手，我們的八卦快傳遍整個學校了。』

三秒後，頁面彈出一通電話，周以嚇一愣。

看見聯絡人姓名，她抬眼瞄了瞄前面的霍驍，按下接聽。

「喂，怎麼了？」

李至誠劈頭蓋臉就問：『什麼叫寂寞想玩曖昧，妳給我把話說清楚，那個耶魯的傢伙幹嘛了！』

周以警覺地抬手捂住耳機，生怕漏音。她清清嗓子，隨口搪塞道：「我應該是傳錯人了，沒什麼事。」

李至誠根本聽不進去，繼續噪音攻擊：『妳他媽給我離那傢伙遠點，聽到沒？』

周以極敷衍地「嗯嗯嗯」，想趕緊結束這通電話。

卻沒料到，有人唯恐天下不亂。

霍驍回過頭，溫聲問她：「周以，前面有個休息區，妳要去嗎？」

聽筒裡是死亡一般的寂靜，周以感覺像有小蟲在她頭皮上密密麻麻地爬。

她搖搖頭，小聲回：「不用。」

「好的。」霍驍又說：「還有差不多一個小時，妳可以再睡一下。」

周以看了螢幕一眼，確定李至誠還沒掛斷，試探著「喂」了一聲。

無人回應。

「摩西摩西？學長？還還他爹？」

李至誠深呼吸了一口氣，周以的心臟也跟著猛地起伏了一下。

『妳大清早在人家車上要跑去哪？』

周以用手指搓著褲子布料，明明說的是實話，她卻毫無底氣：「教師節旅遊，系裡的老師一起出去玩。」

李至誠冷哼了一聲。

聽筒裡沉默了許久，周以口拙，不知道該怎麼說。

如果是男朋友，她可以撒嬌耍潑賣個萌，但現在兩個人的關係不尷不尬，周以沒有把握，不知如何進退才算得當。

「那個，沒什麼事，那我掛了。」

『周以。』李至誠出聲喊住她，語氣冷硬，低沉的嗓音添了日常說話沒有的壓迫感，『妳之前在國外，我管不了妳，但妳現在在我眼皮子底下，就規矩一點。』

周以連呼吸都暫停了一下。

她抿緊嘴唇，揉了揉發燙的耳朵：「嗯。」

幾乎是氣音，她喉嚨哽著，說不出話。

『掛了。』

「好。」

周以摘下耳機，側過身子藏住神情不自在的臉。

幾分鐘前李至誠傳訊息給她，問她週末打算怎麼過，周以沒注意，切進去的時候把原本的訊息傳錯了人。

李至誠最後那話，她聽懂了。

指尖輕微發抖，周以挺想罵自己沒出息，但又真聽話地如他所言那般「規矩」。

周以：『這個週末教師節旅遊，大家一起出去玩，一天一夜，明天下午回學校，我被分到坐他的車，還有一個老師在的。』

李至誠回：『知道了，玩得開心。』

周以撇了撇嘴，真生氣了嗎，都不問問她去哪裡玩。

路上無聊，鬧了這麼一出周以也沒睏意了。過了一下，她又戳進李至誠的聊天室。

周以：『你在幹嘛？今天怎麼起這麼早？』

李至誠說：『被我媽喊醒了，要我去陪她那群小姐妹吃飯。』

周以：『那你去嗎？』

李至誠：『不去。』

周以：『為什麼？』

李至誠：『我傻嗎？她們要是真的姐妹聚會幹嘛喊我，喊我就是要介紹對象。』

周以：『哦。』

周以：『那你別去。』

李至誠：『不去。』

周以：『嗯嗯。』

沒話說了，周以點了一張貓貓托腮的貼圖傳過去。

聊天欄上方又出現「對方正在輸入中……」，周以不自覺勾起唇角。

李至誠說：『我本來正打算出門。』

周以問：『去哪？』

李至誠：『找妳。』

周以收緊呼吸，嘴角的弧度更大，她從口袋裡摸出口罩，掛在耳朵上調整好位置。

周以：『那你別來了，我出去玩了。』

李至誠：『嗯，不去了。』

周以又問：『今天溪城的天氣好不好？』

李至誠：『我拉開窗簾看看。』

李至誠：『挺好的，是晴天。』

李至誠：『我睡個回籠覺，妳在外面注意安全。』

周以：『知道了，睡吧。』

周以收起手機，高速公路上車輛平穩前行，路過一排大樹，綠蔭掩映，陽光傾灑其間，快要到溪城了。

她點開相機，對準車窗外掠過的景色拍了一張。

兩個小時的車程，下車後，周以捶著後腰，伸了伸痠痛的四肢。

沐心山莊離拈花灣風景區很近，是附近規模最大的住宿，整體仿造了唐朝小鎮風格，古色古香。

山莊裡也有許多設施可以娛樂休閒，幾個老師說要一起泡溫泉。

進入大門，看到小庭院裡有個木製鞦韆，周以眼睛亮了，拿出手機遞給旁邊的王老師，問道：「能幫我拍一張嗎？」

「好啊好啊。」王老師熱情接過手機。

周以走過去，坐在鞦韆上，擺好姿勢，看向鏡頭笑了一下。

「好咧。」王老師抓拍了幾張，把手機還給周以，「果然漂亮隨便拍都好看。」

周以不好意思地笑了笑，挑出最滿意的一張，放大圖片，截掉背景，只露出她的半身和鞦韆，連同剛剛路上拍的景色一起上傳動態。

配的文案是：『今天天氣很好，適合見面。』

陳老師喊大家去前檯辦理入住，周以拿了房卡，找到對應的房間。

據說山莊裡每間房的布置和風格都不一樣，周以的這間是田園主題，淡紫色壁紙和鵝黃窗簾，床單是奶白色，點綴著綠色碎花，化妝檯上擺著花瓶，裡頭插著幾朵洋桔梗。

屋裡飄著淺淡的花香，收拾完行李，周以栽倒在柔軟的床鋪上，舒服地滾了兩下。

群組裡陳老師喊大家吃午飯了，周以換上一件綠藍格西裝連身裙，重新補了口紅，拿包下樓。

李至誠大概是還沒醒，沒看見動態也沒傳訊息給她。

周以邊走路邊打字：『吃午飯啦，快起床！！！』

正午的陽光燦爛金黃，有人在屋裡睡得昏天黑地。

李至誠是被雲峴找上門掀開被子喊醒的，睜眼就是對方極其嫌棄和無語的一張帥臉。

「我靠，你他媽嚇人啊。」李至誠撈過被子蓋住腦袋，翻個身繼續合眼睡覺。

「趕緊起來。」雲峴走到窗邊拉開窗簾，「你知道誰來溪城了嗎？」

李至誠懶懶回：「誰來了老子今天都要睡到下午。」

雲峴抱著手臂，已經做好等等盡情嘲笑他的準備：「周以來了。」

如同按下開關，李至誠咻一下從床上彈起，頂著亂糟糟的頭髮，瞇著眼睛提高聲音問：「誰？」

「你自己看動態。」雲峴把手機丟給他。

李至誠揉揉眼睛喚醒螢幕，看見雲峴打了九通電話給他，姜迎四通。

李至誠雙手合十：「你們夫妻倆真是我的救命恩人。」

雲峴從衣櫃裡拿了衣服給他：「恩人太重，再生父母就行。」

李至誠白他一眼罵了聲「滾蛋」，點開找到那則動態。

十點三十二分上傳的，李至誠匆匆掃了文字一眼，點開圖片。

雲峴問：「我應該沒認錯吧，那是你家山莊。」

李至誠有些反應不過來，呆愣地點點頭：「是。」

這鞦韆他不可能認不出來，那是某年暑假，被他爸以一個新鍵盤為報酬，李至誠自己動手搭的，現在擺在山莊門口的小庭院裡。

李至誠一拍腦門，恍然大悟：「她說週末老師們出來旅遊，原來是來我這啊。」

雲峴嘆了一聲氣：「那你還坐著幹嘛？」

「哦哦哦。」李至誠套好衣服，火急火燎刷牙洗臉。

雲峴和姜迎的公寓就買在李至誠隔壁那棟，下樓取車時，雲峴說：「欸，等等姜迎。」

李至誠歸心似箭，但又不想表現出來，強忍著說：「等她幹嘛？」

雲峴挑了下眉，回答道：「週末無聊，我們也去玩玩。」

李至誠狐疑地打量他一眼：「……行吧。」

三分鐘後，樓梯間裡傳來一陣急促的腳步聲，姜迎跑了出來，臉上的興奮按耐不住，彷彿是要春遊的小學生。

第一次見她眼睛放著光，李至誠哼了一聲，諷刺道：「我的姜大企劃，什麼時候上班這麼積極就好了。」

姜迎眨眨眼睛，收斂表情躲在雲峴身後。

雲峴自然是護著她的，咳嗽一聲啟唇道：「現在又不是上班時間，這是我老婆，不是你員工，注意言辭。」

李至誠氣結，做了個乾嘔的動作：「有老婆了不起吼。」

雲峴催他：「快開你的車。」

一旁的姜迎補完後半句：「找你的老婆去。」

度假山莊開過去要近一個小時，遇到週末車輛擁堵，二十分鐘過去了才往前挪動幾公尺。

李至誠心急如焚，焦躁地捶打著方向盤，旁邊二位氣定神閒，一邊閒聊，一邊分食姜迎從包裡拿出來的鹽津桃肉。

終於忍不下去，李至誠誇張地咳嗽兩聲，架勢好比公園裡晨練的老大爺開嗓。

雲峴停下，看他一眼，了然地點點頭，從袋子裡拿出一顆桃肉塞到李至誠嘴裡，埋怨道：「你不早說你也要吃。」

李至誠：「……」

鹽津桃肉味道鹹酸，李至誠嚼了兩下，表情痛苦，一臉嫌棄：「這什麼東西？」

姜迎向前探出腦袋：「好吃吧？簡直讓人口齒生津。」

李至誠勉強嚼完咽下，他不喜歡吃酸的，冷酷地回：「好吃個屁。」

姜迎垮下臉，小聲嘟囔：「不好吃以後別去我零食筐裡拿吃的。」

李至誠清楚聽見，回擊道：「我還沒說妳呢，哪有人辦公桌上的收納籃拿來裝零食的？就是妳帶起來的，妳看看我們工作室什麼風氣。」

姜迎怒了：「媽的，你在辦公室擺一牆手辦就作風優良了？」

雲峴聽他們吵架聽得頭大，一手一個安撫道：「好了好了，不吵了，和氣生財和氣生財。」

姜迎嬌嗔地哼了一聲，偏過頭去。

李至誠賤兮兮地也學著她哼了一聲。

雲峴嘆氣著搖搖頭，兒子女兒沒一個省心。

過了一下，雲峴問李至誠：「你和周以說了嗎？你要過去。」

李至誠搖頭：「沒說。」

「你不和她說一聲?」

李至誠揪了下耳朵:「我不想表現得我很猴急。」

姜迎嗤笑一聲:「你還不夠猴急嗎?」

被李至誠凶神惡煞地瞪了一眼,姜迎縮著脖子躲到雲岘的座椅後,識時務地狗腿道:「我覺得老闆說得對,不能表現得太著急。」

離山莊越來越近,最初的急躁過後,緊張感又突如其來。

李至誠深呼吸一口氣,握著方向盤的掌心已經冒了汗。

「我和她現在這個關係,做什麼好像都可以,又好像都不可以。」

他很少求助別人,不屑也不需要,所有問題的解答,都要自己想明白,自己做出選擇和決定才算完成。

但李至誠現在是真的束手無策了,他被困在一個迷宮,有的時候陽光刺破雲層,眼前明朗,前路清晰可見,更多的時候,濃霧繚繞阻擋視線,他不知道往哪走,走幾步,撞上的是牆還是出口。

這題太難了。

姜迎卻不懂他的困頓,理所當然道:「那你為什麼不直接和她說清楚呢?你們不是都想復合嗎?也許她在等你呢。」

李至誠摸了摸嘴唇,塞車時間太久,菸癮發作了。

他說:「是她甩了我。」

姜迎以為他是顧及男人的臉面：「哎喲，追老婆嘛，面子可以先放放的。」

「姜迎。」李至誠沒把話說透，「解鈴還須繫鈴人。」

姜迎不明白：「什麼意思？」

李至誠非常清醒且現實：「如果以前的問題還沒解決，再來一次也一樣。」

——只有等從前的心結解開，他們才能暢快地談以後。而這個結不在他這裡，在周以那裡。

姜迎表示理解地點點頭，又問：「那你們當初是因為什麼分手？」

李至誠很輕地笑了下，現在想起來還是覺得荒唐：「因為丟了一把鑰匙。」

不欲再聊這個話題，沒管姜迎還想刨問的欲望，他就此停住：「不說這個了，說起來就鬱悶。」

到達山莊已經是下午一點，停車場裡滿是車，週末來短途旅行的遊客很多。

李至誠傳訊息給周以，問她現在在幹嘛。

拔了車鑰匙剛要收起手機，就看到畫面上的來電提醒，他接起，打開車門下車。

「喂，媽。」

『出門啦？』

李至誠頓了下，問：「妳怎麼知道？」

『我看你社群計步變化了。』

「……我和雲峴有事，怎麼了？」

『你們去哪啊？』

李至誠隨便編了個理由：「他想幫店裡換兩盆花，我們在市場。」

卻不料被沈沐心一眼看穿，冷著語氣警告道：『李至誠，三歲的時候我就告訴過你撒謊是個惡劣的行為。』

李至誠一個激靈，挺直腰背，猛地反應過來：「……妳是不是看見我了？」

沈沐心說完『回頭』，便掛了電話。

李至誠如同鈍化的機器人，僵硬地轉過脖子，看到身後幾十公尺遠處，站著以他母親為首的一群女人，各個穿著優雅裙裝，或笑或私語。

都是熟人，貴婦圈裡的太太們，有一個想撮合自家小女兒和他已久，李至誠看見她就頭疼。

走過去的幾步，李至誠已換上與人應酬的得體笑容，逐一打了招呼。

週末聚會，太太們都帶了女兒一起，她們剛剛吃完飯，這時出來散步消食，想去半山腰上新建的花房看看。

和沈沐心那幾個老閨密寒暄完，李至誠被他媽推到另一個女人堆裡，並收到命令：「帶著妹妹們好好玩，剛剛吃飯的時候還說起你了呢。」

李至誠硬著頭皮應下來，回頭想求助雲峴和姜迎，卻發現那兩人早就沒影了。

再次被看穿心思，沈沐心的聲音從他身後悠悠飄來：「你被我逮到就別想跑，好好陪她們玩。」

李至誠企圖脫身，說：「我是真有事才來的。」

「什麼事？」

李至誠當然不說實話，要是被他媽知道周以在這，那更要命。

他拿出手機看了一眼，周以還沒回訊息。

「行吧。」李至誠妥協了，「就陪一個小時，我收費的。」

沈沐心呵呵笑著：「行，我現在就轉給你。」

看見數額不菲的轉帳通知，李至誠滿意地咳嗽一聲，抻抻手臂開始營業。

不就是一群小女生，他應付得還少？

李至誠單手插口袋，未打領帶的白襯衫襯得他今天多了幾分斯文，是劍眉星目的貴公子，是風流倜儻的少東家。

他坐擁身後整間山莊，對這裡如數家珍，彷彿年輕的國王般，右手一抬，瀟灑又自如道：「最近花房裡的玫瑰開得特別好，走，我帶妳們看花。」

行程沒有特別規定，小陳老師放他們自由行。

吃過午飯，幾個老師動身前往拈花灣風景區，周以臨時接到樂翡的電話，說是有場戲考慮到天氣改了通告。

臨時在民宿房間裡上了堂網課，緊急幫樂翡順完臺詞，周以伸了個懶腰，心疼自己這個苦命打工仔。

她起身倒水，拿起手機才看見李至誠的訊息，回覆說：『現在在房間裡，正準備出去逛一逛。』

看對方沒立刻回，周以起身收拾東西準備出門。

她剛剛聽王老師說山上有個花房很漂亮，還有家據說可以媲美 Cafe de Flore 的咖啡館。

周以對那些景點沒什麼興趣，她把 Kindle[5] 放進包裡，打算在咖啡館消磨這個下午。

走到一樓大廳，發現霍驍正坐在沙發上，周以剛想假裝沒看見悄悄溜走，對方就像感應到了，抬起頭看了過來。

「周以？」

周以閉了閉眼睛，揚起微笑應：「欸。」

「妳沒跟著去？」霍驍有些意外。

「嗯。」周以點點頭，「我有點事。」

霍驍放下手中的雜誌站了起來，周以的視線也跟著抬高。

他問：「那妳現在打算去哪？」

周以回答：「隨便出去逛逛。」

霍驍藉機邀約道：「想去花房看看嗎？聽說挺漂亮的。」

5 Amazon 公司設計的電子書閱讀器。

周以心裡咯噔一下，只能說：「行啊。」

意外收穫一個同行者，周以不太自在，只能低頭走路。

山路上設了一段玻璃露臺，腳下是全透明的，可以看見底下的繁茂樹林，彷彿行走在雲端。

「周老師。」

不知道什麼時候開始霍驍慢了她半步，周以回過頭：「嗯？」

陽光燦爛，今天的氣溫有三十度，綠葉泛著光，蟬鳴不休，有幾隻麻雀撲搧翅膀停在欄杆上。

霍驍額頭冒了層汗，卻一點都不狼狽，他微紅著臉頰說：「能不能走慢點？」

「啊？」

霍驍靦腆地笑：「我有點懼高。」

他說起自己的弱點，卻絲毫不窘迫。

反倒是周以不好意思起來：「我走太快了是不是？對不起對不起。」

她往回走，下意識伸出手。

霍驍抬手，搭上她的手腕：「沒事，走慢點就行。」

周以扶著他放慢腳步：「你別往下看，往前走。」

霍驍點頭，臉頰兩邊出現酒窩：「好，往前走。」

走過玻璃露臺，霍驍便鬆開了手，他叉著腰，長長鬆了一口氣，恐懼的滋味不好受，好在有周以。

這樣想著，他望過去的眼神有了細微的變化。
周以也出了汗，她拿出衛生紙分給霍驍一張。
霍驍接過，直直盯著她的眼睛，說：「謝謝。」
「不用。」周以用手搧著風，指著一塊指示牌問，「前面是不是就是咖啡館？」
霍驍順著她的方向看去：「嗯，好像是。走吧，我請妳喝咖啡。」
咖啡館外放置了圓桌和格紋編織座椅，典型的法式風格，玻璃門上綠植叢生，可見幾多淺色玫瑰，隱藏其間的木牌寫著花體英文字——Misty Rose。
「Misty rose，是種花嗎？」霍驍好奇。
「不是，是種顏色，薄霧玫瑰。」周以斂目，邁步進屋，「走吧。」
這間咖啡館以棕白為主色調，點綴著灰粉，擺設和裝飾復古而精緻，門口的五斗櫃上鋪了碎花桌布，上面的小東西多種多樣，彷彿進了古董博物館。每一張桌子上都有裝著淺色玫瑰的玻璃花瓶，光線偏暗，比起文縐縐的詩意，它更具一種讓人如臨夢境的油畫感。
前檯的服務生看見他們，微笑道了句：「歡迎光臨。」
木框黑板上用白色粉筆寫著菜單，霍驍瀏覽完，點了一杯烤栗子拿鐵。
「周以，妳想喝什麼？」
沒聽到回答，霍驍用目光找尋周以，看見她正目不轉睛地盯著裡頭的某一桌看。
方桌上圍坐了四五個年輕女孩，言笑晏晏，正拿著手機聚在一起拍照。
不過有些詭異的是，這桌還有一位男士。

他穿著白襯衫和黑色西裝褲，背著光看不見五官，但光看氣質就優越出眾，連隨意靠著椅背喝口花茶都透著貴氣，好像他並不是這裡的客人，而是屋子的擁有者。

有個女孩把手機遞給那位男士，似乎是想讓他幫忙拍照。

男人伸長手臂接住，橫過手機對準她們，樣子不算認真，但還算是有耐心。

周以終於動了，她拿出手機，解鎖螢幕滑動兩下，然後撥了一通電話。

霍驍看見那男人的手機鈴聲隨之響起，他從口袋裡取出，看見來電人後立刻拋下手中的事，飛快按下接聽。

周以問：「你在哪裡？」

電話裡的人說：『我，我和雲峴……』

一句話沒有聽完，周以拿下手機點擊掛斷，動作非常俐落乾脆。

本就長得英氣，這下板著臉，更顯得高冷不好惹，連前檯服務生都噤聲，不敢催她快點餐。

電光火石之間，霍驍頓悟，原來是一場不太愉快的捉姦啊。

但他明明聽說，周以是單身？

霍驍的嘴角露出意味深長的笑意，那與他平時的無害溫和截然不同。

他玩味又隱隱興奮地想，事情變得有趣起來了。

某種直覺告訴他，接下來，就是他上場表演的時刻了。

晴明陽光從打開的木門瀉進屋裡，霍驍站在逆光中，幻想自己是偶像劇裡，總是從天而降、英雄救美的男主角。

抒情bgm播放，氣氛拉滿，霍驍向前邁了半步，抬起左手，遮住周以的眼睛，從背後把她整個人擁在懷裡。

霍驍猜測，她現在的表情應該是死死咬著下唇，泫然欲泣。

所以他輕聲安慰道：「沒事，有我在。」

眼前突然一黑，周以嚇一跳，隨之而來是貼在耳邊的細語，她起了滿身雞皮疙瘩，耳朵又濕又癢難以忍受。

搞什麼呢？

她想掙脫開，霍驍卻緊緊箍住她，彷彿她迫切需要這個擁抱。

周以深呼吸一口氣，微蹲下身，氣沉丹田，彙聚全身力量，手肘向後用力推了一下，然後掄起手臂。

霍驍：？

這架勢是要幹什麼？

哪一部電視劇這麼演啊？他是深情男主，又不是街邊的地痞流氓。

出於保命的本能反應，霍驍趕緊卸了力氣鬆開手。

使出去的力氣突然沒了地方承受，周以用力過猛，重心不穩要往後倒。

霍驍見勢又趕緊來拉她，周以感覺手臂被扯得要脫臼，她清楚聽見自己的骨頭聲。

情況逐漸失控，被扯回來後，周以和霍驍直直迎面撞上。

看著距離越來越近，周以驚恐地閉上眼，在生死關頭，她竟然還有功夫跳脫地想，如果這樣撞上人家梆硬的胸肌撞出腦震盪，也不失為一樁美談——如果霍驍有的話。

「啊！」

「呃。」

一聲驚呼，一聲低吼，彷彿火星撞上地球，摩擦出的卻不是火花是血淚。

顯然，周以漏算了她的身高，這麼撞過去，哪能撞到人家胸膛。

額頭上磕到硬物，一瞬的鈍麻感過後，周以感到鑽心的、火辣的疼從天靈蓋一路刺激全身神經。

「Gosh！」她咬牙罵了句洋文。

霍驍也沒好到哪裡去，痛苦地捂著嘴，一再確認門牙沒被撞飛才放下心。

周以摸到額頭上有濕熱的血，整張臉都扭曲了。

很快屋子裡的人都注意到門口的動靜，李至誠端著茶杯，漫不經心地把視線投向那處。

背著光，也只能看見一個模糊的身影，也許是小情侶吵架在拉扯。

李至誠覺得無趣，收回的視線卻頓在半空中。

那女孩，怎麼這麼像周以？

他情不自禁站起身，走近求證。

在確認那就是周以的下一秒，李至誠剛要出聲喊人，就看見那個礙眼的男人吻在她額頭上。

媽的？

眼球充血，血壓飆升，李至誠攥緊拳頭，骨骼按壓得「咯咯」響。

即使心裡飆了一萬句髒話，他表現出來的也只是陰沉了臉色。

李至誠不再走過去，站在幾公尺遠，克制著怒火，壓低聲音喊：「周以。」

周以聽見，捂著額頭回頭看過來。

對上她一副要哭的表情，李至誠心空了一瞬，頃刻破防，其他情緒全部拋之腦後，他拔腿就跑過去，「怎麼了啊？」

「學長。」周以拿下手，眼眶裡盛滿了淚，一開口便如滾珠掉落，她抽泣著說：「好像撞到了。」

李至誠捧著她的臉，仔細查看傷口，一小塊皮掉了，露出血肉，正冒著血珠。

他輕輕呼氣，問：「疼不疼？」

周以的聲音帶著哭腔，委屈至極：「疼死我了。」

李至誠心上的軟肉揪在一起，又擔心又著急：「也心疼死我了，祖宗。」

他替周以抹了把淚，抽了前檯的衛生紙替她擦去邊緣的血跡。

周以想抬手，被李至誠按住：「別碰，我帶妳回去擦點藥。」

周以乖順地點頭，任由他牽著帶自己離開。

一隻腳踏出去，周以才想起霍驍，停下腳步回頭看向他，問：「你沒事吧？」

霍驍搖搖頭，朝她溫柔笑了一下。

「那我先走了，這是我學長。」

霍驍不動聲色地看了李至誠一眼：「好。」

李至誠毫不退讓地回視過去。

那是帶著敵意的眼神，彷彿森林裡巡邏的雄獅，告誡欲侵犯自己領地的外來者。

待兩人相攜離開，留下一屋子八卦群眾，霍驍自然也待不下去，清清嗓子，整理一下衣領，推開門，不慌不急地走了出去，反正他不尷尬。

回想起剛剛嬌氣可憐、哭得彷彿被全世界拋棄的周以，霍驍的神情又有些不自在。

那是不在他計畫和預料範圍之內的心軟和酸澀。

霍驍用手背蹭了蹭自己的下巴，那裡應該青了一塊，其實他受的傷也不輕。

如果沒有突然介入的男人，幫她擦眼淚的人是不是就是自己呢，霍驍望著無雲的天空胡思亂想。

大概不會，在那個男人出現之前，周以把嘴唇咬得快要破皮，也沒有表現出一絲一毫脆弱。她原本是不打算哭的。

疼痛緩過去，哭聲止了，周以拿回自己的手，插進口袋裡，低著頭快步走在前面。

李至誠加快步伐跟上她：「走那麼快幹什麼？」

周以想裝作善解人意，話說出來卻是咬牙切齒的：「你再不回去，妹妹們要生氣了吧，我沒事，快回去吧。」

李至誠抓住她的手臂：「哪來的妹妹？」

周以偏過頭，小聲嘟囔：「明明說不去的。」

李至誠滑過她的手腕，和她掌心向貼：「真沒想去，被我媽強迫的。」

周以不信，嘁了一聲：「介紹對象還是皇上選妃，這麼多個。」

李至誠的手指穿過周以的指縫，緊緊扣住：「再多都不喜歡。」

周以剛剛沒注意他的小動作，反應過來已經掙脫不開，她也沒力氣了，抽了兩下抽不走，就隨他牽著。

李至誠開口問她：「那個就是耶魯的？」

周以「嗯」了一聲。

李至誠追問道：「你們怎麼一起行動了，其他老師呢？」

周以解釋說：「正好碰上了。」

李至誠將信將疑：「是嗎？」

周以察覺出不對勁，抬頭瞪了他一眼。

明明該生氣的人是她吧？怎麼反而輪到自己被審問。

她抬腿就往李至誠腿上踹了一腳，氣鼓鼓地往前走。

李至誠不知道是不是被踹疼了，不再追上來，慢慢走在她身後兩步遠。

兩人一前一後，一個盯著腳下的路，一個盯著前面那個的後腦勺。

走到玻璃露臺，周以突然停下，回頭小跑到李至誠身邊。

李至誠心裡一緊：「怎麼了？」

周以還是不看他，嘴唇緊繃著，沒消氣，但伸手牽住了李至誠：「別往下看，被嚇到腿軟我可背不動你。」

李至誠得寸進尺，十指相扣住：「好的。」

「到底是哪個傻子提議蓋的？難道不知道這個世界上有人懼高嗎？」周以一邊走，一邊忍不住抱怨。

李至誠皺了下眉，抿著嘴不說話。

能俯瞰山林的玻璃棧道、四季花房、Misty Rose 咖啡館，這些都是他想的。怎麼就傻了。

但他又知道，周以是為自己抱不平。

她到現在都以為他懼高。

檸檬糖在陽光下化開，李至誠心裡酸軟，用指腹撫了撫周以的手背。

「來山莊怎麼都不告訴我？」

周以沒好氣地回：「你又沒問。」

「知不知道我是一路加速趕過來的，結果剛下車就被我媽逮住讓我陪客，那群小女生嘰嘰喳喳吵死了，還纏著我送遊戲金幣、寶石，哪來的臉。」李至誠吐槽起來就滔滔不絕，不要臉地把自己描繪成一個飽受壓榨的苦力工人，絲毫沒提高額報酬的事。

天氣熱，在室外走了一下就出一身汗。

山莊裡有家超市，周以轉進去，買了兩個冰淇淋甜筒。

「那你辛苦了，獎勵你的。」周以把巧克力口味的遞給李至誠，自己吃草莓的。

李至誠剝開包裝，還沒停下吐槽：「花茶難喝死了，真不知道她們怎麼想的，怕胖不喝奶茶，怕晚上睡不著不喝咖啡，沒意思。」

周以咬著霜淇淋，撇了撇嘴，剛剛看你喝得挺開心的啊。

回到民宿，李至誠跟前檯要了醫藥箱，提在手裡跟著周以回房間。

聽到她的樓層和房間號，李至誠問：「要不要幫妳換個套房？」

周以趕緊搖頭：「不用，現在這間挺好的。」

刷完房卡進屋，周以先溜進廁所想看看額頭的傷口，考慮要不要在論壇社死版寫篇文，標題就叫「我破相了，因為額頭被人啃了一口」。

好在傷口不大，但看起來還是有些血腥，牙齒果然是人身上最堅硬的部位。

她出來的時候，看見李至誠蹲在茶几旁，正翻找著盒子裡的藥，皺著眉抿著唇，他認真專注的時候就是這副表情。

襯衫袖子捲了上去，露出線條清晰的小臂，李至誠這種鐵血二次元至今沒有淪落成肥宅，大概就是他還喜歡打籃球，真是不幸中的萬幸。

站在門口看了一下，周以才慢吞吞挪過去，坐到沙發上。

李至誠用棉花棒先幫她把血跡擦乾淨，再塗抹一點消炎藥。

「嘶——」周以疼得倒吸一口氣。

李至誠放輕動作：「疼就掐我。」

周以聽話照做，在他手臂上狠狠掐了一把。

「靠。」李至誠低罵一聲，搓了搓被她掐紅的地方，「我懷疑妳趁機報復。」

周以聳聳肩，無所謂地說：「你也可以報復回來。」

李至誠朝著傷口呼了呼氣：「我捨不得。」

周以不說話了，摳著衣服紐扣，氣消了百分之七十。

塗完藥，李至誠拿出個ＯＫ繃。

周以一看，拒絕道：「別吧，貼腦門上多醜啊。」

李至誠垂眸看她一眼，挑挑揀揀又找到一個兒童用的，上頭印著蠟筆小新的圖案。他撕開貼紙，這次不管三七二十一直接貼在周以腦門上：「外頭灰塵多，還是貼一個。」

兩人坐得近，周以發現李至誠脖子上沾了一根貓毛，伸出手，替他撚掉。

指甲剮蹭到皮膚，李至誠很明顯地瑟縮了一下。

周以看他反應過激，解釋道：「有根貓毛。」

李至誠用手背擦了擦脖子，語氣裡帶著警告意味：「別隨便摸喉結。」

周以問：「為什麼？」

「男人的第二性徵懂不懂？」

周以笑了，不理解他的敏感，脫口而出道：「你的第一性徵我也沒少摸過啊。」

第七枚硬幣

李至誠靜默幾秒，眸光暗了下去，雙手撐在身後，身子向後仰，拉開兩人的距離，也更好地打量周以此時的面部表情。

他勾起嘴角，眉梢聳動，玩世不恭道：「我以前就告訴過妳，嘴砲是什麼後果。」

周以緊盯著他，裝傻挑釁：「什麼後果？忘了。」

無異於火上澆油。

李至誠看了周以兩秒，突然站起身，右腿膝蓋擱在沙發邊沿，極具侵略性地向她壓了過去。

眼前的光線暗下來，周以收緊呼吸，心怦怦亂跳。

李至誠的另一隻膝蓋磕在她雙腿之間，他往左右撥了撥，將間距分得更開。

裙擺布料繃緊，周以忸怩地動了動。

李至誠居高臨下地瞥了她一眼，嘴角有若有似無的笑意。

周以屈起手臂擋住臉，做著自欺欺人的掩蓋。

帶著體溫的手指刮了下皮膚，李至誠熟悉的敏感位置。

周以毫無防備地顫了一下，草莓霜淇淋的味道還殘留在口腔裡，變得格外黏膩，喉嚨口緊澀，她急需溫水解渴。

李至誠咬在一個足夠隱祕的地方。

不輕不重，也不會留痕，只是起到提醒作用。

周以不敢看他此刻的姿勢和神情，光是想像她就要崩潰。

李至誠並未停下攻克，指尖是他破城的武器，步步為營，張弛有度。

倏地，周以渾身一僵，酥麻感從腦後刺激神經，這一刻她大腦空白，什麼都不記得了。

窗簾遮住室外的陽光，屋裡像是處無人祕境，不知晝夜，一切物體都失真。

迷霧散開，麋鹿躺在沼澤邊，溪流汩汩，捲攜著灰粉色的花瓣流向森林深處。

李至誠對她的掌控拿捏總是輕而易舉。

「別。」周以啞著聲音出聲制止，她認輸了。

李至誠掀眼看過來，判斷道：「看來想起來了。」

他很輕地笑了聲，從她身上撤離。

壓迫感解除，周以終於能喘氣，她收緊雙腿坐直身子，看見李至誠抽了張衛生紙，慢條斯理地擦拭，他連襯衫都沒出現一點褶皺。

周以澈澈底底的輸了。

李至誠又走過來，伸手想替她整理衣服，被周以一掌拍開。

她替自己胡亂扣上扣子，快步跑進了洗手間。

特地背對鏡子，周以後腰抵在洗手檯上，不想看見自己臉頰和眼尾的潮紅。

太不爭氣了，她才是被玩的那一個。

周以有很多壞毛病，大多都是李至誠寵出來，再被他想個方法治好。

剛戀愛時，兩人一個不到二十，一個二十出頭，都還年輕。

對於性事，周以不敢，李至誠捨不得。

接吻擁抱、肌膚相貼容易擦槍走火，但再動情李至誠都會及時止住。

有的時候，周以想試探他，也是恃寵而驕想使壞，會故意用言語撩撥、挑釁、暗示。

一次兩次李至誠不理她，後來大概是實在過分了，被他按著腰趴在桌上，不知是認真還是玩笑地威脅了一句：「再嘴砲就等著挨操。」

回憶完畢，周以打開水龍頭洗了把手，然後把潮濕冰涼的手掌貼在臉頰上降溫。

等心緒終於平靜下來，她才打開門走出去。

李至誠站在窗邊，舉著手機打電話。

周以放輕腳步，回到沙發上規矩地坐好，手交疊放在大腿上，又覺得自己這樣太過刻意，乾脆跪坐在地毯上，拿出包裡的Kindle。

「我沒丟下她們不管啊，一個小時到了，我下班了。」

「啊？沒誰，不認識，人家在我們這裡受傷了，我怕鬧大，出面解決一下。」

「就帶去醫務室處理了一下，輕傷，沒事。」

周以反應了半晌，才意識到他口中說的那個「陌生人」是自己。

一時有些五味雜陳，周以吸了吸鼻子，想集中精力在手中的閱讀器上，不要再聽他說了什麼。

「知道了，我等等過去。」李至誠以這句為結束語，掛斷了電話。

腳步聲走近，他的皮鞋出現在視線範圍內，周以繼續低著頭，視若無睹。

李至誠問她：「晚上有安排嗎？」

周以答：「和其他老師約了泡溫泉。」

「行。」李至誠不忘叮囑她，「晚上山裡冷，多加件外套，別泡太久，半個小時就行。」

周以「哦」了一聲。

等實在沒話說了，李至誠才開口道：「我晚上有個應酬，不能陪妳吃飯了。」

周以冷淡地回：「本來也沒想讓你陪。」

李至誠坐到沙發上，不管她聽不聽，他該解釋的要解釋：「今天下午那群小女生，父母那輩關係都不錯，主要是生意上有來往。今晚幾家人一起吃飯，我既然在這就推脫不了，必須陪著。」

周以點頭：「知道了。」

李至誠摸了摸她的後腦勺，像是對她乖順懂事的獎勵。

看還有時間，李至誠提議道：「花房看了沒？要不要帶妳去看看？」

周以本來下午想去，但這時也沒了興致，搖搖頭說：「不去。」

李至誠也不強求，換了個舒服的姿勢躺在沙發上，打了個哈欠：「我睡一下啊，到了五點喊我。」

他人高馬大，縮在狹窄的沙發上顯得挺可憐的。

周以推推他手臂：「要睡去床上睡。」

李至誠求之不得，立刻起身上床。

過了一下，周以聽到臥室裡李至誠喊：「周以，妳睏嗎？」

「幹嘛？」

「過來陪我，一個人好無聊。」

周以無語地嘆聲氣，到底幾歲了，她從行李箱裡拿出一個安撫玩偶，是隻軟綿綿的毛絨綿羊，走進臥室往被子裡一塞，對李至誠說：「它陪你。」

李至誠揉了揉，覺得手感不錯，心滿意足地抱進懷裡：「那就將就一下吧。」

周以替他掖好被子，往空氣裡噴了一點果味香氛助眠，然後輕輕帶上臥室的門。

原本的計畫被打亂，周以只能在房間裡看書。

快五點的時候，沒等周以叫，李至誠自己出來了，他又在接電話。

看他有幾搓頭髮亂了，周以抬手示意他撫平。

李至誠看著她，換了隻手拿手機，走到她面前俯低身子。

周以抿了下嘴唇，踮腳替他理好。

李至誠勾起嘴角笑了笑：「我馬上就來。」

掛了電話，李至誠對周以說：「那我走了。」

周以看都不看他：「快滾吧。」

李至誠依舊是笑：「晚飯別吃辛辣的，泡溫泉當心碰到水。」

周以連連點頭，像是不耐煩了，催他快走。

訊息上，小陳老師說大家在風景區吃完晚飯再回飯店，問周以要不要幫她帶一份。

周以回：『不用啦，我去餐廳吃就行。』

小陳老師幾乎是明示她：『霍老師也沒來，不知道他怎麼吃飯的。』

周以只能佯裝不懂：『他應該也自己找東西吃了吧。』

晚上溫泉池人多，周以想著乾脆趁吃飯時間先去泡了。

她收拾好東西出門，在更衣室換完泳裝，走到池子邊時裡頭已經有四五個女孩，看來和她的想法一樣。

溫泉四周堆砌著崎嶇不平的石塊，池子與池子之間用綠竹格擋，霧氣繚繞，有舒緩的音樂聲。

周以泡的這個，功效是美容養顏，水面上還飄著玫瑰花瓣。

身體逐漸浸入溫熱的池水，全身細胞彷彿被啟動，她趴在水池邊，下巴擱在手臂上，放鬆神經，長長地呼出一口氣，在心底感嘆了一聲：「舒服！」

旁邊的女孩們是結伴出來的，圍成小圈喝著冰飲聊八卦，周以縮在一旁獨自發呆。

她閉著眼，也沒管時間，任由肉體和心靈被全方位治癒，意識逐漸昏沉，她感覺下一秒就要睡過去，直到被旁邊一陣動靜鬧醒。

周以睜開眼看向那幾個女孩，好像是丟了什麼東西。

「我戴在手上的，什麼時候沒的？」

「我剛剛還看到妳手上有呀。」

聽她們的對話，周以猜想應該是貴重的飾品，也幫忙左右看了看。

她一抬眼便看見入口處的臺階上躺了枚戒指，Tiffany 雙T系列，半圈玫瑰金鑲鑽，半圈綴著珍珠母貝，實在太耀眼，讓人想忽視都難。

這時，其中一個開口說：「算了，不找了。我去和李至誠說我在他這裡丟了東西，讓他好好補償我。」

其他女孩紛紛笑起來：「妳好會哦，快讓他約妳吃飯看電影。」

「這麼一想，不虧不虧！」

「妳也太心機了，不會是故意丟掉的吧？」

她們嬉笑打鬧在一起，濺起撲騰的水花，原本安寧的溫泉轉瞬變成了喧嚷的水上樂園。

原本要說的話咽了回去，周以重新回到趴伏的姿勢，假裝自己什麼都沒看見。

她們就是白天和李至誠一起在咖啡館的女孩們吧。

其實只要她們再仔細找一找，那枚戒指就在很顯眼的地方。

但是對於這群年輕漂亮、家境富裕的女孩來說，一枚抵得上普通人一個月薪水的戒指，只是一件籌碼，它最大的價值也許就在此刻。

她們連找都懶得找。

——丟了就丟了，買新的就好。

——能換回一場和男人的約會，不算虧。

那是周以一輩子都不能理解的價值觀。

丟東西這件事對於她來說，比夜晚纏繞在耳邊嗡嗡作響的蚊子還討厭。

周以又再次清晰地意識到，哪怕去國外鍍了層金，她現在的生活狀況比大多數人都優越，她和她們、她和李至誠，還是有本質上的、無法改變的差別。

這種差別不在他們各自擁有什麼，而在於他們能夠灑脫地放棄什麼。

大概是泡得太久了，周以覺得胸悶喘不上氣，她揉揉酸澀的眼睛，起身走出溫泉池。

石階上濕滑，她渾渾噩噩的，一階沒踩穩整個人向前栽。

天地倒轉，周以閉上眼，掌心硌到硬物，尖銳的刺痛先一步傳來，然後才是重重著地後，右邊肩膀大面積的鈍痛。

耳邊嘈雜混亂，周以咬緊下唇擦了擦手掌，狼狽地用手臂撐地爬起來。

女孩們過來扶她，替她披上浴巾，詢問她沒事吧。

周以只是搖頭，沒讓她們攙扶，獨自一瘸一拐地逃離。

她聽到身後有人說：「原來在這啊。」

那並不是失而復得後的驚喜，而是透著滿滿失望的一聲抱怨。

周以在沒開燈的房間裡呆坐了兩個小時。

泳衣沒有換，她裹著潮濕的浴巾蜷縮一團，窩在沙發角落，像是被遺棄在路邊，孤苦伶仃的小貓。

一天內受了兩次傷，她的心情實在好轉不起來。

還有更濃郁、酸苦的情緒，全部攪在一塊，壓得她沒辦法呼吸。

手機螢幕持續地亮起又熄滅，最後澈底灰暗，應該是沒電自動關機了。

門鈴聲急促響起的時候，周以快要昏睡過去，她實在沒力氣也沒心情應付門後的人，不管那是誰。

她選擇無視，繼續維持這個姿勢，做一隻只會逃避的鴕鳥。

「嘀」的一聲，房門被打開。

「周以。」是李至誠驚慌失措的聲音。

吊燈的白光照亮整間屋子，周以不適地瞇起眼睛，把臉埋進膝蓋。

李至誠又按下開關，確認她在沙發上，摸黑走了過去。

「為什麼不接電話？怎麼了？」摸到她身上是濕的，李至誠扯下浴巾，把人攬在懷裡抱進臥室。

用被子裹緊，李至誠替她撥開頭髮，搓了搓冰涼的臉頰：「我問了溫泉池的人，說有人摔倒了，是不是妳？摔哪了？疼不疼？」

周以終於啟唇，嗓音粗嘎道：「我沒事。」

李至誠顯然不信，手探進去摸了摸她的身子，周以在發抖。

「先去洗個熱水澡，這樣要感冒了。」先前的著急擔心全被李至誠壓下，他只把耐心和溫柔給出去，「周以，聽話。」

周以很輕微地抽泣了一聲，她揪住李至誠的衣擺，喊：「學長。」

「嗯？」

「忘了幾年前，好像是山莊剛建好。」周以不太順暢地說：「你說，你想帶我來玩。」

李至誠攥緊她的手，用體溫幫她捂熱：「嗯。」

周以問：「我後來為什麼沒來啊，我忘記了。」

李至誠幫她回憶：「妳要考雅思還是托福，那個寒假我們面都沒見到。」

「哦。」周以點點頭，「幸好。」

「什麼幸好？」

周以深呼吸一口氣：「幸好那個時候沒來，不然我們分得更早。」

李至誠愣了好幾秒，他在昏暗中抬眸，想捕捉她的表情。

可惜看到的只是一張沒什麼情緒的臉。

周以自顧自地把話說完：「我和你好像真的不是同個世界的人，我怎麼樣都理解不了，就像你也不明白我很多地方。」

李至誠眉心緊蹙，沉了聲音問：「什麼意思？」

周以反問他：「錯了一次的解法，你還會用第二次嗎？」

李至誠鬆了手。

周以背過身，留下四個字：「我不會了。」

不知道過了多久，周以的意識已經很模糊了，她真的好累。

李至誠終於開口：「之前就因為這種理由和我分手，現在還不長記性是不是？」

屋裡發出窸窣的動靜，李至誠不知道在忙什麼。

過了一下，他又回到屋裡，床單被他一把掀開，李至誠扯下周以的手臂，腿壓在她身側，把她完全控制住。

用溫熱的毛巾擦了臉，李至誠單手繞到她身後替她拉開拉鍊。

周以每掙扎一下，他手上的力道就加重一分。

李至誠替她擦了擦身子，並不耐心細緻，囫圇一遍就過。

然後他替她套上一件乾淨的上衣，應該是從行李箱裡隨便拿的。

做完這一切，李至誠還壓著周以沒起身。

忽地他俯下身，周以偏過頭閉上眼睛。

李至誠在她頸側，重重咬了一口，像是捕獵的雄獅，露出獠牙和利爪，眸光猩紅，又精明地把控好力道，讓獵物失去行動能力但又不足以致命。

周以有很多壞毛病，李至誠知道都是他寵出來的。

比如她一旦心裡難受，就會惡毒地拉身邊人一起下水，誰都別想痛快。

這個毛病，李至誠無法治。

如果周以不開心，他本就無法置身事外。

一把刀把兩個人都捅得血肉模糊，他只能忍著疼，先幫她舔舐傷口。

她為什麼從來不明白。

「周以，麻煩妳搞清楚一件事。」李至誠用手背擦了擦唇角，下床時隨手把被子蓋在她身上。

他的聲音比初秋的夜風更涼，平靜而冷漠地宣告道：「這麼多年，不是我對妳死纏爛打，是妳離不開我。」

李至誠是個非常聰明的人。

為人處事時大家總是揚長避短，在人前得體妥帖，對不足和犯的錯誤尷尬羞惱，但李至誠不是，他會在適時露拙，他不吝於展示有缺陷、真實的自己。

所以他優秀出眾，但從不招人妒忌，不需討巧經營也能一直維持好人緣。

他身上有凡氣，但又不平庸，他懂人情世故，他對感情敏銳而通透，他遠比看起來更成熟、穩重、心思細密。

周以想，這也許就是因為原生家庭對男人失望不信任的自己，卻能輕易對李至誠動心的原因。

他和所有人不一樣，是特例是意外，是避無可避。

就像那把丟失的鑰匙，偏偏被她踩在腳下。

二十歲，所有人都說李至誠對周以好過了頭，說他像一個陷入愛河的毛頭小子。

李至誠對這話不予置評，周以從前也只當是自己幸運，遇到了很喜歡她的男友。

但現在她明白過來了，李至誠不是昏了頭，他比誰都清醒。

他只是知道周以缺失什麼渴望什麼，所以悄悄地以這樣一個身分填補上。

他給的遠比他應該和周以想要的多。

李至誠說的沒錯，糾葛纏繞了這麼多年，四年戀愛，六年的弱聯絡，再到回國以來兩人關係的回溫、試探，一直都是周以離不開他而已。

李至誠在她的生活裡，扮演了太多角色，父母兄長、前輩朋友，其次才是戀人。

周以沒辦法不依賴他。

這實在不算一個好消息。

依賴會成習慣，習慣的負面用語叫作癮，成癮便再無自由。

周以手腳冰涼，感到一陣後怕，她原本的篤定被李至誠一句話打擊得支離破碎。

她想她要打個電話跟李至誠道歉，但是道完歉之後又要說什麼呢？

她又變成那個自卑、糾結、只會退縮的周以了。

神志混沌，周以裹著被子，緊緊摟住安撫玩偶，空氣裡還殘留著淺淡的果香，這些是她在這間陌生的屋子裡，唯一能獲取的安全感。

實在太疲憊，沒多久她就失去意識，昏睡了過去。

清晨六點，天光熹微，窗外的麻雀開始啁啾，撲閃翅膀跟人類說早安。

昨晚李至誠走之前，還貼心地幫她的手機充上了電，並且關掉了靜音模式。

周以被惱人的鈴聲吵醒，翻了個身選擇無視。

等終於安靜，她剛拿下捂住耳朵的手，奪命的鈴聲又響起。
社交軟體普及後，簡訊和電話的用途只用來取快遞和拿外送。
周以想，就算是詐騙犯也不至於這麼早就營業。
怕有急事，她坐起身，發出埋怨的一聲嘆息，拖著沉重的身子走到客廳。
拔了充電線拿起手機，她瞇著眼睛瞥到來電人名字是「周然」。
周以足足愣了兩秒，揉揉眼睛，確定自己沒看錯後才按下接聽，「喂。」
『終於醒了？』周然的語氣裡帶著不滿。
本就起床氣，被他這一句更是激起無名火，周以張口就罵：「你有病啊？」
周然不欲和她多言，直接切入正題道：『家裡問妳方不方便請假回來一趟，小姑沒了。』
有的時候，語言越簡短，殺傷力越大。
「小姑沒了」，簡單易懂的四個字，承載的涵義卻如千斤之重。
不算多意外的消息，他們都知道總會有這麼一天。
周以用左手抓住發顫的右手，吸了一口氣，穩住聲音說：「我知道了，我馬上訂票。」
周然留下一句『買完把航班傳給我』，就掛了電話。
小姑周展是爺爺奶奶最小的女兒，只比周以大九歲。
她是周以認識的，最酷、最獨立、最離經叛道的女性。
三十歲時小姑就離婚了，前夫是個樸實憨厚的連鎖超市經理，小姑當時和家裡說的理由是「他這人太沒意思，和他過不下去」。

為此她遭了成年後的第一頓毒打，臉頰被爺爺用菸灰缸砸了個包，腫得很高。

她就頂著這麼一張有故事的臉，騎摩托車帶著周以去夜市吃燒烤。

周以到現在都還記得她的洗髮精是花香，和機車外套的皮革、菸草味混合成獨一無二的氣味。

周展這個名字也是她後來自己改的，周以只知道她原本的名字裡帶一個「虹」字。

四年多前查出罹患乳腺癌，周以還回來看過她一次。

他們周家人的五官都是同個風格，周展和她尤其像，大概因為都是女兒，從前她們走出去，總有人說是姐妹。

周以在飛機上發了三個小時的呆，她從昨晚開始就魂不守舍，狀態實在不佳，但也找不到空隙供她喘氣休息。

從包裡抽出一片濕巾紙，周以擦了擦臉，又幫毫無血色的嘴唇抹了點口紅。

周以推著行李箱，一走出來就在接機口看見了周然。

一九二的個子，在人群中過於出眾，還有那張和她極為相似，但更硬朗冷峻的臉。

兄妹倆感情普通，又都不是多熱情的人。

周然雙手插口袋站在原地，沒有揮手打招呼，也沒有上前，等周以走近，他便轉身邁步。

周以跟在他身後到了車邊，周然打開後行李廂，幫她把行李箱放進去。

他終於說了第一句話：「吃飯了沒？」

周以回：「候機的時候吃了碗麵。」

周然點頭，發動車子上路。

一路無言，周以撐著腦袋玩手機。

早上和系裡請了假，她是直接從山莊去機場的。

霍驍七點的時候問她醒了嗎，要不要一起吃早飯。

周以本要回覆，但又懶得再一來一去的應付，便乾脆裝作還沒看見這則訊息。

中途周然接了個電話，是家裡打來的，讓他帶兩盤蚊香過去。

他找了家便利商店靠邊停車，從錢包裡抽了一張紅鈔票遞給周以：「買兩盤蚊香，再幫我帶包菸，萬寶路薄荷爆珠。」

末了他又補一句：「知道什麼樣的吧？」

周以偷偷翻了個白眼：「知道。」

手機傳出訊息提示音，又是霍驍傳來的，應該是聽說她請了假，問周以出了什麼事，現在怎麼樣。

這樣突如其來的關心只會讓她更加煩躁，周以抬眸看向周然，他把她當跑腿的，她請他隨手幫個忙也不過分吧。

「幫我個忙。」周以把手機扔給周然，「打發掉這個人。」

周然拿起手機，掃了螢幕上的對話一眼：「喲，追求者？」

「一個煩人的同事，你就和他說你是我學長，你現在和我在一起，讓他不用擔心，語氣你自己把控吧。」周以說完就拿著錢下了車。

周然漠然的臉終於顯露出一絲情緒，他清清嗓子，長按語音鍵，現烹現煮，滿口茶香道：「哦，謝謝你的關心，我是周以學長，現在我陪著她呢，她讓你不用擔心。」

傳送完畢，周然剛要放下手機，就看到又有一則新訊息。

周以把這人備註叫「事特多」。

事特多：『人呢？』

周然忍不住輕呵一聲，看不出來啊，追求者還挺多的，這個看起來更不行，態度這麼凶怎麼追女生？

周然想著反正無聊，他大發善心買一送一，這次他改變戰略，化身霸總，端起架子沉聲道：「她人在我這，我家周以我看著，不勞您費心。」

「咻」的一聲，訊息傳送成功，果然兩人再無回訊，周然感慨著搖了搖頭，喜歡誰不好，喜歡他這個瞧不上男人的妹妹。

周以拎著塑膠袋回到車上，把菸遞給周然。

看他眼底有烏青，周以咳嗽了一聲，有些彆扭地問：「沒睡好？」

周然降下車窗，手臂搭在窗邊，點燃一根薄荷爆珠：「嗯。」

他吐出一個煙圈，嗓音沙啞：「人是昨晚沒的，奶奶半夜醒過來，說覺得心裡發慌，走進小姑房間一摸，身上已經沒溫度了。」

查出患病開始，所有人都料到會有這麼一天，但等它真正來臨，仍舊沒有人做好準備。

「本來昨天晚上要打電話給妳，嬸嬸說等妳醒了吧。」

周以偏頭看向窗外，眼眶酸澀，她抬手揉了揉。

小姑膝下沒有子女，能為她送終的小輩只有周然和自己。

「應該早點讓我回來看看的。」周以動容，哽咽地說：「最後一面都沒見到。」

周然抖了抖菸灰，薄荷和菸草帶來短暫的提神效果，他一晚沒合眼，早上本想補一下覺，又趕去機場接周以了。

「小姑沒讓我們說，也不怎麼讓別人來看她，說是嫌自己醜，不好意思見人，還問過醫生她現在能不能化妝。」

周以輕輕笑了，是周展能說出來的話。

「睡夢裡走的，也算很幸福了。」周然說。

周以點點頭，深吸一口氣調節好情緒，現在家裡還有一堆事等著他們處理，悲傷和緬懷都要延後。

爺爺奶奶和小姑都住在衚衕的老房子裡，他們到的時候，裡面已經圍聚了很多親戚，有些周以眼熟，但也喊不出稱呼了。

周然帶著她出現在門口，人群裡立刻掀起一小波高潮。

有人喊：「喲，我們留學生回來咯。」

「這是小以嘛？這麼漂亮啦。」

「妳還認得出我嗎？小時候妳爸爸總是帶著妳來我們家玩的。」

他們的打趣和套交情讓周以感到無所適從，緊緊跟在周然身後，僵硬地微笑點頭。

大概是嫌吵鬧，周然攥著她的手腕往旁邊拉了一把，揮揮手趕走那些姑嬸姨婆：「我先帶她進去磕個頭，別圍著了。」

「小以來了？」

聽到媽媽的聲音，周以快步走進裡屋。

大伯母和她媽媽正在摺紙元寶，一人一張小板凳，大塑膠袋裡已經快要裝滿。

大伯母看見周以，起身要把椅子讓給她坐，周以趕緊擺手拒絕：「我不用。」

大伯母問她：「我讓周然帶妳去外頭吃完飯再回來，你們吃了沒？」

周以搖搖頭：「我不餓，早上吃了麵。」

大伯母又問：「那然然買吃的沒啊？早上煮了粥他也沒喝。」

周以眨眨眼睛：「吃了吧。」

外頭嗩吶聲響起，嘔啞嘲哳的喪樂將要持續奏響三天。

小姑的遺體用白布遮著，周然帶著周以磕了頭，然後就去忙別的了，他身上的襯衫蹭到了灰，皺皺巴巴的。

在這樣的情況下，他再憔悴也只能硬撐著，他是長子，他必須擔著責任。

午飯時間到了，男人們喝酒吃飯，女人們大多在廚房忙碌，或在屋裡摺紙錢。

周以不會，只能捧著摞成一遝的紙，分開後遞給媽媽和大伯母。

周然拎著一瓶水走了進來，靠在櫃子上大口吞咽。

大伯母心疼兒子，問他：「飯吃了沒？」

周然擺擺手：「沒胃口，我在這待一下。」

昨晚沒睡好，再加上一個早上的奔波，周以打了個哈欠，從口袋裡拿出手機，點開外送APP。

「媽，我們這裡的地址是什麼啊？」

「怎麼了？」

「想喝咖啡。」

李明英拍拍她的手，壓低聲音說：「別點了，被思思她們看見，也要吵著喝。」

周以收了手機，委屈道：「可我真的很睏。」

「妳靠著媽媽睡一下。」

周以搖搖頭，繼續乖乖分她的紙。

「然然，金的好像買少了，你等等去接爺爺、奶奶的時候順路買一些。」

周然應好：「知道了。」

「小以是不是又瘦了？」有姑婆問周以。

周以扯了扯嘴角，李明英看她尷尬，出來解圍：「一直這樣，吃不胖。」

身後，周然笑了一聲，插話道：「小時候就營養不良，瘦瘦巴巴的。」

周以回頭瞪他一眼，惡狠狠道：「桌上的紅燒肉永遠都放你面前，我當然營養不良，哪像你吃到八十公斤。」

周然十五六歲時是個小肥仔，他一直以之為恥：「還是我的錯了？」

周以哼了一聲：「就是你的錯。」
姑婆們笑起來，感嘆說：「兄妹倆感情真好哦。」
周以臉頰紅了紅，低下頭不說話了。
她一直沒看見爺爺、奶奶，悄悄問她媽：「爺爺、奶奶在哪啊？」
周然聽見，回答道：「爺爺心臟不舒服，送去醫院了，奶奶陪著。」
周以「哦」了一聲。
沒一多久周然就出去了，他幾乎沒休息過。
李明英在周以耳邊囑咐了句：「這兩天多幫幫妳哥，妳大伯和妳爸都靠不住，裡裡外外都要他看著。」
周以點頭，拿出手機看了一眼，沒有什麼新訊息。
她撐著下巴走神，想李至誠現在在幹什麼，還生氣嗎。
屋裡悶熱，周以取下手腕上的橡皮筋想綁個馬尾，紮到一半，猛地想起什麼，又趕緊鬆開捂住脖子。
李明英奇怪地看她一眼：「怎麼啦？」
周以捋捋頭髮，漲紅著臉：「沒什麼。」
她點開搜尋引擎，在搜尋欄裡打下「牙印怎麼快速消除」。
瀏覽完一圈，周以收起手機，問：「媽，有沒有蘆薈膠啊？」
李明英回：「沒，讓妳哥幫忙帶吧。」

周以當然不好意思和周然開這個口，她俯低身子抱住膝蓋：「算了。」

大約半個小時後，聽到屋外傳來動靜，李明英推推周以的手臂：「應該是妳爺爺、奶奶回來了，出去看看。」

周以「哦」了一聲，不情不願地走出去。

爺爺依舊是那副古板嚴肅的樣子，大概因為身體不適，整張面孔發黑，垂著眉目，顯得更不怒自威。

周以走過去，輕聲喊：「爺爺。」

老爺子遲緩地抬眼，點點頭，拄著拐杖在周然的攙扶下進了臥室。

「小以。」奶奶招手叫周以過去，把她拉到一旁。

做了一輩子家庭主婦，奶奶的雙手粗糙肥腫，掌心卻是柔軟溫暖的。

周以微微彎腰低著頭：「奶奶。」

老太太從口袋裡摸出個疊成方塊的黃符：「上個月去寺裡，想幫妳小姑祈個福，聽那裡的大師說這個寓意好，消災降福，我也幫妳和然然都求了一個，以後放在錢包裡隨身帶著。」

周以看著平安符，沒反應過來。

看她呆愣著不動，奶奶直接把符塞到周以手裡：「收好啊。」

剛失去女兒的老人，頭髮花白，眼眶還是紅著的，卻對她扯了扯嘴角，抱歉地說：「妳難得回來一次，不能好好歡迎妳。」

周以搖搖頭，吸了下鼻子。

「周以，過來幫我拿東西。」周然走出來，喊周以幫忙。

奶奶拍拍她的手：「去吧。」

走到車子旁，周然打開後行李廂，裡頭有兩個袋子。

他提起大的，把小的留給周以。

都是雜七雜八的東西，抱在懷裡有些重。

把東西送進去，周然又轉身出了門，周以以為還有要拿，快步跟上。

「上來。」周然坐進駕駛座。

周以沒多想，拉開副駕駛的門。

座椅上放著一個牛皮紙袋，映著經典的綠色logo。

周以愣了愣，把它拿起坐了進去。

周然沒發動車子，靠在椅背上看起手機。

周以瞥他一眼，猶猶豫豫地開口：「這是，給我的嗎？」

周然掀起眼皮：「不然？」

周以做出受寵若驚的表情，從袋子裡取出飲品。

見鬼了。

大杯的燕麥拿鐵，她抬杯喝了一小口，溫熱略苦的咖啡喚醒味蕾細胞，周以感覺自己終於活了過來。

看袋子裡還有一盒雞蛋鮪魚三明治，她打開盒蓋，也不客氣，饜足地享用起來。

午飯沒怎麼吃，周以早就餓了，一口氣消滅兩塊，她才想起大伯母說周然這一天也沒怎麼吃東西。

周以拍拍手，把餐盒遞過去，說：「留了兩塊給你。」

周然收起手機，看了盒子一眼，剩下的兩塊都是雞蛋夾心的，他皺起眉，眼神裡透著不滿：「多大了還挑食？」

周以直接把盒子塞過去，睜眼說瞎話：「你喜歡吃雞蛋我特地留給你的。」

周然哼了一聲：「我喜歡嗎？那是妳不吃我替妳解決，免得妳挨罵，幸虧膽固醇指數還行，不然妳罪過大了。」

周以語塞，憋了半天憋出一句：「你放屁吧。」

他們之間有過兄妹愛嗎？

離譜。

周以灌了一大口咖啡，轉過腦袋看向窗外樹上的小鳥，實際腦子裡亂糟糟一團。

「那個，謝謝。」她漲紅著臉，神情凝重，似是難以啟齒。

周然嚼完一口麵包，輕飄飄地回她：「客氣。」

兄妹倆忙裡偷閒，在車裡打發這個多雲陰雨的午後。

周然吃完東西就放下座椅補覺，周以點開下載在手機裡的英劇。

他們之間大概第一次這麼和諧相處過，感覺還不賴。

不過也不該說第一次，周以記得自己很小的時候，是周然的小尾巴，走哪跟哪，摔倒喊的第一聲也不是爸爸、媽媽是哥哥。

他們都是獨生子女，從小一起長大，算起來就是親生的兄弟姐妹。

周以的視線從手機螢幕移向旁邊的男人，安然地閉著眼睛，呼吸勻長，睫毛好像比她的還濃密。

她突然覺得周然沒那麼討厭了。

周然和周以直到晚飯前才回到屋裡。

睡了一覺，周然精神好多了。

周建業和周建軍下午去墓園辦事，周以這時才見到她爸爸。

父女倆關係並不親暱，只簡單地打了個照面。

周建軍問她：「在那邊都還好吧？」

周以點頭：「挺好的。」

周建軍「嗯」了一聲，被幾個叔父拉走了。

晚上來的親戚沒那麼多，周以被喊去上桌吃飯。

婦女小孩和男人們一向分開，但周以和那群堂姐妹實在不熟。

她猶疑了一下，走到周然旁邊的空位坐下。

男人們喝酒談天，周以默默夾菜吃。

突地，話題轉到她身上。

有個伯伯看向周以說：「小以有沒有情況啊？我們都等著喝妳爸的喜酒呢。」

「就是啊，妳爸說過的啊，一人一壇女兒紅，我就盼著這一天讓我享享口福。」

「快三十了吧，該結了哦。」

他們一人一句，周以無從招架，只會傻愣愣地笑。

周建軍舉起杯子，用杯底撞了撞桌面，說：「我們不著急。」

叔伯們揶揄他：「萬一砸手裡你養哦？」

「我養就我養。」周建軍一喝酒嗓門就大，「怎麼，養難道不起嗎？」

周以快把臉埋進碗裡，胸膛一陣酸脹，她輕輕呼氣吐氣平復呼吸。

她都快懷疑自己是不是跌進了平行世界。

她抬著下巴，高傲孤僻地度過了整個青春期，因為覺得不被愛，所以欺騙自己也不需要那些溫暖。

離家那麼多年，她很少會有homesick。

但是當她坐在這間和記憶中別無二致的老屋裡，見到熟悉又陌生的家人，他們表露出的一點關懷都讓她幸福又難受，像是燒煮後的白開水，燙得她指尖發麻，但又捨不得鬆手。

四周嘈雜喧鬧，喪樂已經折磨神經一天了，她揉揉眼睛，竟然有些想哭。

一道芋頭雞上桌，周然往她碗裡夾了一塊肉，開口說：「我還沒結呢，她急什麼。」

大伯蹬他一眼：「你還好意思說。」

周然一臉無所謂，早被罵得沒感覺了。

火力轉移，大家立刻盤問催促起周然。

周以繼續安靜地吃菜，看杯子空了，她偷偷在桌下扯了下周然的衣角。

周然看過來，問：「幹嘛？」

周以把空杯子推過去：「你倒點白酒給我，我也想喝。」

周然鳥都不鳥她，把腳邊的大瓶可樂砸到她面前：「妳想我被妳爸或者我爸追殺嗎？」

周以：「……」

她乖乖幫自己倒滿可樂。

在渝市待了三天，最後一天是出殯儀式，天還沒亮周以就要起床。

遺體火化、下葬，親朋好友們跪拜哀悼完，葬禮就算是結束了。

周以在小姑的墓碑前放了一束天堂鳥，願她來世自由瀟灑，真正得以展翅高飛。

下午的飛機，仍然是周然開車送她去機場。

他和公司請了假，送完她就要趕回蓉城。

周以沒料到的是，下車前，周然給了她一張提款卡。

她沒接，疑惑地看著他。

周然直接放進她包裡，解釋說：「是小姑留給妳的，不多，六萬出頭，我往裡頭添了點湊了整數，妳放好，一個人在外面總有要花錢的地方。」

周以抿著嘴唇不說話，只盯著他看。

周然被她盯得不自在：「看什麼？」

周以撓撓頭發，誠實回答：「你這樣怪肉麻的，我不太習慣。」

周然無語地白她一眼：「口罩戴好，落地傳個訊息。」

周以回：「知道了。」

平安符和提款卡都被她揣在口袋裡，隔幾分鐘就要伸進口袋摸一摸。

回到申城，周以收拾完行李就去了學院大樓，剛入職就請了假，她有些惴惴不安。一樓的階梯教室裡有學生在上課，周以放輕腳步走進辦公室。

霍驍似乎正準備出門，看見她，意外道：「回來啦？」

周以點點頭，問他：「這兩天沒什麼事吧？」

霍驍往保溫杯裡倒滿水：「沒，就正常上課，主任以為妳明天回來，還把晚上的會延到週四了。」

聞言，周以終於鬆了一口氣，又覺得心裡暖呼呼的，主任人真好。

「家裡沒事吧？」

周以搖頭。

霍驍「嗯」了一聲，開門出去了。

她驚奇地瞪大眼睛，這就沒了？

周然到底怎麼說的，效果立竿見影。

周以伸了個懶腰，坐到辦公桌前，打開電腦準備順一遍明天的教案。

成年人的生活奔波忙碌，留給情感的時間很少，這樣也好，有些煩惱忙著忙著就忘了。

週四下午，周以依舊提前十分鐘到達教室，和助教蘇瑤打了招呼，她一隻腳剛踏進大門，另一隻腳卻頓在原地。

看見裡頭五六排人，黑壓壓一片，她懷疑道：「我沒走錯教室吧？」

蘇瑤回答：「沒，老師。」

「那怎麼這麼多人？」

J大開學前兩週開放選課退課，方便學生根據實際情況及時調整，周以知道，但她沒想到會一下子多這麼多人。

蘇瑤悄悄問她：「老師，妳這兩天沒看課程群組嗎？」

她忙得飯都來不及吃，哪有功夫注意這些，搖搖頭說：「沒。」

蘇瑤笑意甜甜：「大家聽說老師是個美女，就都來了，昨天還有人問我能不能加名額。」

周以一時有些哭笑不得。

她乾咳一聲，捋捋頭髮，重新提起架勢，昂首挺胸地走進教室。

底下響起竊竊私語聲，周以用餘光瞥到有人拿出手機拍照。

別從那個角度啊，雙下巴會照出來。

她今天是帶著決心收拾這群小孩的，但敵軍突然壯大，周以感到壓力倍增。

她佯裝淡定地開多媒體設備，插隨身碟，提前打開今天要用的教材。

等上課鐘響起，周以從左到右掃視了一圈，才控制語速啟唇道：「上課前說明一點，這是我的課，不需要你們做什麼筆記，帶著眼睛看，帶著耳朵聽，需要的時候張開嘴巴和我交流就行。所以，你們手裡的課本、作業，電腦或平板上的文件和ＰＰＴ，限時半分鐘，請都收起來吧。」

話音剛落，教室裡立刻響起一片清理桌面的聲音。

所有人都把視線投向她，眼神放光，嘴角含笑，一副對知識極度渴求的模樣。

周以：？

這下反而輪到她不知所措，竟然這麼聽話？

她還有半句「如果被我發現一次期末成績就扣一分」的殺手鐧沒說呢。

周以清清嗓子，重新開口：「那我們就正式開始上課，考慮到有些同學是剛選課的，我們今天還是從一段影片開始。」

投影機開始播放，一走下講臺，周以火速掏出手機，點開備註為「事特多」的聯絡人。

周以：『！』

周以：『嘿嘿嘿嘿嘿嘿！』

周以：『現在的小孩真他媽乖！』

她一連傳了好多則，雙手顫抖著打字，迫不及待分享此刻激動的心情。

等終於停下，周以才注意到每則訊息旁邊都有一個鮮紅的驚嘆號，提醒她傳送失敗。

這下周以傻眼了，沒連上網路嗎，她退出去，重新更新，顯示功能正常，網路非常通暢。

周以迷惑了，戳開李至誠的個人主頁，發現並沒有動態那一欄。

恍惚間，她猛地驚醒，恍如可雲[6]附體，在心底重複一萬遍「不可能不可能」。

現實著實令人難以接受。

——她好像被李至誠拉黑了。

周以不信邪，回到聊天室，想再傳一遍訊息，卻看見一段她並沒有印象的對話。

九月十二日，上午十點三十七分，李至誠問她：『人呢？』

周以回了一則六秒的語音。

周以縮在教室角落，鬼鬼祟祟地從口袋掏出耳機戴上，點開語音。

『她人在我這，我家周以我看著，不勞你費心。』

是周然的聲音，語氣狂拽酷炫，恨不得讓人順著網路線揍他一頓。

周以攥緊拳頭，腳趾蜷縮，就差摳出一座體育館獻給J大。

她這傻哥哥在幹什麼啊？

兩堂課，一個半小時，學生們認真專注，身為傳道授業者的周以卻魂不守舍，好幾次口

6 可雲，電視劇《情深深雨濛濛》中的角色。

誤，實在是連自己都看不下去，她狠狠掐了大腿一把，深呼吸一口氣，逼迫自己清醒。

最後周以匆匆做完結束語就宣布下課，鐘聲還沒停她就提包飛奔離去。

坐上趕往高鐵站的計程車，周以打了通電話給罪魁禍首。

周然懶洋洋地接起：『喂，幹嘛？』

「周然，我告訴你。」周以眼神凶狠，咬牙切齒道：「我他媽要是因為你老公沒了，我就把你割完包皮穿裙子的照片印成傳單去大街上發。」

聽筒裡傳來周然的咆哮：『妳他媽敢！不是，老子幹嘛了啊？』

周以又氣又急：「你自己看看你幹的好事，我讓你打發霍驍，你他媽和李至誠說了什麼屁話啊！」

周然腦袋一轉，終於明白過來，更覺得無語：『媽的，鬼知道妳叫妳男人事特多啊。』

周以澈底崩潰，眼睛一閉，不管不顧地嗷嗷亂叫：「都怪你都怪你啊啊啊啊啊。」

周然凶了聲音：『停住別哭。』

周以立刻噤聲，委屈兮兮道：「那我現在怎麼辦啊？」

周然試著代入一下自己，沉吟道：『妳磕頭謝罪吧。』

周以忍無可忍地飆了句髒話。

周然笑了一聲：『放心，磕出問題我出醫藥費。』

周以：「謝謝您嘞！」

第八枚硬幣

聽完周然幸災樂禍的一聲『不客氣——』，周以憤憤掛斷電話。

電話、聊天軟體、社群，李至誠冷血無情，一條龍切段所有聯絡方式。

周以轉而試著聯絡雲峴，卻發現同樣被拉黑了。

想都不用想就知道是李至誠幹的，幼不幼稚啊？

周以咬著牙鼓著腮幫子，幫自己撫著胸口順氣，這時她不占理，不能跟他計較。

在計程車上買完最近一班的高鐵票，周以慶幸今天拿了錢包出門，證件帶在身上。

不到一個小時就到了溪城，下高鐵後路過便利商店，周以進去，隨手拿了一堆零食，看見巧克力口味的就往籃子裡塞。

她不知道李至誠在溪城的住址，但她知道雲峴的咖啡館就開在他公司樓下。

周以搜尋到雲邊咖啡館的地址，出站後捧著購物袋，直接搭計程車飛奔過去。

她未多考慮，一鼓作氣地跑來溪城，看似勇敢果斷，但離目的地越近，周以越忐忑不安，彷彿鍋裡即將煮開的牛奶，咕嚕咕嚕冒著躁動不安的泡泡。

阿彌陀佛，她在心中祈禱，千萬別讓她淪落到必須磕頭的地步。

雖然時常拉著員工們加班熬夜，更偶有要通宵的情況。

但要是不忙，李至誠一向對他們的遲到早退睜一隻眼閉一隻眼。

他五點半走出辦公室，外頭的格子間已經空了一半人。

這就有點過分了吧，李至誠拉了下嘴角，敲敲企劃組組長姜迎的辦公桌，質問道：「人呢，都去哪了？」

姜迎抬起頭，朝他快速地眨眨眼睛，不太確定地說：「廁所吧……」

李至誠哼了一聲，垂眸瞥到姜迎抱著背包，面前的電腦也關機了，看樣子是正打算開溜，恰好被自己撞上。

看她視線飄忽，心虛溢於言表，李至誠恨鐵不成鋼般狠狠剜了她一眼：「妳看看妳帶的什麼風氣。」

姜迎乖乖認錯：「我明天就好好教育大家。」

李至誠嘆了一聲氣，說：「走吧，下班吧。」

姜迎趕忙應：「欸欸。」

等電梯時，姜迎又腆起笑臉問李至誠：「老闆，你今天怎麼出來得這麼早啊？」

他已經自己加了一個禮拜的班了，天天不到晚上七點不出來，也不知道在忙什麼神祕業務。

電梯門緩緩向兩邊拉開，李至誠率先邁進去：「妳老公打電話給我，說店裡有個快遞讓我拿。」

「奇怪了。」李至誠嘟囔道：「我寄錯地址了嗎？」

「哦哦。」姜迎跟著進去，在面板上按下樓層。

「嗯？」

聽到李至誠從喉間逸出一聲疑問，姜迎剛要轉頭，肩上的背包帶子被抓住，她被迫往後退了一小步，不禁嗔怪道：「幹嘛呀？」

姜迎背著淺藍色的甜甜圈雙肩包，上頭用各種刺繡貼和毛絨吊飾裝飾得花裡胡俏。

李至誠挑出一個小羊吊飾，捏在手裡扯了扯：「妳也有這個？」

「哦，Bunnies By The Bay 的。」姜迎晃晃背包，問他，「可愛吧？」

李至誠忽略這個問題，只說：「把網址傳給我。」

姜迎吃驚地睜圓雙眼：「你要送給誰啊？」

電梯下到一樓，李至誠邁開長腿走出去，不走心地敷衍道：「我買給逫逫。」

出了辦公大樓，轉個彎的路程就是雲峴開的咖啡館，名字叫雲邊。

隔著玻璃窗，姜迎遠遠看見前檯旁，雲峴正和一個年輕女人相談甚歡。

她剛擼起袖子準備殺過去，就見旁邊的李至誠如一道疾風颼過，彷彿裡頭那個是他女友。

「來了。」聽到鈴鐺聲響起，雲峴看向門口，對面前的人說。

腳步匆匆地推門而入，李至誠停住，凝眉看了周以兩秒，她正捧著一杯氣泡水，咬著吸管可憐兮兮地望著他。

「怎麼回事？」李至誠問雲峴。

「你的包裹，快取走吧。」

姜迎一走進來，就感到氣氛不同尋常，她收斂表情，小心翼翼地推開前檯的門。

「餓不餓？」雲峴一見她就問。

姜迎搖搖頭，半邊身子躲在他身後，悄悄打量那位陌生的漂亮女人，問：「那誰啊？」

雲峴取下她的背包，壓低聲音說：「妳老闆初戀，也很有可能是妳未來老闆娘。」

一句話訊息量太大，姜迎用口型說了句「我靠」。

李至誠隱約聽見雲峴說的話，心頭煩躁酸悶，像氣泡水裡被攪亂的果粒。

周以突然出現在這裡，他的平靜鎮定就成了裝腔作勢。

李至誠肅著聲音問：「妳來幹什麼？」

周以小聲回答：「你不理我，我只能來這找你。」

李至誠胸膛起伏了一下，往前走了兩步。

眼前的光線被擋住，壓迫感侵襲，周以屏住呼吸。

李至誠彎腰取走她掛在椅背上的托特包，冷冷吐出兩個字：「過來。」

周以趕緊放下塑膠杯，捧起腳邊的零食跟上他。

「欸。」雲峴叫住他們，「別打架啊。」

李至誠板著臉，沒好氣地回：「打個屁。」

他緊緊攥著周以的手腕，大步流星地離開。

周以是被李至誠塞上車的，手腕上掐出指痕，她搓了搓輕輕呼氣，但再疼也不敢抱怨。

「砰」一聲，李至誠關上車門坐進駕駛座，但沒發動車子。

「你怎麼把我拉黑了啊？」周以先發制人問道。

李至誠不想理她，冷淡地回：「妳說呢？」

周以猜測：「因為那則語音是嗎？」

像是拔掉拉環，李至誠頃刻破防爆炸：「我真的無語了，他誰啊，語氣這麼狂，妳就喜歡這種的是不是？」

周以搖搖頭，搭著他的手臂，嚴肅語氣道：「是你誤會了，那個是周然。」

李至誠「呵」的一聲笑了：「我再給妳三分鐘，妳編一個好點的再繼續騙我。」

「那真是周然。」周以也急了，加快語速道：「我讓他幫忙打發霍驍，鬼知道他還傳了訊息給你，我今天才看見，我發誓我是無辜的，我剛剛已經狠狠罵他一頓了。」

李至誠看著她，還是存疑：「妳哥來申城了？」

周以垂下視線：「是我回家了，小姑沒了，家裡喊我回去，昨天才回學校。」

李至誠愣了幾秒，有些不知所措地開口問：「沒事吧？」

周以搖搖頭。

瞭解清楚前因後果，李至誠緩和了表情，他氣的不是那則語音，頂多是壓死駱駝的最後一根稻草罷了。

一個不太愉快的週六，四天的失聯，周以的出現像是刺破雲層的一縷光，但烏雲還是密布著，李至誠是真的被她觸到了底線，他這幾天沒睡過好覺。

大概是提到小姑，周以的情緒低沉了下去，捧著懷裡的一大袋東西不說話了。

李至誠盯著她看了一陣子，收回視線啟動車子上路。

車廂內悄無聲息，連音樂都沒開。

開過一個十字路口，李至誠突然出聲問：「渝市這兩天下雨嗎？」

周以抬起頭看向他：「下了，一直是陰天。」

李至誠點點頭，但再無下文，對話就此結束。

傍晚六點多的街道，天空昏昧，城市在落日餘暉下呈現瑰麗的金黃色，古老而安寧。

李至誠把車開回他的公寓，下車後，周以把那袋零食遞給他拿。

李至誠嫌棄道：「妳帶這麼多吃的來春遊啊？」

周以委屈地撇撇嘴：「我買給你的，都是你喜歡的。」

李至誠接過那一大袋，明知故問：「買給我幹什麼？」

「賠禮道歉。」周以抓著他一隻手臂，軟著語氣哄，「你別生氣了。」

李至誠甩開她手，周以又像牛皮糖一樣黏上去，反覆幾次，李至誠沒轍了，只能隨她挽著。

上樓進門後，李至誠先去了廚房，伺候貓主子吃飯。

「這就是你家啊。」換好拖鞋，周以宛如一隻闖入祕境的兔子，東竄竄西看看，眼睛圓溜溜地轉，好奇都寫在臉上。

李至誠的公寓裝潢從簡，淺色壁紙，布藝沙發，連地毯都是沒有花紋的深棕色，但是他在這間屋子的角落裡放了很多精巧別致的擺設。

客廳的背景牆是一面兩公尺高的儲藏櫃，裡頭的手辦模型都是李至誠珍藏的寶貝。沒有電視機，而是在牆沿安裝了幕布和投影設備，質感一流，畫面清晰，周以看到茶几上還有3D眼鏡。

飄窗旁是雲朵主題的貓爬架，周以彎下腰，和雖然認識許久，但還是第一次線下見面的橘貓還還打了個招呼。

吧檯在沙發背後，連接客廳和餐廳，長桌旁放了兩張木製高腳椅，周以瞄了酒櫃一眼，竟然發現李至誠用它來存放牛奶和可樂。

還有茶几旁邊的零食推車，一層肉乾零食，一層餅乾蛋糕，一層洋芋片堅果，最底下一層是各式各樣的速食產品，開福利社呢？

看見書房的門開著，周以趴在門口探頭往裡看。

先入眼的是雙開門的書櫃，一面是讓人眼花繚亂的漫畫書，整整四個架子都裝滿了，李至誠一買就是全系列，一面裝著幾個大型手辦，周以勉強認出其中一個角色是里維兵長[7]，李至誠曾經愛到瘋魔的男人。

除此之外，書房並沒有傳統的辦公氣氛，靠牆有兩張電腦桌，款式相同，顏色一深一淺。兩張桌上都裝了電腦，包括座椅，都是同款不同色，設備齊全，還另外配備了適用遊戲的

7 日本漫畫《進擊的巨人》中的角色。

機械鍵盤。

黑色那張應該是李至誠的常用，東西擺放雜亂，另一張就整潔乾淨許多。

周以的視線落在粉色貓耳耳機上，兩張桌子，擺明了是情侶座。

她心裡哽了哽，離開書房門口。

這間公寓沒有多溫馨的色調，也無鮮豔花卉裝飾，但處處都透著設計感，可愛又有趣。

周以注意到，就連牆上的時鐘都是貓頭造型。

比起家，它更像網咖，像貓咖，像私人影院，像玩具博物館，色彩繽紛，讓人身心放鬆。

如果她有這樣的房子，完完全全可以足不出戶做個死肥宅。

她突然有些理解李至誠不愛出門的原因了。

周以走進廚房，李至誠挽著襯衫袖子，正往碗裡倒優格和水果乾。

這麼居家有生活氣息的一面，周以已經很久沒見過了。

異地戀時，遇到週末或小長假，李至誠會飛回北京看她，兩個人在學校附近租個民宿。

北京也許真是美食荒漠，把附近的外送吃遍後，李至誠大放厥詞說要自己下廚做。

周以對他的廚藝深表質疑，事實證明確實不行，但李至誠的蛋炒飯炒得不錯，香鹹油亮，是她的口味，每次都能吃一大碗。

周以靠在門邊走了下神，獨自黯然神傷後，她仍舊要面對現實。

「你跟人同居了嗎？」周以問得很直白。

李至誠轉過身子，滿臉疑惑地看著她。

周以抬起腳，拖鞋上的小豬皮傑憨憨地笑著：「這是女款的吧，還有書房裡的電腦桌，和我分手後你是不是交過女朋友？都同居了啊。」

李至誠放下手中的碗，轉身面對她，看她一副想知道又怕知道答案的表情，像個被拋棄的小怨婦。

生出笑意，李至誠扯著嘴角反問她：「妳覺得呢？」

周以眼眶都紅了：「我覺得你有。」

李至誠端著優格和貓飼料走出去，喊逻逻過去吃飯。

大胖橘靈活地跳下貓爬架，在他腿邊繞了一圈才開始享用晚餐。

李至誠揉揉牠的腦袋，起身對周以說：「嗯，確實有。」

周以感覺心臟快被擰成麻花，擠出幾滴酸澀的檸檬汁，她用手背擦擦眼尾：「哦。」

李至誠走到她面前，拿下她的手，輕輕撫了下被擦紅的眼尾：「這就哭了？」

周以倔強道：「沒，貓毛掉眼睛裡了。」

他不再逗她，實話實說：「雲峴在這住了快一年，妳又不是不知道。」

周以追問：「那拖鞋呢？」

李至誠示意她向下看，他的鞋面上是小熊維尼：「第二件半價，我買回來留著給我未來老婆穿不行啊？」

周以想了下，剛剛進屋，李至誠確實是從櫃子裡拿出這雙粉色拖鞋，拆開包裝袋放到她腳邊，還是全新的。

她抿了抿嘴唇，聲音裡沁著草莓沙冰：「那不好意思，我先穿上了，你老婆只能穿二手的。」

李至誠話裡有話地說：「我想她應該不會介意。」

周以抬高下巴：「那書房裡的電腦呢，也第二件半價？」

李至誠搖搖頭：「那不是。」

周以雙手交叉抱在胸前，像裝作毫不在意但處處都露出馬腳：「也留著給你未來老婆啊？你知道人家愛打遊戲嗎？現在就裝配好了。」

李至誠毫不在意地回答：「不行嘛，我覺得她應該會喜歡。」

周以終於忍不住問：「她誰啊？」

李至誠聳聳肩：「不知道。」

周以撇高嘴「嘁」了一聲。

李至誠看了她幾秒，收走嘴角的笑意。他越過周以，進了臥室，幾分鐘後再出來已經換了一身休閒的打扮。

看他是準備要出門，周以趕緊問：「你去哪啊？」

李至誠抓起車鑰匙握在掌心，隨口回答：「有個飯局，妳餓了就自己點外送。」

周以覺得難以置信：「你是要把我一個人丟在家裡嗎？」

李至誠抬高眉毛，臉上寫著四個字──「顯而易見」。

他舉起手腕，敲了敲手錶：「我已經快要遲到了。」

周以幾乎是快要哭出來的表情：「那我一個人在家多無聊啊。」

李至誠指向客廳的窗戶：「那一棟三樓，雲峴、姜迎家，妳無聊就去找他們玩。」

「可是我……」

「周以。」李至誠打斷她，換上不容置喙的語氣，「我有我自己的生活。」

周以澈底無言，抱著膝蓋蜷縮在沙發上。

遝遝跳到她身邊，舔她的手背。

李至誠說：「如果妳想回去，我也可以現在送妳。」

周以搖搖頭，還是垂著腦袋。

「那就好好待在這裡，鑰匙我留在玄關上了。」李至誠打開門，頭也不回地走了。

周以說不上是難過還是失落，她貿然來找他，打亂他的生活，是她不對。

但是這麼把她一個人留在家裡，太不像是李至誠會幹出來的事了。

那番話產生的影響還是遠遠超出周以的預期，她現在進退兩難，繞出一個死結。

以前的他肯定不會這樣的，周以失落地想。

她隨身只攜帶一個托特包，裡頭放著筆電和上課的教案，她連手機充電器都沒帶。

低電量提示音響起，周以在茶几的雜物籃翻了翻，沒有找到相配的充電線。

她調低螢幕亮度，用僅剩的百分之九的電量傳訊息給李至誠。

好在對方已經把她從黑名單裡放了出來。

周以：『充電器在哪裡啊？我手機沒電了。』

李至誠很快就回覆：『房間床頭櫃上有插座。』

周以捏著手機走進主臥，李至誠的房間簡直是整間公寓的濃縮精華版。

床邊安置了一張長桌，上頭擺著電腦設備，三層的置物籃裡都是零食，牆上的架子錯落不規則，擺滿了玩偶。

周以找到充電器，剛想取走，眼睛瞥到枕頭上的毛絨小羊。

她拿起，捧在手裡捏了捏，臉上的陰雲一掃而散。

周以咬著下唇，卻壓不住上揚的嘴角，她打開鏡頭拍了一張照片，傳給李至誠，得了便宜還賣乖地說：『你把它拿回來啦。』

李至誠這次隔了半分鐘才回：『東西落了都不知道？』

周以說：『我故意留在那裡的。』

李至誠：『？』

周以：『我覺得你還會回來。』

李至誠沒再回覆，他確實回去了，遇到清潔阿姨說這間的客人已經辦了退房，就是落了件東西。

那天早上，李至誠站在走廊裡，懷裡抱著一隻和他氣質違和的毛絨小羊，關心則亂地傳訊息問周以在哪，結果收到一則莫名其妙的語音，氣了整整四天。

發現小羊讓周以鼓足信心和勇氣，她繼續傳：『那我把它送給你了，你替我好好照顧它。』

周以：『我從小到大都不太喜歡娃娃，但是在國外總是失眠，不抱著它就睡不著覺，很神奇吧。』

周以：『以後就讓它陪你睡覺好不好？』

她一連傳了好幾長則，李至誠實在撐不住了，回覆說：『嗯。』

他又問：『吃飯了沒？』

周以答：『還沒，不知道吃什麼。』

李至誠轉了兩百元給她。

過了一下，他直接傳了張某外送ＡＰＰ的訂單截圖：『幫妳點好了，等下去拿。』

周以便不再選擇困難，乖乖等著外送來。

還還很親人，一直黏在她懷裡，周以打開投影機，挑了部電影，一邊幫大橘順毛一邊打發時間。

大約四十分鐘後，外送員聯絡她，說社區現在管制通行，麻煩她到大門口取餐。

周以掛完電話，換鞋出門，一路通暢地走到社區門口拿完外送，一回頭面對成片相似的樓棟，卻突然迷失方向。

要往哪裡走？

周以凝眉抿唇，嘗試邁出第一步，憑著感覺前行。

她出來後特地看了一眼，李至誠的公寓在第十七棟，應該不難找……吧。

在迷宮似的社區裡走了近二十分鐘，遠遠超出她出來的時間，周以終於承認，她迷路了。

為什麼不按一二三四順序排，為什麼五棟旁邊是十一棟，這讓人怎麼找？

周以一邊在心裡吐槽，一邊打電話給李至誠。

拖長的嘟聲消耗人的耐心，直到機械女聲提醒她無人接聽，請稍後再撥。

周以走出一身汗，又回到大門口，她選擇放棄，找了塊石墩一屁股坐下，拿手搧著風。

喇叭聲響起的時候，她正懷揣對科技發展的無限期望，企圖用地圖精準定位到樓棟。

那車又響了兩聲，周以不得不抬起頭。

駕駛座裡是個年輕女孩，她降下車窗，對周以說：「是妳吧，李至誠的那個……」

大概是想不到正確的稱呼，她就此停住，轉而問：「妳怎麼坐在這啊？」

周以站起身，拍拍屁股上的灰，走過去說：「妳是姜迎吧。」

女孩點點頭，朝她笑了一下：「妳好妳好。」

周以訕訕地揉了揉頭髮，解釋道：「我出來拿外送，但找不到路了。」

「這樣哦，我們社區有點繞。」姜迎解鎖車門，讓她快上來。

坐上車吹到空調的冷風，周以塌下肩長長地呼出一口氣：「謝謝妳。」

「不用不用。」姜迎擺擺手，問她，「李至誠呢？」

周以回答：「他說有個飯局，出門了。」

姜迎驚訝地張大嘴：「所以他把妳一個人扔在家裡讓妳吃外送？」

「狗東西！」姜迎狠狠捶了下方向盤，替她不平。

周以被她的直率逗笑：「妳敢這麼罵妳老闆啊？」

姜迎撓撓臉：「確實沒少在後背罵過，妳別打小報告啊。」

周以笑出聲：「不會不會。」

「不過奇怪了。」姜迎說：「今天雲峴沒跟著去啊，到底什麼飯局？」

周以搖頭：「我也不知道。」

「應該是跟簡少爺那群人吧，他們玩得比較開，不適合……」話說到一半，姜迎停住，瞄了周以一眼。

周以卻已經敏銳地捕捉到她話裡的意思，並且直截了當地替她補完後半句：「不適合非單身人士是吧？」

姜迎有些擔心她，卻見周以無所謂地笑了笑。

她實在清醒得讓人心疼：「他確實是單身啊，而且我也沒身分管他。」

姜迎嘆了一聲氣，按照她的觀念和思考，她沒辦法理解這兩個人長達十年的拉扯。

互相喜歡就表達愛意，分手就一刀兩斷再不聯絡，這麼順理成章乾脆俐落的事，為什麼他們拖泥帶水，要一直保持這種說不清道不明的關係呢？

不過感情的事，如人飲水冷暖自知，姜迎也不好多作評價，她只告訴周以：「李至誠一定是非常非常喜歡妳的，我從雲峴那裡聽說過他對妳有多好，和我認識的李至誠完全不一樣。」

路燈昏昏，夜風吹拂，驚動麻雀掠過樹梢飛遠。

周以看著窗外說：「那是以前。」

姜迎把周以送到樓下，下車前，她問周以要不要去她家裡坐坐。

周以搖頭婉拒：「下次有機會吧，今天太晚了就不打擾了。」

兩人加了好友，無論有沒有男人那層關係，周以都對這個明朗可愛的女孩很有好感，姜迎也同樣。

回到公寓，周以打開已經涼了的外送，李至誠點了麵和一份紅糖糍粑給她。

不過麵已經坨了，糍粑也不脆了，紅糖漿融化，帶著股中藥的苦味，周以勉強吃了兩口。

李至誠才看到未接電話，問她怎麼了。

周以說：『沒事了。』

那邊便再無動靜。

遝遝跳到桌上，湊到碗邊嗅了嗅，嫌棄地撇開腦袋。

周以幫牠的後脖子呼嚕呼嚕毛，抱到懷裡說：「你有你爹精心伺候，太幸福了。」

之後的兩個小時，周以盤腿坐在客廳的地毯上，打開筆電，打算把手頭的工作先處理完，消磨這一個人的夜晚。

李至誠直到過了十一點才回來，聽到開門聲，周以警覺地抬起頭。

「還沒睡？」他的嗓音聽起來有些啞，手裡提著一個紙袋。

周以摘下眼鏡：「沒。」

李至誠換完鞋，把紙袋放到茶几上，就回臥室拿了換洗衣物，進浴室準備洗澡。

周以扒開袋子看了一眼，裡頭是個打包盒，有一份雞蛋餛飩，還是熱的。

她盯著浴室的門看了一下，取出盒子和免洗餐具，夾起一個餛飩塞入口中，薺菜豬肉餡的，底下有煎好的雞蛋，味道香鹹。

李至誠沖了把澡，幾分鐘就從浴室出來，穿著寬鬆的T恤和家居褲，額頭上沾著濕髮，他用毛巾胡亂搓了搓。

他倒了兩杯水，一杯放在茶几上，另外一杯端在手裡，在單人沙發上坐了下來。

盒子裡還剩兩顆餛飩，周以吃不下了，放下筷子。

李至誠看了一眼，煎雞蛋一口沒動，他皺了下眉頭：「怎麼還挑食？」

周以重新拿起筷子，不情不願地咬了一小口雞蛋。

看著她吃了兩口，李至誠才出聲：「吃不完給我吧。」

周以趕緊遞過去，拿起杯子喝水。

李至誠把剩下兩顆吃完，收拾桌上的垃圾。

「你怎麼帶了宵夜啊？」周以問。

李至誠抬眸看她一眼：「猜妳餓了。」

周以「哦」了一聲。

李至誠沒告訴她，家裡養貓的都會在客廳裡裝監視器，她今晚的一舉一動都在他的注視下，包括沒怎麼動的晚飯，包括和逻逻的自言自語。

李至誠把垃圾打包放到門口，催她：「做完了沒，洗澡睡覺了。」

「馬上。」周以把最後一段文字打完，儲存文件關了電腦。

李至誠剛要走進書房，又退回到客廳問她：「我還沒問妳，妳行李呢？」

周以回答：「沒帶啊，我一下課就去高鐵站了。」

李至誠的臉色沉了下去：「那妳準備穿什麼？」

周以理所當然道：「穿你的啊。」

李至誠欲言又止，最後黑著臉從衣櫃裡挑出一件T恤扔給她：「抽屜裡應該有新的毛巾和牙刷，自己拿。」

周以拿著他的T恤走進浴室：「知道了。」

浴室裡氤氳著未散的水汽，周以盤好頭髮，脫下衣服走進淋浴間。熱水打濕皮膚，她從架子上找到沐浴乳，隨手拿起一瓶察看標籤，是牛奶味的，她皺了皺眉，又拿起另外一瓶，橘黃色包裝，是柳丁味。

周以顛了顛兩瓶沐浴乳，都還是新的，沒怎麼用過。

一瞬明白過來，她彎了嘴角，並克制不住地向後咧。

心情像是漂浮在香甜的泡沫上，周以的蘋果肌快要笑僵了。

救命，李至誠怎麼這麼可愛。

李至誠幫客房換了新被套，但周以臉皮厚，假裝沒看見，從浴室出來，踩著拖鞋就衝進主臥，掀開被子鑽進去。

李至誠騰地坐起身，斥問她：「誰讓妳睡這了？」

周以像是沒聽見，眉眼彎彎，拚命把脖子往李至誠面前湊：「你聞聞什麼味道？」

李至誠當然聞到了，撲面而來的香甜氣味，讓人想忽視都難。

周以笑得肆意放縱：「柳丁牛奶欸。」

李至誠的喉結滾了滾，肌肉緊繃，一瞬的失態過後，他用凶狠怒然的表情掩蓋波動的情緒：「鬧夠了沒？滾回客房睡妳的覺。」

周以撲閃著睫毛，一臉無辜，但嘴角的壞笑又洩露她的狡黠。

無意間發現李至誠的小祕密，她夠樂一個晚上了。

尤其是注意到他的耳垂紅了，周以的膽子更大，跪坐著，單手撐在他身側，整個人越湊越近，恨不得把他臉上任何一處細微的變化都洞察清楚。

鼻頭快撞到一起，李至誠敗下陣，惱羞成怒地橫起手臂推開她，起身站到床邊拉開距離，彷彿她是什麼攝人心魂的女妖精。

周以跌躺在床上，本就只能遮住腿根的T恤下擺又往上堆了堆。

那白花花的長腿實在惹眼，李至誠斜眼瞥見，臉瞬間黑了，不可思議的語氣：「妳裡面沒穿？」

被他這麼盯著，周以倒突然不好意思起來，扯過被子蓋住腰腹：「都和你說了沒帶換洗衣服。」

她看見李至誠的胸膛很明顯地起伏了一下。

那是危險的紅色訊號，周以迅速垂眸，緊緊攥著被角：「我認床，一個人睡不著……」

聲音越來越小，她的理由用得不好，說出來自己都心虛。

李至誠的視線還落在她身上，周以臉頰冒熱氣，縮進被子裡側躺下去：「睡吧，不早了。」

「啪嗒」一聲，臥室的吊燈關了，眼前一片漆黑，周以拉高被子遮住下半張臉，清楚地聽見自己的心跳聲，撲通撲通，頻率越來越失控。

另一半被子被拉開，床鋪受到重力，往下壓了壓。

腰肢被人圈住向後扯，周以驚嚇失色，從喉間擠出一聲尖叫。

李至誠的手臂就橫在她腰上，周以的後背緊貼著男人的胸膛，脖子和肩上，有若輕若重的他的呼吸。

和前任交鋒，知彼知己，易攻難防，多了一半勝算的同時，也便多了一半失守的機率。

李至誠的手指沿著腰背下移到腿間，連猶疑都沒有，瞬間找到她最脆弱的地方，指節刮過胯骨，指腹用力摁壓軟肉。

像是一陣電流襲遍全身，這一切發生得過快，海浪湧入世界傾覆，周以猛吸一口氣，眼睛失去焦距，全身顫慄不止。

李至誠抱了抱發抖的她，在昏黑的房間裡，男人的聲音貼著耳廓響起，像是加了殘響效果，又低又啞：「我明天還要上班，這兩天有個很重要的案子在談，沒空管妳，妳給我老實點在這好好待兩天，我們之後再新帳舊帳一起算。」

明明是警告的口吻，但他的呼吸也亂著，像是蒙了層曖昧的紗，比以往更讓周以無招架之力。

她把臉埋在枕頭裡，小幅度地點了點頭。

被子裡，李至誠幫她把衣服整理好，起身下了床。

「早點睡。」

聽到房門打開又關上，周以才轉正臉，重重鬆了口氣，撫著胸口平復心跳。

她伸長手臂搆到床頭櫃上的小羊，圈在懷裡，她在失重下墜，必須抓握什麼實物才能找到存活感。

空氣裡的柳丁牛奶被煮開，散發著濃烈溫熱的甜香。

周以在雜亂的思緒裡失眠到凌晨，直到晨曦潑灑在雲層，樹上的鳥開始新一天的啁啾鳴叫，她才漸漸失去意識跌入夢鄉。

這多夢的一覺睡到自然醒，周以起床時已經過了十一點。

李至誠早就去上班了，留給她的早飯也涼了。

周以洗漱完，滑開手機翻看訊息。

看見李至誠在九點半的時候問她起床了沒，周以剛要打字回覆，就聽到大門的開鎖聲，她趕緊踩著拖鞋跑出去。

李至誠手裡拎著兩個袋子，一眼看穿她剛剛才起床，皺了皺眉，神色不滿。

他把大號的白色紙袋遞給她，命令道：「去把衣服換了。」

周以打開袋子往裡看了看，不只一套，從裡到外都有。

她神情複雜地看著李至誠，問：「你去買的嗎？」

李至誠回給她一個看智障的眼神：「我讓祕書去買的。」

「哦。」周以了然地點點頭，又迅速揚臉，緊張地問：「你怎麼和你祕書說的？」

李至誠抱著手臂，扯開嘴角露出譏諷的笑：「妳覺得呢？」

周以不想知道也沒臉皮知道，抱著紙袋灰溜溜地回房間換衣服。

尺寸大小都正合適，一套是裙子，一套是襯衫和牛仔褲，周以穿上長褲，上半身還是套著李至誠的T恤。

她走出去，看見餐桌上已經擺著午餐，李至誠打包回來的，兩葷一素一湯。

「洗個手來吃飯。」他拿出兩套餐具，把米飯分好。

周以「哦」了一聲。

有一道清蒸鱸魚，還還聞到鮮味，一直在桌子底下轉圈，爪子撓著桌腳。

周以看了心疼，問李至誠：「牠能吃嗎？」

李至誠眼睛都不抬：「不能，妳吃妳的。」

周以朝還還攤了攤手：「你爹不讓我也沒辦法，這個家我們都要聽他的話。」

李至誠的筷子頓在半空，一陣子後才繼續夾菜。

「哦對了。」吃到一半，周以開口說：「我那天傳訊息給你是想告訴你，我這個禮拜上課前和學生們說了，希望他們能尊重課堂，大家都很配合，特別乖。」

李至誠淡淡「嗯」了一聲。

這並不妨礙周以的分享欲，她繼續說：「還有這次回家，不知道是不是太久沒回來了，家裡人有點不一樣了，也可能是因為小姑沒了？所以他們把愛和關心都轉移到我身上了。」

李至誠突然嚴肅地喊她名字：「周以。」

「嗯？」

李至誠斂目，夾了一筷子香菇青菜：「這種話不要亂說，給妳的就是妳的。」

周以點點頭：「現在想想，其實他們對我都挺好的，是我以前不懂事，自己跟自己糾結了這麼久。」

李至誠說：「妳知道就好。」

吃完飯，李至誠收拾了桌子，幫還還換了一盆新的水。

周以捧著碗筷拿進廚房清洗，她意外地發現李至誠家裡並沒有找阿姨打掃衛生和做飯。這有些顛覆她印象裡的有錢少爺人設，周以還是刻板地以為像他這樣的富二代都是十指不沾陽春水，處處需要人伺候的。

李至誠要回去上班，走之前交待周以說她要是嫌無聊可以去附近逛逛。

關於昨晚的事，兩人默契的都當作沒發生過，又回到不尷不尬，不親密又不陌生的狀態。

「那書房裡的電腦我可以玩嗎？」周以小心翼翼地提問。

李至誠大概是鐵了心要維持冷酷人設，懶懶丟出兩個字：「隨妳。」

周以揚起笑臉：「那我在家等你下班！」

李至誠沒應好，只說：「餓了自己找東西吃。」

周以從她買來的零食袋裡拿出小熊餅乾和一杯草莓牛奶，塞給李至誠，讓他餓了下午吃。

「那我走了。」

周以舉著遝遝的貓爪揮了揮：「好的，拜拜。」

李至誠卻沒立刻轉身，站在原地看了她一下。

周以意識到什麼，笑容有些不自然。

他們這樣多像一對小夫妻。

多像是他們本該過上的生活。

關門聲響起，一分鐘後，周以聽到停在樓下的車駛走，她走進書房，坐在粉色的電競椅上，沒有按下電腦的開機鍵，只是把手放在馬卡龍色調的鍵盤上。

她突然想起，很多年前，某一個入睡前的閒聊時刻，她和李至誠暢想的未來好像就是如此。

周以當時說的原話是：「我不期待多大的房子多好的生活條件，我就希望在一個下雨的週末，我們窩在家裡玩遊戲，哪裡都不去，我抬手你就知道我要飲料還是零食，外送到了，我踹你一腳你立刻跑去拿。」

她記得那時李至誠用力揉搓她的臉頰，說：「做妳的春秋大夢吧。」

周以撇撇嘴，問他：「這樣的願望還不夠實際嗎？」

李至誠搖頭，故作嚴肅道：「我覺得妳把最後一句的主賓換一下比較實際。」

周以反應過來，揮起拳頭要揍人，被李至誠連人帶被子抱進懷裡，認錯求饒：「我拿我拿，必須我拿。」

儘管不見得那樣走下去就能終老，但周以還是覺得好遺憾。

人生裡最好最精彩紛呈的六年，卻與彼此無關。

周以離開座椅，輕輕關上書房的門。

這個下午她還是窩在客廳的沙發上，打開投影機挑了部最近熱播的綜藝，節目裡MC們誇張大笑，周以偶爾跟著扯開嘴角。

大概是昨晚失眠消熬了精力，到了三四點，周以覺得腦袋越來越重，靠在抱枕上睡了過去。

她是被一陣門鈴聲吵醒的，迷迷糊糊意識到可能是李至誠沒帶鑰匙，一下子從夢中驚醒，起身開門。

見門後的是姜迎，周以愣了愣：「妳怎麼來了？」

姜迎舉高手裡的保溫袋：「老闆讓我送飯給妳。」

周以看了牆上的鐘一眼，原來都快七點了。

姜迎一邊把袋子裡的飯盒拿到桌上，一邊問她：「妳餓不餓啊？我剛剛回了我媽家一趟，這個蝦做得超級好吃的。」

周以朝她不好意思地笑了笑：「麻煩妳了，還專門送過來。」

「不麻煩，老闆說打了電話給妳沒接，哦他還讓我告訴妳他今天晚上有事，讓妳早點休息睡覺。」

周以放平嘴角：「他又有飯局啊。」

姜迎怕再說錯話，打馬虎道：「我也不知道，他最近挺忙的，一直加班。」

安頓完周以，姜迎又熟絡地打開櫃子找到逕逕的貓飼料，按照牠的份量倒進碗裡，看樣子經常來幫忙照顧。

「那個，妳慢慢吃哦，飯盒妳就放著，我過兩天來拿就行。」

周以點點頭，再次對她說：「謝謝妳啊，真的麻煩了。」

姜迎擺擺手：「李至誠給了我跑腿費的，不客氣不客氣。」

周以被她逗笑，她倒是很誠實。

送別姜迎，周以回到餐桌邊，看著幾道色澤鮮豔的家常小菜，卻提不起胃口。

大概是剛睡醒吧，她安慰自己。

周以把客廳換上暖黃色調的光，不然實在有些冷清。

她站在客廳的瓷磚上，掃視這間對她來說還很陌生的公寓。

她開始懷疑，自己是不是不該來，畢竟李至誠有他自己的生活，她好像成了多出來的麻煩。

李至誠比昨天更晚回來。

腳步聲沉重，依舊是一進屋就洗澡。

周以裹著被子，聽到衣櫃門推拉的聲音。

幾分鐘後，主臥的門打開，泄進一道光亮。

身邊的床陷了下去，周以聞到他身上殘留的酒味和菸草味。

她很輕地吸了下鼻子，抬手搓了搓眼尾。

李至誠躺下來後才意識到周以的存在，他倏然坐起身，揉著腦袋說：「習慣了，走錯房間了，妳睡吧。」

周以卻拉住李至誠的手臂不讓他走，帶著濃重鼻音開口道：「雖然我沒有立場這麼說，但是我真的很討厭今天的你，討厭你這麼晚回來，討厭你帶著一身酒氣，討厭你把我一個人留在家裡。」

周以的眼睛裡布滿紅血絲，用最後的驕傲抬高下巴：「你讓我想起我爸媽，那種我最反感的婚姻關係。」

在李至誠平靜到有些漠然的神情裡，周以的防線一點一點崩塌。

「李至誠，我好像懂了，為什麼你說『算了吧』，因為你清楚，就算我們當時又復合，在瑣碎的現實面前，我們也走不了多遠。」

「你以前說我是理想主義文學家，我現在明白了。」

周以用力擦了擦眼睛：「我就是太過理想化，永遠不夠成熟，你和張遠志說的話我聽到了，對啊，我這種女的只適合談戀愛，不適合結婚過日子，所以你吊著我、你耍我。」

最後一句，周以聲音發抖，咬重字音抽噎著說完。

「我看清現實了。」她用手遮著眼睛，掌心被洶湧的淚沾濕，「可我就是覺得好可惜，我以為你會不一樣。」

周以語無倫次，口齒不清地說完一大段話，李至誠才出聲：「說完了沒？」

他俯低身，坐在床沿，拿下她的手臂，替她抹了把淚。

「我哪裡吊著妳，哪裡耍妳？我難道要告訴妳，書房裡的電腦為妳裝好三四年了，怎麼也等不到妳回來。我難道要告訴妳，研究所畢業我就在申城買了一間房，我想等妳大學畢業就結婚。我難道要告訴妳，我被妳甩了還天天惦記著妳，六年了還覺得只要妳回國我們就能重新開始。我李至誠不要面子的嗎？」

周以哭得視線模糊，李至誠越擦眼淚越多，乾脆把人按在懷裡，隨她哭吧。

「我手頭有個要緊的案子，本來打算忙完這陣就去申城找妳，妳先過來了，但我真的抽不出時間。一邊見客戶，一邊盯著手機監視看妳有沒有好好吃飯，求著我下屬過來照顧妳，我還能怎麼樣？妳是不是蠢？男人不該賺錢？這樣等妳哪天一揮手說不想上班了想做阿宅，老子還能拍拍胸脯說『老公養妳』。」

李至誠的吻落在她的唇角，含著鹹濕的眼淚，像盛夏時節的海風。

他誠懇而堅定地說：「我從來就沒覺得妳不適合結婚過日子，我沒說過這種話，我在二十歲就決定要和妳過一輩子。」

第九枚硬幣

周以哭得幾乎喘不過氣，摟住李至誠的腰，把臉埋進他懷裡，脖子和額頭上都冒了汗，和眼淚鼻涕一起蹭到他身上。

李至誠也無奈了，她哭起來一向難哄，今天更是一發不可收拾。

他溫柔聲音，拍著她的背：「周以，不哭了。」

周以斷斷續續地說：「我、我停不、停不下來啊。」

她甚至著急地罵了句「媽的」。

周以抽泣兩聲，抬起頭看李至誠一眼，眼淚又不停歇地往外湧。

李至誠舒展開眉目，幫她把臉上的髮絲繞到耳後：「那妳再哭一下，我明天要出差，先睡了。」

周以立刻停止哭聲，板下臉，抬臂捶了他一拳：「你是不是人啊？」

李至誠抓住胸前的手，攬住周以的腰把她整個人扛起。

男人的手臂線條流暢而結實，周以倏地騰空。

李至誠帶她進浴室洗臉，把身上哭濕攥皺的睡衣脫下丟進髒衣簍。

周以沒穿拖鞋，被李至誠抱到洗手檯上，怕她涼，李至誠還墊了塊浴巾。

情緒逐漸平緩過來，周以用毛巾擦著臉，啞著聲音問李至誠：「你剛剛說明天要出差嗎？」

李至誠「嗯」了一聲，懶洋洋地打了個哈欠，他又睏又累，眼睛都快睜不開了。

看他這副樣子，周以推推他：「那你快去睡覺吧。」

李至誠撩起眼皮：「罪魁禍首裝什麼裝。」

周以臉上剛降下去的溫度又直線回飆：「那你明天去哪，幾點的飛機？」

李至誠回：「杭城，高鐵去，買了早上九點的票。」

周以借機問出最關心的問題：「那你什麼時候回來？」

李至誠耍了個心眼，反問她：「妳希望我什麼時候回來？」

周以用毛巾擋住上半張臉，嘴唇張合說：「As soon as possible.」

李至誠對這個回答非常受用，綻開笑臉，雙手撐在她身側，彎腰在她唇上啄了一口：「那我改票，辦完事就回來，應該能陪妳吃晚飯。」

周以用力點點頭，毛巾還蓋在臉上。

李至誠一把扯下，隨手扔到旁邊，朝她張開雙臂：「再擦要掉層皮了，走了，睡覺。」

周以圈住他脖子，掛到他身上，乖順聽話極了。

回到床上，周以終於得償所願，鑽進李至誠的懷裡，腿架在他的腿上，找了個舒服的姿勢合上眼睛。

過了一下，她又在黑暗中睜開眼，想來想去還是沒把握，必須得到肯定的回答才能安心睡覺，她問李至誠：「所以我們是和好了對吧？」

李至誠迷糊地「嗯」了一聲，像是快睡著了。

周以用臉頰蹭了蹭他的手臂，自言自語道：「可是我總覺得我們好像沒分開過。」

她揚起腦袋湊上去胡亂親了一口，也不知道親到了哪，悄悄說：「晚安哦。」

幾秒後，李至誠翻了個身，把她牢牢圈在懷裡，形成包裹的姿勢。

他說：「我也是。」

清晨，iPhone 鬧鐘鈴聲有如惡魔催魂，密集快速的鼓點讓人心驚膽顫。

李至誠從睡夢中驚醒，想憑著感覺摸到手機，手怎麼遊移卻都摸空。

聽到一聲不滿的嚶嚀，他愣住，意識快速甦醒過來。

哦，周以在他床上呢，他昨晚睡在左側，手機在右邊的床頭櫃上。

李至誠用手蓋住周以的耳朵，安撫她道：「好了好了，我馬上關掉。」

他飛快起身走到另一邊拿到手機，關閉鬧鈴，臥室重歸寂靜，周以皺緊的眉頭也放平。

李至誠的床單是淺栗色，周以側躺著，眉目平和，睫毛在眼下投出陰影，一副安寧而恬靜的樣子。

李至誠坐在床邊看了周以一下，才起身去洗漱。

七點半的時候，周以的鬧鐘也響起。

她沒像往常一樣拖拖拉拉，心裡惦記著事，一聽到鈴聲她就醒了。

臥室裡只有她一個人，周以急匆匆地踩著拖鞋跑出去。

看見李至誠站在餐桌旁，周以鬆了口氣：「我還以為你走了。」

李至誠向她走過去：「祕書來接我，也快要出發了。」

他替周以壓平一撮亂了的頭髮，問：「這麼早起來幹嘛，再去睡一下。」

周以伸了個懶腰，把額頭抵在他肩上：「想送你。」

李至誠揉揉她的耳朵：「我當天去當天就回了。」

「還睡不睡？」

周以搖搖頭，沒睏意了。

「那快去洗漱換衣服。」

周以「哦」了一聲，回到臥室。

等幾分鐘後她從浴室出來，發現李至誠手裡提著她的托特包，還拿著一個黑色保溫杯。

李至誠喊她：「過來穿鞋。」

周以心裡一喜，揚起嘴角跑過去，興奮地問：「你帶我一起出差嗎？」

李至誠拍拍她腦袋，無情打碎她的希望：「想什麼呢？我去談案子合作，哪有功夫管妳，來去也折騰。」

周以塌下肩：「那你要把我帶去哪？」

李至誠看她動作慢吞吞的，索性蹲下身替她綁好鞋帶，手指俐落地打出蝴蝶結，他又朝屋裡喊：「還還，過來。」

大橘聽到指令，搖著尾巴到他腳邊。

李至誠單手撈起貓，拿給周以讓她抱在懷裡：「我送你們去雲峴家。」

周以想了想，她一個人待家裡確實無聊，拿個外送還能迷路，如果去找姜迎玩倒也不錯，便欣然同意。

兩棟樓就隔著幾步路，李至誠走到樓下時，貝妍的車已經在等他。

他走過去，敲敲車窗，和祕書交待道：「再等五分鐘，馬上來。」

然後便牽著周以的手帶她上樓。

快到門口時，周以卻有些猶豫：「會不會太打擾人家啦？萬一週末人家小倆口要約會呢？」

李至誠揉揉她腦袋：「我和他們已經說好了，雲峴去接弟弟了，妳就安心待在這。」

按下門鈴，很快門被打開，姜迎朝周以笑著揮揮手：「歡迎歡迎。」

李至誠趕時間，就把人送到門口，叮囑道：「好好在這待著，不用和姜迎客氣，就跟在自己家一樣，等我回來接妳。」

姜迎抱著手臂看他們依依惜別，悄悄翻了個白眼，在心裡腹誹：話都讓你說完了。

她清清嗓子，背過身去：「你們要是想吻別就隨意，我不看。」

周以臉皮薄不經調侃，催李至誠說：「我知道了，你快去吧。」

李至誠還是摟了下她，挑重點再次囑咐：「千萬別跟姜迎客氣。」

等李至誠走了，周以一回頭就對上姜迎曖昧的眼神和八卦的笑容，「你們和好啦？」

周以點點頭，其實昨晚說出那番話之前，她已經做好了和李至誠澈底玩完的準備。

現在想來，只剩萬般慶幸。

還好他們堅定到執拗的選擇是正確的。

姜迎說：「早該嘛，你們耽誤太多時間了。」

周以卻搖頭：「剛剛好。」

她們坐到豆綠色的沙發上，現在周以可以毫無顧忌地和別人敞開心扉：「我們分開這麼多年，基本沒有斷過聯絡，一直都知道對方的近況，但是都沒再說過感情上的事。李至誠應該和我想的一樣，異地那兩年就那麼多矛盾，異國再談，太累太辛苦了。我們都默認，先等等，都讓彼此去看看更多的人。等再見面的時候，如果還有機會，就再試試看。所以現在剛剛好，不算晚，而且我們都更成熟了。」

包括那句「算了吧」，周以現在也明白過來，李至誠不是放下了，是不得不先鬆開手中的線，讓風箏去更高的天空飛翔。

他只是低估了周以對他的依賴程度，她根本捨不得飛遠。

姜迎沒經歷過這樣的感情，不禁好奇：「那你們是怎麼做到分手後還能聊起來的？誰先找誰的啊？」

周以想了想：「好像是他吧，隔了三個月，我已經去英國了，他突然問我倫敦有沒有下雨，然後又不說話了。」

姜迎繼續問：「那後來呢？」

周以撓著下巴笑了笑：「後來就是我主動了，也過了挺久的。我那個時候遇到了煩心事，妳知道吧，大部分留學生出國，很容易抱團，一起吃飯一起上課，我不太希望這樣，但是圈子穩定住，很難找到辦法去打破。我就去找李至誠，問他我要怎麼辦。」

姜迎問：「那他怎麼說的？」

周以提起這個，滿臉欣慰：「他告訴我，打破不了就先去接觸新的朋友，妳在擴大自己交友圈的同時，就是在打破了。」

姜迎認可地點點頭：「雲峴和我說過，李至誠其實是很通透的人。」

「就是看起來是個傻子。」

「就是看起來是個傻子。」

兩人異口同聲，都噗嗤一聲笑起來。

周以說：「雲峴也和我說過這話。」

姜迎攤攤手：「沒辦法，確實如此。」

回到剛剛的話題，周以說：「後來就是年初疫情爆發，我回不來，待在那又無聊，經常找他打遊戲，那段時間應該是我們聯絡最頻繁的時候。我一個人在國外真的很不好受，忍不住有事沒事就傳訊息給他說廢話。」

姜迎拖長尾音「哦」了一聲：「怪不得那個時候公司開線上會議，李至誠一直低頭分心，我們當時還猜他是不是戀愛了，原來是跟妳聊天啊。」

看到手機螢幕亮起，周以拿起查看。

李至誠說他到高鐵站了。

周以回：『好的，工作順利。』

「欸姜迎。」周以抬頭問，「妳知道李至誠最近在忙什麼工作嗎？週末還要出差。」

姜迎搖搖頭：「我也不清楚，好像不是我們工作室現在負責的遊戲，等雲峴回來妳問問他吧，他應該比我瞭解。」

李至誠傳來訊息：『保溫杯裡裝了牛奶，包裡有麵包，記得吃。』

周以拿過托特包，打開卻看見李至誠除了零食還塞了一臺 switch，周以想要很久的遊戲機，但因為是個燒錢的大坑所以一直沒下定決心購入。

姜迎在旁邊瞥見，「唉喲」一聲揶揄道：「這把妳當女兒養呢，吃的喝的玩的都幫妳裝好。」

周以抿嘴笑了笑，低下頭打字：『你讓我想起小時候，我爸經常一到週末就把我送到大伯家照顧，也是幫我的書包裡裝好作業和吃的。』

李至誠回：『妳別把我當爹。』

周以失笑：『是你把我當女兒養吧。』

李至誠說：『哪有，我當老婆養的。』

周以：『……』

周以：『你去工作吧！！！』

聊天室沉寂了一下，李至誠傳來一張圖片，是從高鐵窗戶向外拍的鄉間田野。

今日天氣晴朗，藍天澄澈，漂浮白雲朵朵，遠處山峰連綿起伏，綠植如茂盛蓬勃的海。

緊接著李至誠傳了一個SOS求助訊號的emoji。

周以：『？』

李至誠說：『怎麼辦，我已經歸心似箭了。』

周以側過身子，拿高手機，一隻手撐著下巴，想把自己比春花還燦爛的笑容隱藏起來。

她故意抱怨說：『讓你不帶我去。』

也許是覺得路途無聊，李至誠打了個電話給她。

周以抬眼瞄了姜迎一眼，她正專注地看著某部戀愛番，滿臉姨母笑。

「我去接個電話哦。」

姜迎揮揮手：「去吧。」

兩家戶型是一樣的，周以找到陽臺，發現姜迎家裡還擺了一架鞦韆，窗臺邊一排生機勃勃的綠植花朵。

周以在鞦韆上坐下，塞好耳機按下接聽。

「喂。」

『喂。』

沒有聽見嘈雜的背景音，周以問：「你下高鐵了嗎？」

李至誠否認道：『沒啊。』

周以奇怪：「那怎麼這麼安靜？」

李至誠呵笑：『頭等艙不都這樣？』

周以語塞：「……我以為你這種鐵公雞只會坐經濟艙。」

李至誠嘖了一聲：『如果經濟艙沒有哭鬧的小孩和外放影片的中年人，我還真捨不得這個錢。』

周以勾起唇角，和他分享：「我那天來，旁邊坐了一對情侶，打情罵俏了一路，聽得我快膩死了。」

李至誠說：『以後來都買頭等艙，我讓妳報銷。』

周以嘴角的弧度更大：「好。」

『還沒問妳，打算什麼時候回去？』

周以活學活用，反問他：「你希望我什麼時候回去？」

李至誠同樣還給她四個單字：『As late as possible.』

周以搓了搓臉頰，懷疑自己再這麼笑下去蘋果肌會不會抽筋：「我星期一早上本來有節新生研討課，但是可以找霍驍換一下，週二下午要幫大一上課，最晚可以週二上午回去。」

李至誠卻說：『那還是算了，我明天晚上送妳回去。』

周以不高興了：「為什麼？」

李至誠回答：『不想妳欠他人情。』

明明是耍小情緒，但被他說得理直氣壯。

嘴角的笑容重新綻放，周以「哦」了一聲：「那我就明天晚上回去吧。」

『好，我把下個週四下午空出來了，等下課了我去接妳。』

周以笑著點頭，尾音上揚說：「好的——」

其實也沒什麼要緊話，但是他們隨口找個話題都能聊一兩句。

最後周以蹲在花架旁，摸著橘色月季的花瓣，和李至誠說：「你的陽臺也應該養養花，我看姜迎家的陽臺好漂亮哦，還有鞦韆。」

李至誠當然聽懂她的小心思，全部應下來：『鞦韆買給妳，花也讓妳養，還要什麼？』

周以歪著腦袋，趁機說：「還想把你床上藤原千花[8]的抱枕換掉。」

李至誠沉默兩秒，企圖討價還價：『這樣，妳在我就拿走，妳不在就它陪我睡。』

周以輕飄飄陰森森道：「你是什麼封建餘孽嗎，一張床睡兩個老婆？」

李至誠深吸一口氣，只能忍痛割愛，咬牙道：『行，換掉。』

周以滿意地點點頭，她隨手撥弄著花葉，無意中瞥見花壇後露出一個小方角：「這什麼？」

『什麼什麼？』

怕是雲峴、姜迎有什麼東西不小心落在這裡，周以伸手抽走，拍拍上面的泥土，卻發現是一包萬寶路女士香菸。

「菸？姜迎抽的嗎？」周以眨眨眼睛。

8　日本漫畫《輝夜姬想讓人告白～天才們的戀愛頭腦戰～》中的女性角色。

李至誠問她：『妳在哪裡發現的？』

周以老實回答：「花壇後面，放這裡幹嘛呀？」

聽筒裡，李至誠發出毫不收斂的一聲爆笑，慫恿周以拍張照來看看。

周以沒多想，拍了照傳過去。

李至誠緩了一口氣，解釋說：『雲峴監督姜迎戒菸呢，大概是這丫頭偷藏的。』

糊里糊塗出賣了姐妹，周以瞪大眼睛，心裡默念了句阿彌陀佛。

「你不會是要和雲峴打小報告吧？」周以鄙夷道。

『我才不。』李至誠神氣地哼了聲，『我留著當把柄，以後威脅她。』

周以壓低聲音罵了句髒話：「你當小人還要拉我下水！」

李至誠並不惱，悠哉地提醒她：『是妳先發現的欸，我是狼妳怎麼也是狽。』

周以默默把菸盒放回去，還特地往裡塞了塞，用葉子完全遮住，自欺欺人道：「我什麼都沒看見，我什麼都不知道，你別污蔑我，我是無辜的。」

李至誠笑了兩聲，清清嗓子，換上一本正經的語氣說：『妳回來真好。』

突如其來的一句話，像是一根無形的細線攏在心上，周以感到一陣密密麻麻的刺痛。

這句話含著多少晴雨、酸甜、冷暖，只有彼此明白。

「突然說這個幹嘛呀？」周以揉了揉眼睛。

李至誠說：『以前都是他們夫妻倆合夥欺負我，我終於有人幫了。』

周以被他的幼稚逗笑：「還有人能欺負你呢？」

李至誠不要臉地賣起慘：『當然了，妳不知道他們有多壞，我一個人沒少受氣。』

周以安慰他：「以後不會了。」

一通電話打了快半個小時，直到李至誠要下高鐵了才掛斷。

從陽臺出來，姜迎正在剝橘子吃，她扔給周以一個，嘆了一聲氣說：「不愧是熱戀期哦。」

周以朝她笑笑，坐回沙發上，姜迎在看一部十年前的老番，傳聞中少女心炸裂，甜到掉牙的《學生會長是女僕》。

周以問：「怎麼在看這個？」

姜迎回答說：「最近沒什麼好看的新番，不如回顧一下經典，妳也看過啊？」

周以露出無奈的笑：「以前李至誠愛看，我就跟著看了幾集。」

姜迎笑起來，不知是誇還是貶地說：「就憑戀愛番的閱片量，李至誠至死是少女。」

周以也跟著笑：「他說他是寫程式寫得要吐，才去看少女漫解壓的。」

姜迎眨眨左眼：「懂的都懂。」

周以拿橘子和她乾了個杯：「懂。」

這一集講的是女僕咖啡店舉辦活動，店長讓碓冰為美咲挑選適合的服裝顏色。隨口一個問題，碓冰卻為此苦惱起來。

世間顏色千萬種，要挑出一種最貼切的個人代表色並不容易。

周以吃著橘子，問姜迎：「妳有問過雲峴嗎，在他眼裡妳是什麼顏色的。」

姜迎搖搖頭：「妳問過李至誠？」

「嗯。」回憶起曾經，周以嘴角掛著淺笑。

「他怎麼說的？」

「他說是 misty rose，薄霧玫瑰，一種低飽和度的灰粉色。」

姜迎想像了一下：「如果要我形容的話，妳會是群青或者湖藍。」

周以說：「我問過很多人，大部分都是藍色。」

姜迎問她：「那妳覺得呢？」

周以聳聳肩：「我很難去形容和定義自己，我只能肯定我展示給李至誠的一定是最真實的我。」

她放輕語調，眉眼像覆蓋白雪的遠山：「但是他看見了一個最好、最漂亮、最溫柔的我。」

嬌豔的粉色玫瑰，繚了層薄紗般的霧。

——「可惜世界上沒有這個品種的玫瑰。」

那時李至誠惋惜道。

於是周以問他：「要是真的有呢？你要放進花瓶，夾進書頁，還是別在襯衫口袋裡？」

李至誠當時的回答是：「我刺在心口。」

莎士比亞稱愛情是嘆息吹起的一陣煙，戀人的眼中有它淨化的火星。

如果說得通俗一點，那就是如姜迎一語道破般的那樣：「李至誠一定非常非常愛你。」

快中午的時候，雲峴回來了，領著一個完全是他少年版本的弟弟雲岍。

雲岍今年剛上大一，就讀國家重點學府N大，剛軍訓完，雲峴把他接過來放鬆兩天。

介紹周以時，雲峴說：「這是你至誠哥的女朋友，喊姐姐喊嫂子你隨意吧。」

雲岍的笑容乾淨明朗，像初夏籃球場上的綠蔭，他說：「我知道，我見過。」

周以迷惑了：「見過我？什麼時候？」

雲岍回答：「我小時候去過他們宿舍，妳的照片就貼在櫃子上，蔣勝哥還讓我對妳磕個頭，說這樣英語能考滿分。」

姜迎沒憋住，噗嗤一聲笑出來，就連雲峴也輕聲笑起來。

周以閉了閉眼，在心裡把李至誠罵了一百八十遍。

四個人沒在家裡吃飯，找了家附近的餐館，好好犒勞大學生。

等菜上桌，雲峴拍了段影片，傳給遠在杭城的李至誠。

那人抽空回覆：『媽的，你弟為什麼朝周以笑得那麼開心？』

雲峴說：『不知道，兩人聊一路了，挺投緣的。』

李至誠無能狂怒：『圓個屁！』

雲峴火上澆油：『欸，你說周以這樣的年輕老師，在學校應該挺受學生歡迎的吧。』

李至誠：『。』

雲峴：『這不就一個男大學生淪陷了。』

李至誠：『。』

雲峴太知道怎麼捅刀最能扎李至誠的心：『不會吧，你連十八歲男孩的醋都吃？』

李至誠：『。』

雲峴已經快憋不住笑意：『要自信一點啊，不過周以確實比以前更有魅力了，我要是你我也會擔心的。』

周以正喝著銀魚羹，手機上突然一連彈出好多則訊息。

她掠過一大堆亂七八糟的貼圖，直接看文字。

李至誠說：『妳再去找找雲峴有什麼把柄，好好搜搜他們家。』

周以一頭霧水：『你發什麼病？』

李至誠不依不饒：『去找！他肯定有見不得人的祕密！！！』

周以只當他發神經：『老娘又不是警犬，你怎麼不去吩咐還還？還有，亂翻別人家是犯法的！』

李至誠傳了黑白線條貓擼袖子準備幹架的貼圖：『那妳有沒有弟弟，能不能去勾引姜迎。』

周以被這句話驚得呼吸停滯：『米恰所[9]？？？』

李至誠又傳了個蜷縮在杯子裡的卑微貓貓：『那妳給我離雲岍遠一點。』

周以終於反應過來，大概是雲峴煽風點火逗了他兩句，急了：『人家是小孩，你不至於吧。』

9 韓語發音，意思：你瘋了？

隔了快半分鐘，李至誠才回覆說：『失而復得就容易患得患失，妳體諒一下吧。』

周以打下的字又全部刪除，反覆幾次，突然無言。

現在李至誠成了她眼裡的小孩。

周以輕輕吸了下鼻子，先回了一張兩隻貓的腦袋疊在一起，back hug 姿勢的貼圖，然後認真打字道：『可是怎麼辦，你的擔心好像用不著，因為哪怕是以全宇宙為範圍，我也只會喜歡你。』

傳完後，周以緊盯螢幕，屏息凝神，等待李至誠的反應。

他卻像是無動於衷，只說：『好了，不聊了。』

就這？周以落空地撅高嘴，連「哦」都懶得回他了。

她把手機丟到桌上，氣鼓鼓地喝了一大口飲料。

連雲岍都注意到她風雲變幻的情緒，開口問：「小周姐，至誠哥惹妳生氣啦？」

姜迎咳嗽兩聲，擺出一本正經的架勢，用老教師的口吻說：「小岍，你這話，茶味太濃了。」

雲峴揪了下姜迎的耳朵，往她嘴裡塞了一塊雞翅。

乖孩子雲岍撓撓腦袋：「什麼茶味濃，我沒喝茶啊。」

雲峴出來圓場：「就是讓你別亂操心。」

在雲峴警告的眼神中，姜迎乖乖閉嘴，一邊啃雞翅一邊用左手打字：『老闆，家危，速歸。』

她還沒按下傳送鍵，手機就被雲峴抽走，他用只有兩個人能聽到的聲音說：「妳怎麼比我還能煽風點火？」

姜迎同樣小聲回：「我的人生三大樂趣就是吃飯睡覺看老闆吃癟。」

雲峴彈了她腦門一下：「哦，沒我。」

姜迎立刻揚起大大的笑容：「我沒說完整，是和你吃飯和你睡覺和你一起看李至誠吃癟。」

他們旁若無人地說話，周身冒著粉紅色的花朵與泡泡，坐在桌對角的周以很難不產生落差感。

她拿起手機，正打算罵李至誠兩句發洩發洩，就見他兩分鐘前又傳來了訊息。

李至誠：『祕書說如果我再不把嘴角的笑收一收，她怕等等對方提什麼條件我都點頭說沒問題。』

李至誠：『不能聊了，老闆的威懾力都沒了，我現在只想笑。』

陰又轉晴，周以放下筷子，捧著手機打字回：『專心工作，別想我。』

李至誠沒再回訊息，應該是會議開始了。

還是感到好奇，周以問雲峴：「學長，你知道李至誠去杭城是為了什麼案子嗎？」

姜迎也附和道：「對啊對啊，到底什麼案子？」

雲峴覺得奇怪：「他沒和妳說過嗎？」

周以搖頭：「沒啊，我也找不到契機問。」

「其實我也不算清楚，以前聊過，他想設計一款產品，透過設備感測器感應到人體的動作，還原到螢幕裡的類比場景，最大的吸引點就是可以讓很多無聊的事情變得有趣。」

周以問：「VR？」

雲峴說：「更準確的說是MR，混合現實。知道任天堂的健身環大冒險嗎，差不多就是這個意思？」

周以似懂非懂地點點頭。

雲峴舉例道：「比如跑步，那麼呈現出來的應用是一種闖關模式的跑酷類遊戲，玩家需要親身運動起來，而不只是用手指操作螢幕。再比如學車，很多人覺得看影片非常枯燥，那麼就把題庫還原成虛擬的場景，在模擬駕駛的過程中答題。」

周以凝眉思考：「我怎麼覺得好像在哪裡聽過。」

姜迎也不知道李至誠還有這樣的idea，燃起興趣的同時又覺得不解：「那他為什麼都不和我們員工說呢？」

雲峴拍拍她腦袋：「你們工作室現在哪有這個能力，他去杭城就是見一家科技公司的CTO。其實他有這個想法好幾年了，還提案給以前的公司過，不過沒被採用，他那老闆和他挺不合的，李至誠那一段日子很不好受，不然也不會辭職出來單幹。」

周以有些愣怔：「李至誠也會有低谷期嗎？」

雲峴笑了：「是人都會有。」

姜迎說：「除非是超人。」

周以扯了下嘴角，笑意稍縱即逝。

可是李至誠在她心裡，一直都是無所不能，無堅不摧的。

他從來沒和她提過這些。

甚至包括成立個人工作室，他告訴她的也只是：「自己當老闆多舒服啊，大家都聽我的。」

哪怕他並不驕奢淫逸也不遊手好閒，周以覺得他本質上還是一個有錢人家的少爺，日子永遠隨心所欲，想要什麼就會有什麼。

羞愧是辣，心疼是酸，難過是鹹，後悔是苦，一顆怪味糖哽在喉間，堵得周以喘不過氣。

「我想起來了，他和我說過的。」周以說。

「我以前八百公尺特別差，其他都還好，但長跑就是要我命。怕體能測驗不及格，李至誠天天拉我練，我不願意。」周以談起曾經，眉眼柔和了下來，「那時《神廟逃亡》特別紅，我一玩就是一整天，李至誠就說，要是這種遊戲妳也必須動起來，妳是不是一口氣能跑個兩千公尺啊。還有我以前學開車，看五分鐘影片就能睡著，李至誠快被我氣死，我就說是這種理論學習太枯燥了，一點都不好玩。」

雲峴失笑：「原來如此哦。」

「這難道就是工程師的浪漫？」姜迎拍拍雲岍的肩膀，「小岍，好好學著點。」

雲岍眨眨眼睛：「我學空間探測，會有女生說地上太無聊了，我要上天嗎？那我也沒辦法啊。」

姜迎：「……懂了，天文男沒浪漫。」

最後雲峴說：「說起來，李至誠把我拐來溪城就是想讓我幫他負責這個案子，妳說他心黑不黑，嘴上說著讓我來玩。」

周以笑著幫腔：「太黑了。」

姜迎這次卻選擇站在李至誠這邊：「他不把你拐來，我怎麼認識你，他拐得好啊。」

雲峴點頭：「也是。」

下午雲峴開車帶他們去南長街。

正值週末，長街熱鬧非凡，美食飄香，有許多家別致的店鋪。

周以一路走，一路拍照傳給李至誠，他一直沒有回訊息，也不知道什麼時候能談完。

前面雲峴和姜迎手牽著手，俊男美女羨煞旁人。

周以傳語音給李至誠抱怨說：『太氣人了，他們一直放閃，你這一年怎麼過的。』

她又換了種語氣：『要是你也在就好了。』

直到下午四點多了，李至誠也沒有回覆。

周以一邊擔心是不是他工作不順利，一邊又害怕他今晚很晚才回來。

坐在姜迎家的沙發上，周以心不在焉地順著還還背上的毛。

樓下有轎車上鎖的聲音，雲峴出聲說：「喲，李至誠回來了。」

周以呆滯了兩秒，從沙發上一竄而起：「真的嗎？」

姜迎趴在窗口看了看，肯定道：「真的，就在樓下。」

她話音剛落，周以看見手機螢幕上彈出的新訊息，來自李至誠。

他說：『下來。』

如同上了發條的玩具，周以急急忙忙換好鞋，連鞋帶都來不及綁就飛奔下樓。

風往南邊吹，把她的裙擺吹起，把她吹向愛人的懷裡。

要談工作，李至誠今天穿得很正式，西裝革履，成熟而俊朗。

他就站在車旁，聽到腳步聲，抬起了頭，向周以張開雙臂。

「你怎麼都不和我說啊？」周以撲過去，圈住他的腰，仰起腦袋，跑得氣喘吁吁。

李至誠替她理好亂了的頭髮，低頭在她額頭上親了一口：「想看妳這麼跑過來。」

周以屈起膝蓋去頂李至誠：「我都怕你不來接我了。」

李至誠又親了一口：「不可能的事。」

他牽起周以的手，邁步往十七棟走。

看到她腳上的鞋帶散亂，李至誠嘆了一聲氣，蹲下身，替她綁好，嘴上是埋怨，話裡是關心：「妳也不怕摔倒。」

周以一拍腦袋：「完了，我忘記把還還帶下來了。」

李至誠根本不當回事：「就放他們家唄，反正牠在哪裡都是燈泡。」

周以心疼了還還一秒，挽住李至誠的手臂快樂回家。

「工作順利嗎？」

提到這個，李至誠滿意地笑起來：「非常順利。」

周以說：「我和雲峴瞭解了你這個案子。」

李至誠偏過頭看她，問：「他怎麼說的？」

「和我介紹了一下大概的想法。」周以貼到他身上，期待地問，「所以如果等產品上市，你會在發言的時候，感謝我提供的靈感嗎？」

李至誠看向前方：「放心，我一定會提的，感謝我不愛運動又討厭學車的女朋友。」

周以垮下臉：「李至誠！我操你……」

下意識說出口，又覺得這話太冒犯，周以咬牙把最後一個字憋回去。

走到家樓下，李至誠鬆開手，改為攬住周以的脖子，他側過腦袋，貼在她耳邊說：「我建議妳主賓換一換比較符合實際。」

周以又羞又惱，掙脫開他快步跑上樓梯。

李至誠的聲音從身後傳來，吊兒郎當又不含半分玩笑：「周周以以，省著點力氣晚上用。」

周以假裝聽不懂：「晚上要幹嘛？」

李至誠一步兩級臺階，輕鬆追上她：「幹妳呀。」

周以先進屋，身後房門關上落鎖，下一秒她就被人抱起，雙腳騰空。

李至誠把她放到沙發上，他很喜歡這種欺壓性的姿勢。

他雙手撐在周以身側，支起上半身，語氣溫柔道：「讓我看看妳。」

「李至誠，天都沒黑呢！」

他說：「這兩天太忙了，都沒好好看看妳。」

他們安靜地對視，李至誠的鼻梁骨上有道很淺的印記，只有這麼近的距離才能看見。

周以以前猜他是小時候和人打架留下的疤，但李至誠自稱這是幫他爸搭架子的時候被砸的。

周以伸手摸了摸。

李至誠抓住她的手腕，壓過頭頂。

周以輕緩地吸氣，她好像聞到了柳丁牛奶的味道。

那是她能所想到的，關於這種又甜又溫暖的氣味最貼切的形容詞，它無法用香料調配，沒有任何一款香水可以複製還原。

它來自李至誠，但獨屬於自己。

像月老纏繞在他們手指上的紅線，無法證明，但明確存在。

李至誠覆下來，埋在她頸側，鼻尖蹭過她的頭髮。

「挺奇怪的。」他說：「不見面還好，妳在國外那幾年，我再想妳也沒有什麼壞心思。但是現在每次一見到妳，我都要失控。」

李至誠親在她耳垂上，那裡瞬間泛紅。

「那天在車裡，妳抱過來，我立刻就想親妳了。」

成年男人的重量不容小覷，周以感受到沉重的壓迫感，卻捨不得推開他，甚至圈住他的脖子，讓兩人近乎嚴絲合縫。

她享受這一刻瀕臨窒息的痛苦。

不好挪動，周以只能湊到李至誠的耳骨，輕輕吻了一下。

「我也是。」十指沒入髮間，她舔了下乾燥的嘴唇。

在民宿房間，李至誠幫她處理傷口，周以一直盯著他的喉結看，所以才會發現那裡有根纖細的、橘色的貓毛。

她坦誠地告訴他：「我那個時候也好想親你。」

這是闊別六年的吻，時間拉鋸的太長了，唇瓣貼合在一起的時候，不知是誰的心跳，像亙古的冰川炸裂，有如春天的第一聲驚雷。

周以有很多壞毛病，比如接吻的時候手總是不安分，李至誠以前戲稱她是流氓痞子。

她對此未加反駁。

拉鍊的細小聲響在傾灑落日餘暉的客廳被無限放大。

李至誠的呼吸停了一瞬，張嘴咬在她肩頭。

莎拉．華特絲是周以心中最會描寫親密行為的英國作家。

她想起《房客》中的一句話，那其實是一部女性同志文學，周以不知是否可以這麼引用，但這一刻她腦海裡只剩下這一句話。

文學女的浪漫促使周以黏糊著嗓音說：「你就像酒，我的手都醉了。」

李至誠的胸腔震動，呼吸變得急促。

周以同樣對他的脆弱和敏感瞭若指掌。

而在哪裡和怎麼做，都是李至誠教她的。

他把槍遞到她手裡，一步步教她如何上膛、瞄準、扣下扳機。

然後卸去防禦，等著子彈射穿自己的胸膛。

「老師，我表現得怎麼樣？」周以額頭上冒了汗，眼眸亮晶晶地望著他，「沒有都還給你吧？」

李至誠還給她一個帶著痛意的吻，說不清是獎賞還是懲罰。

輕重緩急，周以掌中滾燙，快要抓握不住。

日光消逝，夕陽曖昧，黑夜姍姍來遲。

周以的皮膚很白，大概是川渝女孩的共性，李至誠能清晰看見她皮下的青紫血管。

他輕啄她的肩骨，在情難自捱時咬住皮肉。

所有聲音都很輕微，混在耳邊卻又像洶湧海水灌入大腦，衝擊心緒，一層層激蕩搖晃。

指腹有黏濕的觸感，周以喘著氣，笑意盈盈道：「看來老師很滿意。」

李至誠含混低笑，有滴汗落在他的眉尾，周以抬手替他拭去。

他從開始到現在隻字未言，像是束手就擒的獵物，獻出四肢等待綁縛，露出脖頸以供行刑。

但真正的剿殺才剛剛掀開帷幕，故事只演繹完序章。

深棕地毯上遺落著碎花連身裙，像是大地之上盛開出一片花園。

周以被李至誠抱到臥室，目眩神迷，她早已潰不成軍。

「我好像在夢裡。」李至誠啞著嗓子說：「有點不真實。」

「我也是呀。」周以目光渙散地看著天花板，「和你分開之後，我總覺得我是一張空白的紙。」

她笑著，遞出一封綴著玫瑰的邀請函：「所以請開始動筆吧。」

漫長的前言結束，戲劇進入跌宕起伏的正篇，高潮迭起，掌聲連連。陌生又熟悉的疼痛痠脹，又比從前含入更多複雜的情緒，周以一瞬淚眼模糊。恍如置身蒸籠，空氣高溫而潮濕。不需再克制，只管盡興到底，彷彿烈火燎原，山崩海嘯，下一刻世界就會毀滅，他們用最瘋狂浪漫的方式攜手走向荒蕪。

躍過一個又一個浪尖，在即將抵達海岸時，李至誠卻抽走旗桿撤了軍。身下床單蹭得皺皺巴巴，洇出深斑，一片狼藉。

房間裡安靜下來，只有交錯起伏的呼吸聲。

周以像尋求庇護的幼獸，側身縮到李至誠懷裡，耳邊是他鼓鼓有力的心跳。

他們和大多數人不一樣，結束後也難分難捨，仍舊需要和對方黏在一起。

天已昏黑，也許已經過了吃飯時間。

「餓不餓？」李至誠輕聲問。

周以點點頭：「我想吃你做的炒飯。」

李至誠低低地笑起來，全世界能提出這個要求的，大概只會有周以，他的廚藝連自己都無法欣賞：「好。」

兩人在浴室裡洗了近一個小時的澡，李至誠幫周以套了件T恤，把她抱到沙發上，自己進廚房料理晚飯。

大概是運動過後消耗了體力，一碗炒飯周以吃得津津有味，最後碗底只剩一層油光。

李至誠抽了衛生紙替她擦乾淨嘴，捧著臉蛋愛惜地親了一口，說：「周周以以，妳也太好養活了。」

主臥肯定是無法再睡，李至誠懶得換被套，洗漱完後和周以將就睡在客房。

躺在床上，周以枕著李至誠的手臂，突然有些感慨。

這一週的開啟是一通帶來噩耗的電話。

此刻即將結束，算是雨過天晴。

許多年前李至誠為她戴上硬幣項鍊，好像真的幫她加持了幸運魔法。

周以吻在他心口，認真道：「有你真好哦。」

李至誠翻過身面對著她，點點周以的額頭說：「我突然想起件事。」

他坐起身，煞有其事的樣子讓周以緊張起來：「什麼事？」

「妳那天說，我說妳只適合談戀愛不適合結婚過日子，是哪聽來的謠言？」

周以撇開視線：「我自己親耳聽到的。」

李至誠皺起眉：「怎麼回事？」

周以停頓了一下，開口說：「我也忘了到底是什麼時候，那次宿舍斷網，我去網咖查資料，看見你和張遠志他們在打遊戲，我剛想叫你，結果就聽到你們在說我。」

李至誠試著回憶：「我們說妳什麼？」

那番話周以現在還記憶猶新：「說我一看就不好相處，不適合當賢妻良母，談戀愛倒是很能拿得出手，結婚就算了吧。」

她的心情不可控制地沉了下去：「你就坐在旁邊，沒有反駁他們，我覺得你也是這麼想的。」

李至誠依稀想起，嘆了一口氣問周以：「妳是不是不知道張遠志喜歡過妳？」

周以愣住，木訥地揚起臉：「嗯？」

李至誠在她的驚愕中頷首微笑：「果然。」

周以撓撓臉，難以置信道：「真的假的？」

李至誠反問她：「不然妳以為他為什麼會給我看妳的照片？告訴我妳是誰？」

他雙手抱在腦後，悠哉地躺下去：「他們說這些，純粹吃不到葡萄說葡萄酸罷了。」

周以理解男人在背後也會談論這些，畢竟她也經常在閨密群組裡說起李至誠，但她還是不平：「可是你為什麼不反駁？姜迎罵你狗東西的時候我都替你說話了！」

李至誠瞪大眼睛：「姜迎罵我狗東西？」

周以扯出尷尬的笑，一切盡在不言中，她竟然又一次出賣了好姐妹。

李至誠咬牙道：「我以後再找她算帳。」

他又報復般地掐了掐周以的臉蛋，說：「我和妳想的也許不一樣，別人眼裡的妳是什麼樣，我管不著也無法管，而且我為什麼要反駁呢，我是傻子嗎，我拉著別人拚命說我女朋友有多好，這不是替自己培養情敵？」

周以竟沒料到他原來在這一層：「李至誠，你他媽也太腹黑了！」

李至誠拉過她的手放到自己腰上：「不黑不黑，只有白花花硬邦邦的腹肌。」
周以戳了兩下，重新躺回他懷裡。
李至誠玩著她的手指，問：「那個時候是不是委屈極了？」
周以點頭。
「那怎麼不來找我？一個人憋著胡思亂想。」
「我當時雖然難過，但也覺得他們說的沒錯，我確實。」周以頓住，「確實不適合結婚吧。」
「胡說。」李至誠板著臉，嚴肅道：「我炒的飯都能吃那麼香，誰三生有幸能娶到妳？」
他又笑起來，抓著周以的手點了點自己：「啊，原來是我。」
周以攥拳捶了他一下，又湊過去親了一口：「你上輩子拯救銀河系。」
李至誠摟緊她：「嗯嗯，我上輩子開天闢地。」
入睡前，李至誠突然出聲喊她：「周周以以。」
周以迷糊地應了一聲。
「妳戶口名簿在身上嗎？要不然明天先去登記？」
周以一腳踹過去：「我雖然愛你但我不傻，沒有戒指沒有花沒有單膝下跪你躺著就想求婚？」
她拍拍李至誠：「夢裡倒是可以實現，快睡吧。」

第二天醒來，兩人如同熱戀期的同居情侶，幹什麼都黏在一起。

李至誠大概是要把六年裡缺失的親密接觸全部補回來，和周以對視一眼就要湊過去吧唧一口。

下午，周以盤腿坐在地毯上寫教案，李至誠躺在沙發上打遊戲。

她把下週要用的聽力資料先傳到課程群組裡，讓大家可以先預習詞彙。

「嗯？」

聽到頭頂傳來一聲疑問，周以仰起腦袋：「嗯什麼？」

李至誠的手越過她臉側，點了點螢幕：「這什麼？」

周以看過去，瞳孔地震「啪」一下蓋上筆電。

李至誠的聲音陰measure測測涼颼颼的：「妳他媽把我備註『事特多』？」

周以往旁邊退了退，蒼白解釋道：「隨便取的，沒有什麼特殊含義，你別多想。」

李至誠怒目圓睜：「給老子改了！」

「好好好，我立刻改，我改成宇宙無敵英俊型男，怎麼樣，滿意嗎？」

李至誠哼了一聲：「馬馬虎虎。」

周以把手機雙手奉上遞過去：「那您欽賜一個？」

李至誠取走手機，戳進自己的聊天室，手指在鍵盤上敲擊，修改好備註後還給周以。

周以拿正一看，上面赫然寫著六個大字——「親親老公大人」，前後還各帶一個愛心。

她情難自禁地「嘁」了一聲，嫌棄道：「你噁不噁心？」

李至誠指著手機：「不准換，就這個。」

周以只能依著他，小聲嘟囔：「被別人看見我要丟死人。」

李至誠冷哼：「我還沒讓妳截圖發動態呢，知足吧。」

周以笑嘻嘻地撲過去，在他臉側各親一口。

李至誠氣還沒消，大手掐著她的臉頰往後推了推：「幹嘛？」

周以在他掌心蹭蹭：「我親親老公大人。」

最後他們是壓線到高鐵站的，一進去就開始檢票，連分別的話都沒來得及說。

李至誠本來想開車送，周以嫌他來回太麻煩，明天又要早起上班，反正高鐵四十分鐘就能到申城，讓他回去好好休息。

與來時的慌張無措不同，歸程中周以愜意悠閒，玩著李至誠給她的遊戲機打發時間。

路途行進到一半時，她收到李至誠傳來的訊息。

李至誠拍了一張床頭櫃上的毛絨小羊，臉上戴著一副銀邊細框眼鏡。

他說：『笨比，眼鏡沒拿。』

周以打字回：『我故意留下的。』

她度數不深，平時都是戴隱形，沒了那副並不影響日常生活。

李至誠：『？』

周以笑意愈濃：『留著給你睹物思人。』

第十枚硬幣

週一早上，晨光大好，藍天嶄然。

周以特地早起半個小時化了妝，神清氣爽地到達教室。

大一新生們已經在了，這是他們入學後的第一節正式課堂。

新生研討課比較輕鬆，系裡每個老師輪流上一次，主要就是聊一聊天，讓他們對這個科系和以後的發展方向有個大概瞭解。

離上課還有五分鐘，周以打開多媒體設備，卻發現出門時忘了拿隨身碟。

人生難免會有這樣的小差錯，她只能登錄電腦聊天程式，在檔案傳輸助手中找到PPT。

看到置頂欄有紅點，周以順手點開。

李至誠喊她：『周周以以。』

周以拖出鍵盤，敲字回：『幹嘛？』

李至誠說：『開會好無聊。』

嘴角不自覺上揚，周以抿唇收斂笑意：『那你就撐著下巴發呆想我吧。』

底下突然爆發出一片譁然聲，周以懵怔地抬頭，問前排的女生：「怎麼了？」

女生捂嘴偷笑，指了指她身後。

有人喊：「老師，沒想到妳這麼甜！」

周以頭頂問號，轉身看了一眼，嚇得瞳孔驟縮。

投影機不知道什麼時候打開了，她和李至誠的聊天室就這麼大喇喇地位於螢幕中央，那備註還是極其羞恥的「♡親親老公大人♡」。

周以用餘光瞥到有人舉起了手機，猛吸一口氣，在先關掉聊天還是先關電腦中果斷選擇了拿起資料夾擋住臉。

好在上課鐘救世般響起，教室頃刻安靜下來。

周以清清嗓子，正色道：「好了。」

她晃晃滑鼠，淡定地退出聊天，打開PPT開始播放：「我們上課吧。」

課堂是老師的主場，上課前的插曲並沒有影響到周以，她從容不迫地開口，儘管只有自己知道那一刻她有多想逃離地球。

「我想系裡讓我跟大家上第一節課，是因為我和你們一樣，也是第一次來到這個美麗的校園。上兩週跟選修課的同學們上課時我就說，我不太習慣被喊老師，喊我 Zoey 就行。」

立刻就有男生揚聲喊她：「Zoey 姐姐！」

周以淺笑著應：「欸。」

她大概說了二十分鐘的開場白，轉而問同學們：「大家都有英文名了嗎？」

有人點頭有人搖頭，周以坐到講臺旁的椅子上，與他們平視：「那這節課我們就一起取個英文名吧，是方主任給我的任務，週三你們會有外教老師的課。」

周以聳聳肩，說：「他不太會記中文名字。」

大家紛紛笑起來。

因為是上午的最後一節課，周以提早十分鐘結束，讓他們可以早些去吃飯。

下課前，周以往教室裡掃視一圈，本想再加一句「那個什麼大家就當沒看見吧」，想想又覺得還是不提為好，說不定這群崽子已經忘了呢。

下午沒課了，她在外面吃過飯，在星巴克坐了一下，拎著包回到辦公室。

一打開門，王老師抬頭看見她，朝她親切地笑：「回來啦？」

周以點點頭，也掀起嘴角：「笑這麼開心，什麼事啊？」

王老師上揚尾調「嗯」了一聲，奇怪道：「妳還不知道？」

周以有種不好的預感：「知道什麼？」

王老師把手機遞給她看：「有學生傳到學校表白牆上了，一看就是我們的教室，是妳吧？」

周以心裡一沉，接過手機，飛速瀏覽上面的內容。

『震驚我全家！清冷美女老師私底下竟然是這樣的！啊啊啊啊備註和語氣都好可愛哦！被我們發現老師還害羞了！』

配的兩張圖，一張是大螢幕上的聊天室，依稀能看見他們的對話內容，一張是講臺上用資料夾擋住臉的周以。

留言竟然有上百則，她大概翻了翻，有人敏感地猜測：『說是在開會，我的媽，老師老公不會是霸總吧。』

周以被雷得起了雞皮疙瘩，搓搓手臂，把手機還給王老師，再看下去她這次就要幫J大摳座食堂出來了。

王老師又驚呼道：「天，社群上有個行銷帳號搬運了，大學趣事bot，快去看看，周老師，妳不會要紅了吧！」

周以兩眼一黑，深呼吸一口氣，想原地與世長辭，才過去幾個小時啊，怎麼都傳到全國線民前了。

霍驍一直坐在辦公桌前，他端起杯子喝了口水，嘴角笑意溫和，對周以說：「恭喜妳脫單啊，周老師。」

周以對他扯了扯嘴角，不太自然地挪走視線。

她顯然低估了網路的發達，那篇文不僅在大學生圈裡被分享上萬次，甚至出現在李至誠的社群首頁。

周以收到他訊息的時候，下巴擱在桌面上，已經發了快半個小時的呆。

別人也許認不出來，但李至誠肯定一眼就能，她就穿著他新買的荷葉邊白色襯衫。

李至誠：『厲害，周老師妳火了。』

周以面如死灰：『……我想火化了。』

李至誠趕緊問：『怎麼了？』

周以：『丟人！丟人！太丟人了啊！』

她終於找到一個地方發洩情緒：『有人說我私底下不會是霸總的嬌妻吧，我嬌個屁啊！』

李至誠哼笑：『不嬌嗎？我覺得挺嬌的。』
周以：『……』
周以：『我說認真的，我沒臉待下去了，我能辭職嗎？』
李至誠大概是翻了留言戲癮上來了，冷酷地回：『辭。』
周以又問：『你上次說你公司有個職位，只管幫老闆花錢就行，那個位子還空缺嗎？』
李至誠：『缺。』
周以提議道：『那我來給你打工！我最會花錢了，老闆看看我！』
李至誠：『行。』
周以看他這麼痛快，又猶疑起來：『真的啊？』
李至誠：『當然。』
李至誠說：『妳要是想明天就能入職。』
周以「喲呵」一聲：『那我要準備什麼資料和手續嗎？』
李至誠：『身分證、戶口名簿，手續費我來出就行。』
周以：『？』
李至誠：『不願意？』
周以：『……』
和李至誠插科打諢說了下話，周以的情緒緩了過來，以這樣的方式官宣，真是獨樹一幟。
反正沒露臉，能為網友們帶來今日份的歡樂也挺好。

周以與自己和解，決定就此揭過這章。

她也是後來才知道，那篇文還以「清冷美女老師私底下竟是嬌妻」的關鍵字登上了熱搜。

視訊通話裡，李至誠倡狂大笑，說要截圖列印裱起來，那可是他人生的光榮時刻。

周以只恨現在兩人異地，要是面對面她一定一拳揍在他臉上。

李至誠要去洗漱，周以躺在床上滑手機等他回來。

閨密群組裡今天也炸了，姐妹們聲討她怎麼復合都不說，一個人悶聲幹大事。

周以回：『哎呀，最近事情多嘛。』

把她和李至誠復合的歷程仔仔細細盤問完，八卦欲得以滿足，這群女人才甘休。

她們又聊起別的話題，陳文歡說：『江蓁也去申城發展了妳們知道嗎？』

王若含嘖嘆：『周以喲，妳們真是孽緣啊。』

鄭筵問：『她現在怎麼樣了？我聽說不是快和男朋友結婚了嗎？』

陳文歡答：『看這樣子是分了。』

周以與江蓁其實並不認識，以前在學校打過照面，因為那場荒唐的校花爭奪戰，她們莫名其妙成了宿敵。

在她的印象裡，江蓁是個明豔漂亮的小美女，和理組班的陸忱是好朋友。

思及此，周以在群組裡打字問：『那個，陸忱怎麼樣了？』

王若含傳了則語音，周以點開。

——『我的媽，妳還惦記著妳的初戀呢？』

周以不以為然，也回了語音過去：「屁嘞，這也能叫初戀？」

王若含據理力爭：『怎麼不算，妳他媽情書和巧克力都準備好了！』

周以急了：「那他媽就是一封無比純潔的感謝信！妳他媽別造謠！」

『周以。』

耳機裡突然響起聲音，周以打了個激靈，手機從手裡滑落。

『什麼初戀，什麼情書？』

抬頭看見電腦螢幕上李至誠神色凝重的臉，周以彷彿見到了鬼，張嘴「啊」了一聲，整個人往後退，雙臂交叉護在胸前。

『妳他媽初戀居然不是老子？』

周以撓撓臉：「我也沒說過是你吧。」

李至誠怒火攻心，顫抖著手指指著她，半天說不出話來。

他著急回來和她打電話，頭髮都沒擦乾，瀏海濕漉漉地貼在額頭上，被他隨意捋到腦後。

李至誠深呼吸一口氣，點點頭，身子往後仰，翹著二郎腿，雙手搭在沙發背上，姿態隨意，語氣張狂道：『說吧，妳和那個崽種的青春往事，說來讓我嫉妒嫉妒。』

周以被他上綱上線的態度弄得哭笑不得，網友那幾句霸總還真讓他端起架子有了包袱，都哪裡學來的話：「首先，人家不是崽種，人家非常優秀，在航太研究所工作，國之棟梁，你給我放尊重。」

李至誠陰陽怪氣道：『哦哦哦，不得了，大科學家。』

周以忍耐著繼續說：「其次，如果我把這個故事告訴你，你不准笑。」
李至誠簡直想呸一聲：『老子現在憋著淚呢！我笑個屁！』
周以嘆了一聲氣，被迫回憶起她整個青春年少裡僅有的一次、荒唐又滑稽的怦然心動。
「夏天的體育課上完之後有多熱，你明白吧？但是福利社一定是被那群男生占領的，他們跑得快人又壯，跟群瘋狗一樣，等我們女生過去，冰箱裡的冰水早就被拿光了。」
李至誠冷冷『嗯』了一聲，示意她繼續往下說。
「這個時候，就出現了英勇的戰士。」周以的嘴角露出微笑，雙眸閃著光，彷彿仍然會悸動，「陸忱每次都會孤身擠進人群，然後抱著一大捧冰水出來，分給他們班的女生。你說怎麼會有這麼好的人呢？後來有一次，好像是多出來一瓶，她看到我站在旁邊，遞給我，問我要不要。」
周以捧著臉，一副少女多情的模樣：「現在想起來還是覺得挺美好的，炎炎夏日，冰鎮的水和她帥氣乾淨的笑，啊——」
李至誠快酸死了，彆彆扭扭道：『就這？』
周以抿了抿唇：「就這你不也這麼大反應？」
李至誠瞪她一眼，催她繼續說：『然後呢，然後妳這個沉不住氣的就寫情書了？』
周以直起腰，嚴肅申明：「再說一遍，老子沒寫情書，那就是一張寫著『謝謝你』的便利貼，因為本人品德優良，懂得感恩！」
李至誠撇撇嘴：『懂，我懂。然後呢？』

周以垮下肩，拿起桌上的吸管杯，一邊喝水一邊含糊不清地說：「然後我們在女廁所迎面撞上了。」

想起來還是覺得不可思議，周以憋悶道：「你說怎麼會有女孩嫌洗頭麻煩就直接剃個平頭呢？讓我被王若含她們笑了十幾年。」

李至誠抬手捂住下半張臉，沉默了幾秒，實在忍不住，閉眼噗嗤一聲笑了出來。

周以捏緊拳頭：「都他媽讓你別笑了！」

李至誠不再克制，放聲大笑，盡情嘲笑她道：『妳丟不丟人哦。』

周以抱著膝蓋，小聲嘟囔：「再丟人也沒今天丟人。」

李至誠反駁：『哪裡丟人，我們的愛情被全世界見證，不好嗎？』

周以：「……滾蛋。」

也不知道怎麼認出她的，連周然都找她，問網路上那個老師是不是自己。

懶得一則一則回覆，周以打開鮮少營業的動態，挑了三張圖片，打好文字點擊上傳。

『不是霸總也不是嬌妻，恩恩愛愛的平凡型男和普通美女而已。』

第一張照片是張自拍，周以出門前打開鏡頭塗口紅，李至誠非要湊過來親她一口，被她隨手抓拍到。

第二張是他們的聊天截圖，對話還是那一段，但畫質清晰，可以看見背景是兩個人從前的合照。周以剛換上的，那是李至誠大四畢業時拍的，他披著黑色學士服，滿是乾淨昂揚的少年氣息，周以懷裡捧著鮮花，站在他身邊嫣然一笑。

最後就是在講臺上，她用資料夾擋住臉的那一張。

一上傳，立刻收到許多點讚和留言。

周以翻看著底下的祝福，隨口問李至誠：「你有和你的家人朋友說我們在一起了嗎？」

李至誠懶懶地回：『沒。』

周以抬起頭看向他：「那你要發文嗎？」

李至誠明顯頓了一下，說：『先不吧，以後再說。』

周以倒沒想到他會這麼說，捋了捋頭髮，問：「不方便嗎？」

李至誠撓著眉毛，似是為難的樣子：『主要是先別讓我爸媽知道，我圈子裡的人他們都認識，公開了就瞞不住了。』

周以不解：「為什麼不能讓你爸媽知道啊，我們又不是早戀。」

意識到什麼，周以垂下視線：「是不是你爸媽不喜歡我啊？」

李至誠極快地否認：『怎麼可能？誰會不喜歡妳。』

周以有些委屈：「那為什麼不能讓他們知道？」

李至誠還是語焉不詳：『現在不方便，等以後有適合的機會再說。』

周以把臉埋進手臂，只露出眼睛：「可是我媽都問我，什麼時候帶你回家了。」

李至誠愣了愣，輕輕笑了，又回到那副不正經的模樣：『那我是不是該開始準備聘禮了？』

周以紅著臉瞪他，嚴正聲明道：「只是吃飯，告訴他們我將和你維持穩定的戀愛關係。」

李至誠笑著點頭：『行，我知道了。』

睡前，李至誠和周以說明天有個快遞，讓她記得簽收。

周以好奇，問他：「什麼東西啊？」

李至誠只說：『妳明天看見就知道了。』

第二天，手機一收到取件提醒，周以立刻換鞋出門直奔快遞站。

一個紙箱，拿在手裡沒什麼重量。

周以捧回宿舍，用小刀小心劃開。

快遞箱裡還有一個精心包裝好的禮物盒，周以解開絲帶，揭下盒蓋。

看到一隻雪白的毛絨兔子安靜躺在其中時，周以心空了一瞬，嘴角和眼底漾出笑意。

這隻兔子她知道，和她送給李至誠的小羊來自同個品牌。

周以把玩偶取出拿在手裡摸了摸，它身上還背著粉紅色的小包包。

手機恰時彈出新訊息，李至誠問她：『收到了？』

周以回了一個從粉色愛心中鑽出腦袋的 mongmong 兔：『收到了！』

李至誠又問：『今天穿了什麼衣服？』

周以低頭看一眼，打字回：『紫色的連身裙。』

李至誠：『好的。』

不知道他莫名其妙問這個幹什麼，周以放下手機，把拆下的包裝袋和快遞盒收拾好放到門口。

再回來時，周以更新了一下，發現李至誠的大頭照變了。

他從前一直用還還當大頭照，但現在圖片上變成那隻架著眼鏡的毛絨小羊，穿著紫色的背帶裙，倚靠在骨瓷咖啡杯旁，背景可以辨認出是他的辦公桌。

周以心跳都加快了，直接傳語音問他：「你怎麼把它帶去上班啊！」

李至誠回覆：『不睹物我怎麼思人？』

周以深吸一口氣，搓了搓泛紅的臉頰，不甘示弱地撩回去：『嗚嗚，好羨慕它哦能陪你上班。』

她傳了一哭泣的 mongmong 兔。

李至誠拍了拍她，說：『要不然妳蹺課吧，我現在就去接妳。』

他的語氣太過認真，周以被逗樂：『哪有老師蹺課的？你瘋了嗎？』

李至誠說：『確實要想妳想瘋了。』

周以捧著手機在沙發上打了個滾，彷彿踩在棉花雲上，心情輕盈而愉悅，她假裝懂事地安慰李至誠：『週四很快的。』

李至誠回：『哪有？還有九個秋天呢。』

周以笑得更厲害：『數學老師和語文老師看到都要被你氣死了。』

李至誠問：『那英語老師呢？』

周以也學著他按兩下頭像——「妳拍了拍親親老公大人」：『英語老師愛死你了。』

之後每一天，李至誠都會像例行公事一般早上詢問她的今日穿搭，連配飾都不放過，每一套都能找出同款。

周以只要一想到在公司西裝革履、看似成熟穩重的男人，每天早上都會幫毛絨小羊玩換裝遊戲，就能咯吱咯吱樂出聲，太可愛了。

李至誠的大頭照也一天一換，背景是他的辦公桌，主角是小羊，但每天的著裝都不同。知道他把所有能買到的衣服都all in了，周以表示吃醋：『羊過得比人還好啊！每天有人更衣伺候！』

李至誠傳了一張衣櫃的照片給她看，原本全掛著他的襯衫西裝或T恤，但現在有一半被換成了顏色明麗的女裝，以後周以過去，確實不怎麼需要帶行李。

他說：『肯定還是羊不如人。』

週四下午，下課鐘悠揚響起，周以告別同學們，拎起包走出教室。

『我下課啦！』

李至誠立刻回覆：『快過來。』

南校門口，街道旁，李至誠今天穿了一件黑色長袖T恤，同色長褲，腳上是一雙深藍色的運動鞋。如果不是他站在一輛黑色賓士旁邊，會讓人誤以為這是哪一個青春男大學生。

看見周以，他抬手揮了揮，示意她趕緊過去。

周以給了李至誠一個大大的熊抱，踮著腳親在他下巴上。

李至誠用手背擦了擦，裝作嫌棄的樣子，卻摟她摟得更緊：「被學生看到成何體統哦，周老師。」

周老師毫不在乎：「學生們又不是不知道。」

不想趕著回溪城，李至誠和周以打算在申城住一晚，明早再開高速公路回去。

李至誠說要她帶去一家川菜館吃晚飯，路上，周以和他報備下週的工作情況：「週六我要幫樂翡上課，可能就沒辦法過去了。」

李至誠很快想好對策：「那週五晚上我過來吧，陪妳過完週末再回去。」

周以點點頭，也只能這樣了。

李至誠問她：「那明星的課妳要上到什麼時候？」

「大概要到十月份，要隨時根據拍攝情況和她的工作調整時間。」

李至誠也是才知道她還在幫樂翡上課，提問道：「怎麼找了這個兼職？」

周以撇了撇嘴：「我那時不是怕J大的 offer 下不來嗎，再拖下去真的不知道什麼時候能回來了。」

李至誠空出一隻手揉揉她腦袋：「張遠志說那個時候，北京幾個學校也有招新老師，妳怎麼不都試試？」

周以看向他：「可我就想來申城啊。」

李至誠問：「為什麼？」

周以收回視線，看向前方的車流：「要不是溪城沒有適合的學校，我就去溪城了。」

看似答非所問，但她的心思昭然若揭。

李至誠緩緩呼出一口氣，心中蕩開一圈一圈漣漪。

借著紅燈，他停好車，伸手牽過周以的手，放到自己腿上，指腹摩挲著手背。

時至傍晚，夕陽西斜，穿過車窗映在他們牽握在一起的手上，周以的面容隱匿在昏昧的光線裡。

她說：「在我的人生選擇裡，學術肯定是第一的，這是我的研究方向，我的成就和我的事業。所以當時能去英國我一定要去，我不可能放棄那麼好的機會，但我也從來沒想過放棄和你的感情。只是那個時候，我沒能找到一個很好的平衡方式，真的很抱歉哦，對你說了那麼難聽的話。來J大的第一天我就在想，要是那個時候留在國內考研究所，我們現在會是什麼樣子。」

李至誠沒說話，只是輕輕捏了捏她的手。

周以偏過頭，回給他一個笑容：「說實話我挺害怕的，怕你遇到比我更合適的人，怕你喜歡上別人，怕我回來的時候你已經在國內結婚，可能連孩子都有了。」

她用輕鬆的語氣，藏住所有的心酸。

周以晃晃他的手：「有沒有過啊？這麼多年肯定遇過吧，能讓你心動的人。」

李至誠看過來，直直望向她的眼底：「沒有。」

他的堅定和果斷讓周以泛出洶湧的酸澀，她吸了吸鼻子，並不相信：「肯定有的吧。」

李至誠加重語氣重複一遍：「真的沒有。」

紅燈跳轉，李至誠鬆開她的手，目光落回前方的路。

黃昏落日讓他看起來溫柔而不真實，周以的視線模糊了，酸脹感在胸腔蔓延開來。

「很多人喜歡上夏天，於是每一年的夏天他都喜歡，對於他們來說，太陽一樣熾熱，風一樣吹就行。但是我不一樣，我只喜歡那一年的夏天，過去就是過去了，所以我沒辦法喜歡上另一個夏天。明白了嗎？」

周以的眼眶裡盛滿淚水，她現在腦子暈暈的，完全做不了閱讀理解，咬著嘴唇搖搖頭。

李至誠便耐心道：「對於我來說，喜歡這件事，當遇到某個人，當它第一次真真切切發生的時候，就被完全定義了。就像妳說的那樣，我也只會喜歡妳。」

周以的腦子有些轉不過來，她難過地說：「可是那一年的夏天不是過去了嗎？」

李至誠掀起嘴角：「可是妳回來了。」

——帶著未來無數個明亮、燦爛而炙熱的夏天。

周以再也忍不住，用手擋住臉，小聲詢問：「能不能停下車？」

李至誠問她：「怎麼了？」

周以的聲音染上了哭腔：「我想抱下你。」

方向盤一轉，李至誠把車穩穩停在街道邊，一株玉蘭花樹下。

風一吹，花瓣紛紛揚揚落在車前玻璃上，像下了場雨。

李至誠剎車熄火，解開安全帶，向她張開懷抱：「過來吧。」

周以鑽進李至誠的懷裡，在狹窄的空間裡緊密相貼，只有觸碰到他的溫度，她才能覺得此刻是真實的。

李至誠埋在她的髮間深深呼吸，嘴唇若有似無擦過她脖子上的皮膚。

周以完全陷進他的世界，她希望時間被按下暫停鍵，把這一刻拉長到永恆。

李至誠撫著她的長髮，問：「妳呢，後來有遇到心動過的人嗎？」

周以蹭著他的肩膀搖頭，告訴他：「一開始我甚至不打算喜歡上誰，你本來就是特例。」

李至誠把周以的頭髮撥到耳後，捧著她的臉吻了上去。

黑色車廂成了被勾劃出來的祕密領地，玻璃窗上已經鋪了一層玉蘭花瓣，被秋風攜著又悠悠飄走。

李至誠接吻的時候總是漫不經心的樣子，像在吃一顆牛奶糖，含在舌尖，輕柔地舔舐，讓糖果在溫熱的口腔中一層一層融化，流瀉出柳丁味的夾心。

等香甜的味道迷亂了神志，他漸漸加重力道，開始強勢入侵。

或挑或吮，大腦皮層被不斷刺激，所有感官都變得深刻而清晰。

這個吻從黃昏持續到夜幕四合，路燈亮起，像是為他們打下一束追光。

周以的背上冒出汗，車廂內的空氣變得燥熱而悶潮。

她和李至誠額頭抵著額頭平復呼吸，看到他的下巴上有道淺紅色的唇印，應該是剛剛見面時她那熱情的吧唧一口留下的。

周以用指腹擦了擦，又用手背帶過他水潤的嘴唇。

每次親密行為過後，她的眼下到雙頰都是一片緋紅，像是酒意微醺上了臉。

李至誠輕輕拭過周以的眼尾，含著笑說：「我現在很餓。」

周以在他掌心蹭了蹭：「我也餓了。」

李至誠說：「我這話是雙關。」

周以捶他一拳，坐回副駕駛：「那也要先餵飽我，你再好好享用吧。」

李至誠眼裡的笑意更濃，揉了揉她的頭髮，發動車子重新上路。

到達餐廳的時候裡面已經坐了好幾桌客人。

這家店的裝潢風格極有特色，頂上以竹為橫梁，木製桌椅，每張桌子上都有一把摺扇作為擺設，連菜單都是一本武林祕笈的造型，彷彿置身於武俠小說中的江湖客棧，熱鬧而彙聚人間煙火氣。

周以一進門就聞到空氣中濃烈的香辣味，不禁和李至誠感嘆：「是家的味道！」

李至誠攬著她的脖子，帶她找位子坐下：「我還知道好幾家，以後帶妳慢慢吃。」

他不太能吃辣，口味也是偏甜，周以多點了兩道甜點，一再叮囑服務生微微辣即可。

李至誠被她反覆強調微微辣到底是多辣的樣子逗笑：「我也沒這麼菜吧，還是可以吃一吃的。」

周以嗤他：「你胃不好自己不知道？都進過醫院了。」

李至誠欲言又止：「我、我那是……」

「是什麼？」

李至誠臉不紅心不跳地甩鍋：「那是簡牧岩那傢伙灌的，我一口飯都沒來得及吃就往我手裡遞酒。」

周以琢磨了一下，這人大概就是姜迎說的簡少爺，很好，在她心裡的形象分又跌了。

她哼了一聲，拍著胸脯說：「下次我幫你灌回來！都是什麼壞人啊。」

李至誠連連點頭，越發不要臉道：「嗯嗯，他們壞人，就知道欺負我。」

小炒湯圓上來了，芝麻餡甜口的，周以夾了一個餵給李至誠：「看吧，全世界只有我對你最好。」

李至誠嚼著外酥裡糯的湯圓，只是看著周以笑。

——妳才是我酗酒的罪魁禍首，是罪大惡極的壞人。

這樣想著，李至誠含糊地喊她：「小混蛋。」

周以腮幫子鼓鼓的，呆愣地抬頭：「嗯？」

李至誠笑出了聲，又自言自語道：「可愛鬼。」

兩個人吃也沒多點菜，辣子雞、水煮牛肉，再加一道泰椒馬鈴薯絲。

很久沒有吃到那麼合胃口的飯菜，周以澈底放開，摸著逐漸圓滾的肚子，身心全方位饜足舒坦。

李至誠確實不會吃辣，最後連乾了兩碗冰粉，以防萬一問周以道：「你們家沒有什麼女婿進門先乾一碗小米辣椒的規矩吧？」

周以簡直無語：「沒有！不過我好像聽說有人接親的時候這麼玩過。」

李至誠眨眨眼睛：「接親啊。」

周以抽了張紙幫他擦擦嘴角，問：「還要幫你點一碗嗎？」

李至誠搖頭：「不吃了。」

從餐館出來，他們打算在商場逛一逛。

看到一樓的平臺上圍了許多人，周以拉著李至誠過去湊熱鬧。

「好多小動物欸。」周以興奮地晃了晃李至誠的手。

看板上寫著「萌寵遊樂會」，四周有一百六左右高的圍欄，裡頭是森林主題的布景，擺了好幾塊展區，各式各樣的動物都有，羊駝、孔雀，還有寵物豬和垂耳兔，有遊客在柵欄外餵食或拍照。

周以扒著圍欄，回頭看向李至誠，眼眸閃著光，什麼心思不言而喻。

李至誠看了入口處的工作人員一眼，以為要門票才能進，拍拍她腦袋道：「妳在外面踮腳看看也一樣。」

周以伸手向裡指：「可是有小豬，你不想看小豬嗎？」

李至誠向前傾身，彎腰將視線與她齊平：「我不正在看嗎？」

聽到那小豬哼哼了兩聲，李至誠又說：「看，妳的兄弟叫妳了。」

周以出拳捶他胸口，氣急敗壞道：「我豬你狗！」

李至誠立刻接：「一對佳偶。」

旁邊有工作人員走過來說：「想進去看嗎？不用收費的，分享動態集讚就行了。」

周以問：「怎麼集啊？」

工作人員笑著道：「掃這裡的QRcode，分享文章然後集滿五十八個讚就行。」

五十八個，周以想了想，她整個手機聯絡人可能都沒這麼多個。

還不如收費呢，她打消念頭，正欲拉著李至誠離開，就見男人低頭認真擺弄手機。

「五十八個是吧。」李至誠說著，「等等啊。」

過了不到兩分鐘，他舉起手機給那工作人員看，點讚欄裡滿滿螢幕的頭像，少說也有六七十個了。

他問：「應該夠了吧？」

「夠了夠了。」工作人員連忙回應，帶著他們到入口處。

周以驚了：「你怎麼做到的？」

李至誠用不屑的口吻說：「員工群組裡說一聲不就行了？」

周以皺起眉：「很奇怪的，我真的有霸總和嬌妻的即視感。」

李至誠攬著她往裡走：「走咯，帶我見見妳的兄弟。」

「我兄弟。」周以默念，嘟囔道：「那不是周然嗎？」

起了捉弄人的心思，她當即拿出手機，傳訊息給周然：『我在商場裡看見你了。』

周然回了個問號。

周以對那頭正在拱抱枕的小豬拍了張照片，傳送過去：『哥，你玩得很開心。』

周然傳了則語音過來，用的是純正的渝市方言，可以聽出他在盡力克制怒火：『妳嘞個仙人板板，給老子滾。』

周以笑得彎腰，用一張 mongmong 兔打滾的貼圖結束對話。

在李至誠的強烈要求下，周以和那頭小豬留下了珍貴合照。

走之前，周以和牠揮揮手：「拜，哥。」

李至誠也學她揮揮手：「拜，大舅哥。」

從商場出來，看時間還早，李至誠問周以：「還想去哪裡逛逛嗎？」

周以看著繁華絢麗的街道，提議道：「我們去酒吧吧！我也要試試奢靡的夜生活！」

李至誠一句話否決：「想都別想。」

周以也就說著玩玩：「那我們去哪啊？黃浦江旁散散步？」

李至誠想了想，問她：「想喝酒？」

周以舔舔嘴唇：「有點。」

李至誠轉著車鑰匙：「那走吧，帶妳去個地方。」

車子在巷裡停下，是一家藏匿於市井中的小酒館。

周以一邊進屋，一邊到處打量，問李至誠：「你是從哪知道這麼多好地方的？」

李至誠笑道：「我怎麼說也在這待了五六年。」

周以「哦」了一聲，不說話了，情緒很明顯的低落下去，那分開的幾年還是她心上的疙瘩。

李至誠察覺到，轉移話題說：「正好問問妳，在申城還習慣嗎？」

周以點頭：「我好像沒怎麼需要適應，都挺好的。」

她嬌柔語氣說：「是不是因為有你啊？因為你是我的舒適圈。」

李至誠最吃不消她這樣撒嬌，收緊呼吸，決定道：「喝一杯就回去。」

周以甜絲絲地笑：「可是明天要早起欸，你還要趕回去上班。」

李至誠挑眉，語氣跩得欠揍：「我就算遲到，也沒人會扣我的薪水。」

大廳已經坐滿，他們在吧檯旁坐下。

調酒師是個痞帥的年輕男子，問他們想喝什麼。

周以點了杯果酒，叫「夏日清晨」，幫李至誠要了杯無酒精的飲料。

點完餐，她看李至誠一直盯著某處，開口問：「看什麼呢？」

李至誠已經收回視線，搖搖頭說：「沒什麼。」

果酒味道酸甜，杯口黏了一圈海鹽，滿是檸檬的清香。

周以小口小口地抿，屋裡燈光昏暗，她漸漸冒出睏意，靠在李至誠身上打哈欠。

身後那桌似乎是群家境不錯的年輕公子哥，他們中英混雜地交談，偶爾還會冒出幾句其他語言。

聽到有人喊「Xavier」，周以愣了一下。

霍驍的英文名也是這個，很特別，以X開頭的名字很少見。

她心裡暗嘆糟糕，不至於這麼巧吧，同時直起身微微側過頭，集中注意力想聽清楚那些人在說什麼。

「Xavier，那 Miss Zhou 真抵擋住你的攻勢了？」

「人家本來就有男朋友，也不怪我們 Xavier 魅力不夠。」

「不過我說吧，那撿漏女的對象不是 rich princeling 就是 new money。」

「這種女的我見得多了，平民出身，還算聰明漂亮，看起來清高獨立，嚷嚷不依靠男人，其實最賤最好下手。」

有人舉杯，如同上演一齣戲劇，誇張地展開雙臂，抑揚頓挫道：「Feminist is mammonist! Feminist is disgusting!」

他們的嘲弄和譏諷尖銳而刺耳，而這一切發生得合情合理，因為他們是上位者，上位者當然可以看不起平民，嘲笑他們自以為是的努力和骨子裡抽不走的窮酸庸俗。

周以攥緊手裡的玻璃杯，用力到指甲發白，她從臉到脖子都漲得通紅，彷彿被人掐住喉嚨，無法呼吸，全身發著抖。

她終於聽見霍驍的聲音，帶著不加掩飾的諷刺：「I can only say that she is fucking lucky.」

李至誠蹭一下起身，周以趕緊拉住他。

他的下顎線條緊繃，面色陰沉慍怒，一副要上去幹架的樣子。

周以抱著他手臂，阻攔道：「別去。」

李至誠胸膛起伏了一下，想抽走手臂：「老子不可能就這麼聽他們說妳，鬆開。」

周以死死抱住，不敢大聲說話鬧出動靜，幾乎是哀求他：「真的別去，他們這麼多人你也打不過啊。」

李至誠連眼睛都紅了：「那妳能忍？」

周以低著頭說：「我沒生氣。」

她呼出一口氣，重複道：「真的，這樣的話我聽到一點都不覺得奇怪，也不會生氣。」

她甚至扯開嘴角：「他之前對我示好的時候我就猜到了，我只是覺得，果然如此啊。我真的不生氣。」

李至誠往那桌看了一眼，他們繼續喝酒談笑，話題已經變成其他。

「真的沒事？」

周以點頭，圈住他的腰，把臉埋進他懷裡：「我們回去吧。」

李至誠沉重地呼吸，胸腔隱隱作痛，連骨頭都像錯位般難受。

路過那桌時，他斜眼瞥向那位相貌清俊的男人，穿著價格不菲的奢侈品，姿態懶散地坐著沙發上。

霍驍感受到目光，也抬眸看過來，絲毫沒有被撞破的尷尬，坦然而輕蔑。

進屋時兩人就看到了彼此，只是都當作沒看見。

李至誠攥緊拳頭咬著後槽牙，拉著周以頭也不回地離開。

走出酒館回到車上，李至誠沒立即開車，先降下窗戶點燃根菸。

他怒氣未散，涼著聲音問：「我該不該說妳懂事了？」

周以垂眸，手指絞在一塊，明明紅了眼眶，卻還笑著說：「你是不是感到很欣慰啊？」

「欣慰個屁。」李至誠取下嘴角的菸，抬手揉了下她的左耳，「我比較希望看到妳躲在我身後，哭著說『老公幫我揍他』。」

周以這次是真的笑了：「我難道還十八歲嗎？」

李至誠收走玩笑的口吻：「我倒是真希望妳永遠十八。」

夜晚的冷風混著菸草味飄來，他的聲音喑啞而溫柔：「別長大，我寧願妳不讓人放心，也不希望妳這麼惹人心疼。」

第十一枚硬幣

「可我不能永遠待在舒適圈裡，我總要遇到不愉快的人和事，而我不希望你總是擋在我前面，因為我也會心疼你。」

周以牽住李至誠，眉眼展開，平和而堅定道：「也許有人想在戀愛中做小孩，但我不要，我希望你平視我、相信我，我是個成年人，我會自己處理好的，放心吧。」

李至誠輕輕地嘆氣，她學會藏匿情緒，學會克制脾氣，學會用可能委屈，但能把損失降低到最小的方式處理問題。

周以是真的不一樣了，在他看不見的地方悄悄成熟。

這算好事嗎？李至誠並不知道。

他只是攬過周以圈在懷裡，在她耳邊說：「我們回家吧。」

車子開進一個社區，周以才知道李至誠說的回家，是真正意義上的「回家」。

上了二樓，李至誠在門前停下，對周以說：「到了。」

周以看他站著不動，推他手臂：「那你開門呀。」

李至誠側過頭，向她攤開手掌，學著她的語氣說：「那妳把鑰匙給我呀。」

周以疑惑：「什麼鑰匙？」

李至誠指著她的包：「兔子拿出來。」

周以睜大眼睛：「你怎麼知道我帶了它？」

李至誠彈了她腦門一下，回答說：「早看見兔耳朵了，我以為妳知道所以帶著。」

周以從包裡掏出毛絨兔遞過去：「它也要見見異地女友，相思病發作得厲害呢。」

看著李至誠打開兔子身上的斜背包，取出一把鑰匙，周以呆住，她竟然沒發現他還藏了東西在這裡。

李至誠將鑰匙插進鎖孔，轉動打開：「前兩天找人打掃了一下，進去看看吧。」

戶型是樓中樓，一樓有客廳、餐廳和廚房，二樓是臥室。

整間房子小而溫馨，裝修風格和他在溪城的家很像，客廳裡同樣擺了兩張電腦桌。

除了一些基本的家具，其他擺設都被收走，架子上空空的，看起來好久沒有人住過。

「交給妳一個任務。」李至誠抓著周以的手，把那枚鑰匙塞進她的掌心，「我想明年把這裡改成民宿租出去，妳幫我打理吧。」

周以問：「租出去？」

李至誠笑著點頭：「嗯，租給那些只能在週末見面的異地情侶。」

周以吸了下鼻子，說：「那我要幫他們打折。」

李至誠頷首：「妳說了算，房東太太。」

周以意識到問題，問李至誠：「這裡租出去了，那以後我們住哪裡啊？」

李至誠說：「當然是再買間更大的了。」
周以顧慮道：「可是現在中城房價這麼貴欸。」
李至誠張開手臂抱住她，把下巴抵在她的腦袋上：「那就辛苦周老師，多寫論文多發表著作多賺錢。」
周以突感肩上擔起重任，一腔熱血向他承諾：「好！拚搏二十年，我要讓你住湯臣一品！」
李至誠眼裡滿是愉悅的笑意，親暱地蹭著她的頭髮：「嗯，周老師養我。」
這棟公寓確實非常適合情侶居住，二樓樓梯一上去就是閣樓式的臥房，像是一座空中花園，落地燈的光是橘黃色的，彷彿收藏一抹落日餘暉在家中，安寧而靜謐。
睡前，這一天發生的一切又在周以的腦海裡極快地閃過。
她枕著李至誠的手臂，突然開口說：「我很負責地告訴你，我真的不是為了錢才和你在一起的。」
李至誠低低地笑起來，問她：「那為什麼？」
周以回答：「不知道，原因是很複雜的，說不清。」
李至誠碰了碰她的鼻子：「那我也很負責地告訴妳，其實我也不是富二代或暴發戶。」
「啊？」
李至誠非常欠揍地說：「我爺爺是暴發戶，我爸是富二代，我麼，有理想有信念的獨立自強優秀青年罷了。」

「媽的。」周以屈腿要去頂李至誠，卻被他抓住手，整個人鉗制在身下。

「還睡不睡了？剛哭著喊累了現在又這麼有力？」

周以被他說得臉頰發燙，背過身裹緊被子：「睡了，晚安。」

李至誠伸出手臂攬著她的腰，往自己懷裡帶，壓低聲音說：「總覺得這幅場景好像夢過。」

「什麼？」

「妳在我身邊，睡前總有一大堆的屁話要說。」李至誠頓了兩秒，「但是每次醒過來，只有我一個人。」

周以找到他的手和他十指相扣，給他真實和安全感：「現在不是夢了，我就在你身邊。」

頸後的皮膚覆上一層溫熱，她聽到李至誠如圖囈語般的聲音：「怎麼辦，又有點捨不得把這裡租出去了。」

周以笑彎了眼睛：「不要湯臣一品啦？」

李至誠：「……還是湯臣一品好。」

溪城就像是周以的避世桃源，在這裡她只要考慮吃喝玩樂，和李至誠笑鬧著度過每一天。

床頭櫃上的兔子和小羊手牽著手，下午他們在書房打遊戲，晚上就依偎著躺在沙發上看電影，日子過得快而輕盈。

那天晚上的不愉快經歷兩人都沒再提起過，似乎就這麼過去了。

但當周以回到學校，走進辦公室，她清楚地知道，該面對的糟心事還是要面對。

霍驍仍舊衣冠楚楚，一副溫潤如玉的樣子。

在見到周以時，他甚至如往常那般微笑點頭，和她打招呼說：「早啊，周老師。」

周以咧開一個不走心的笑：「早。」

「週末過得怎麼樣？」

周以翻開文件，迴避他的視線：「還不錯。」

系主任站在辦公室門口，叩了叩門，說：「小周來啦？」

周以趕忙站起身：「欸，方主任。」

方思勤朝她招招手：「妳來我辦公室一趟。」

「好的。」

出於某種莫名的心態，周以瞥了霍驍一眼，他正姿態悠閒地喝著咖啡，似乎對此並不好奇。

跟著主任進了辦公室，方思勤沏了杯茶給周以，讓她坐下，又從桌上拿了一疊文件推到她手邊：「看看吧，院裡今年的研究專案，這個是國家級的，錢教授是負責人。」

周以信手翻開紙張，正上方的黑體粗字寫著專案主題——中國典籍翻譯中的生態學視角研究。

方主任告訴周以：「團隊裡想再找個年輕老師，商量過後選了妳，妳先看看專案內容吧，明天教授會來院裡開會。」

周以卻有些遲疑：「翻譯並不是我的強項啊，這方面應該找霍驍吧。」

方主任端起茶杯，朝她笑了笑，問：「還記得之前面試的時候，最後錢教授問妳的那個問題嗎？」

周以當然記得：「他說他最近陪女兒看電視劇，有個小問題，如果女主角穿著一身旗袍，男主角想誇她清雅秀麗，應該如何形容。」

「妳怎麼說的？」

周以摸著脖子，有些難為情地複述道：「You remind me of the gentle breeze and the bright moon.」

方主任說：「這個問題他也問了霍驍，他的回答是 delicate and elegant。」

周以挑了下眉，簡單直接，是他的風格。

「這可能就是你們的不同，他精準，妳靈動，都不能說錯，各有所長吧。其實當時在你們之間我們真的很糾結，沒想到會有妳這匹黑馬，錢教授當時就一力要留妳。」

周以有些受寵若驚，笑著說：「幸好之後還有機會。」

「是呀，這不是立刻就來聯絡妳了嗎。」方思勤叮囑她，「妳好好看看這個專案，別讓錢教授失望。」

周以乖順地應好。

從主任辦公室出來，周以若有所思地點了點頭，原來如此啊。

她捧著那疊文件推開辦公室的門，在霍驍桌旁停下，直言問他：「你知道主任叫我過去是為了什麼嗎？」

霍驍掀起眼皮，眸中笑意淺淡：「不知道，我也不關心。」

周以篤定道：「你知道。」

兩人安靜地對視了一下，霍驍先挪開視線，放平嘴角褪去笑意，聲音陡然冷卻：「所以妳現在想說什麼？」

周以單手撐在桌上，俯低身子，向霍驍逼近了些，語氣輕佻道：「欸，你會打架嗎？」

霍驍沒料到她會冒出這麼一句話：「啊？」

周以按壓著自己的肩膀，回到座位上，解釋道：「我不喜歡辦公室裡一直是這種彆扭的氣氛，真男人就幹一架吧，中午十二點體育館跆拳道室，不見不散。」

她沒管滿臉茫然的霍驍，收拾東西拎包離開，決定在外面的咖啡館把這份專案檔案瀏覽一遍，免得在辦公室裡惹某個小心眼的男人眼紅妒忌。

十一點五十，霍驍出現在門口時，周以已經換好了借來的跆拳道服。

小時候因為打不過周然，她心血來潮改去學跆拳道。

周以現在無比感謝那個熱血方剛的自己。

霍驍手插著褲子口袋，款步走了過來，有些好笑地打量她：「不是，妳來真的啊？」

「不然呢？」周以正了正腰帶，轉身時俐落抬腿踢上去，絲毫沒有猶豫，狠而迅速。

左臉麻了一瞬，很快是密集的鈍痛和腫脹感，霍驍微張著嘴目光呆滯，緩了好久才找回自己的聲音：「妳他媽，有病啊？」

周以朝他笑了一下，第一次聽霍驍說髒話，她還覺得挺新奇：「看來你不會，那你完了呀。」

她這次也沒給霍驍反應的時間，手肘從上落下擊在他肩膀，同時抬腿狠狠頂他腹部，掐住脖子將他整個人按倒在地。

「你知道平民最大的愛好是什麼嗎？」周以問。

霍驍扭曲著表情掰她的手指。

「就是談論你們這些上位者的八卦，你以為我不瞭解你的背景嗎？你爸是中外法語學系的霍教授，我雖然沒見過令尊但也聽說過，可惜了，他怎麼生出你這種人面獸心的混帳東西？」周以加重手上的力道：「本來以為走個過場就行，結果我差點搶了你的位子，急了吧？沒能看到我對你淪陷，還發現錢教授看中的人是我不是你，氣死了吧？」

霍驍的臉色已經難看到極點，可惜在周以眼裡毫無威懾力。

「Feminist is disgusting？你當然沒辦法理解，你從小受到優待，你享受著父母給你的資源，你成年之後需要苦惱的事只是進外交部還是繼續做學術，你安心地走著爸媽幫你鋪好的路。對你來說，二十四歲到三十五歲漫長而充盈，你可以大展身手你可以暢想人生，但是你知道一個女性的這十年有多匆忙嗎？你能一口氣毫無顧慮地讀完博士，但是我見過無數學姐為了家庭，她們要花至少兩年的時間結婚生育，等好不容易能夠回到自己的事業上，離青年還剩幾年？你從來都被偏袒，怎麼知道公平的意義？」

周以神情漠然，居高臨下地看著他：「你可以否決我的努力，嘲笑我只靠運氣，你可以看不起我，但是霍驍。」

周以鬆開手站起身，一針見血道：「你難道沒發現，你其實有多麼自卑怯懦嗎？」

她甩了甩手，如釋重負般地呼出一口氣，鬱結在心口的濃霧散去，周以感到前所未有的痛快。

她邁開長腿跨過躺倒的霍驍，學他尖銳的語氣原話奉還：「Hypocrite is disgusting. 你才是他媽的真幸運。」

從跆拳道室出來，周以出了一身汗，回到教師宿舍洗完澡換了身衣服，她坐在沙發上，心跳頻率依舊急促，耳邊嗡嗡作響，大腦仍處於興奮狀態，她完全無法冷靜。

想來想去，周以拿出手機，還是決定先和李至誠彙報一下情況。

她打字說：『我打了霍驍！我厲不厲害！』

螢幕上立刻彈出語音通話申請，周以按下接聽放到耳邊。

她連「喂」都沒來得及發出，就被李至誠驚慌失措的聲音打斷：『妳受傷了沒？啊？怎麼打起來了？』

周以揮著拳頭驕傲道：「我沒受傷，我三招把他KO了，厲害吧？」

聽筒裡沉默了一下，李至誠問：『妳說的解決方式就是把人揍一頓？』

周以「啊」了一聲：「打完這一架，以後大家就繼續做好同事啦。」

李至誠疑問道：『妳和他說好的？』

周以答：「倒也沒說好，我自己這麼想的。」

李至誠：『……妳下手重不重？』

周以想了一下：「還行吧，我肯定有分寸的，就是……」

『就是什麼？』

周以的聲音越來越小：「就是第一下我踢在臉上，他大概，這兩天不怎麼能見人。」

聽筒裡，她聽到李至誠倒吸一口氣，朝她凶巴巴地吼道：『媽的周以，打人不打臉，妳講不講武德啊！』

周以蹭得燃起怒火，提高聲音喊回去：「他都不講品德我講什麼武德啊！」

又是一陣靜默過後，李至誠咬著牙說：『妳先等等。』

周以感到後背發涼：「怎麼了？」

『我在幫妳聯絡律師了。』

周以驚恐道：「不是吧，你是說他會告我嗎？」

李至誠反問她：『妳覺得呢？』

周以跌坐在沙發上，雙手捂著腦袋：「我不至於要去蹲警局吧？警察會來約談我嗎？」

李至誠冷哼一聲：『妳現在知道怕了？』

周以欲哭無淚：「嗚嗚嗚嗚你一定要救我。」

李至誠扶額無奈嘆息：『等見了面我再收拾妳。』

周以無助道：「那我現在怎麼辦？」

李至誠彷彿家有小屁孩，恨鐵不成鋼的家長：『還能怎麼辦，先等著吧。』

周以後知後覺地害怕起來：「他萬一找人報復我呢！」

李至誠嚴肅聲音回：『那妳就放狠話，敢惹妳，妳老公帶一車麵包人衝了他[10]。』

午休時間，院樓四周樹木佇立，白雲稀薄，金黃陽光穿透枝葉，一切安靜而懶洋洋。

霍驍扯開一點口罩透氣，很快又放平，捏緊鼻梁處的鐵絲，把自己的半張臉遮得嚴嚴實實。

左側臉頰紅腫，從中心泛出青紫瘀血，他現在稍微裂開嘴角都會牽扯出鑽心的痛意。

儘管今早上課時，有個善良可愛的女同學安慰他說，帥哥臉上的傷不能叫傷，那是你勇敢存活在這俗世的勳章，霍驍還是不太能接受自己這副樣子。

在走廊裡遇到方思勤，霍驍摘下口罩，微微躬身喊：「主任。」

「欸喲。」方思勤都不太忍心看他這張臉，煩惱道：「這到底是怎麼摔的啊？這要多久才好？」

霍驍淺笑，反倒安慰她：「沒事，小傷。」

10「帶一車麵包人打你」，源自於網路聊天時「帶一麵包車的人打你」的口誤，後因為電子競技《英雄聯盟》某次比賽時，WE戰隊觀戰時吃了六十個麵包，而被網友戲稱麵包人。進而「帶一車麵包人打你」被引申為「帶一車大神級玩家打你」。

聽到樓梯上有腳步聲，霍驍斜眼瞥去，看到的卻是一個倉促落跑的背影。

方主任提聲喊：「小周，怎麼了啊？」

周以頭也不回，匆忙解釋：「我去上個廁所！」

霍驍短促地笑了一聲，對方思勤說：「那我先回辦公室了。」

「欸好。」方思勤邊走邊嘀咕，「怎麼總感覺哪裡怪怪的。」

辦公室裡沒有人，霍驍打開窗戶通風，轉身時目光滑過周以的辦公桌，不能說雜亂，只能說……豐富？

除了留出電腦面前的一塊位置以便辦公，其他地方都被雜物占滿，試卷用黑巧克力和代餐穀物棒壓著，他送的那盆多肉被她放在鍵盤旁邊，電腦邊緣充當備忘錄板，黏滿了便利貼，包括他寫的那一張。

沒過多停留，霍驍斂目，在經過時把一本搖搖欲墜的筆記本往裡推了推。

周以大概是不回來了，那天那麼盛氣凌人，過後卻一見他就跑，連霍驍都要懷疑，到底誰才是挨揍的那個。

他按下主機電源鍵，開機後登錄進信箱，準備批閱上週學生們提交的作業。

四十分鐘過去，他正回覆到第六份郵件，辦公室的門被輕輕推開。

霍驍從螢幕上抬頭，和周以四目相對上，他先是一愣。

極快地挪走視線，他見她還站在門口，又看過去。

周以朝他走了過來，將手中的袋子放到他手邊，表情不卑不亢，一臉凝重。

霍驍沒說話，用眼神詢問她意欲何為。

周以撓撓下巴，開口說：「我問了我朋友，二十四小時後之後要熱敷才消腫快。」

她打開袋子，拿出一顆水煮蛋，抽了兩張衛生紙包好，遞給霍驍。

在她殷切的目光中，霍驍微微向後仰拉開距離，質疑道：「妳確定？」

周以擺出無語的表情，伸手扯了他一下，不管三七二十一把蛋直接按他臉上揉搓起來。

還滾燙的雞蛋貼到腫脹的皮膚，霍驍立刻疼得直嘶氣。

周以邊揉邊說：「我朋友是護理師，權威認證的方法，而且我也沒惡毒到要對你進行二次傷害吧？」

霍驍扯了下嘴角，譏誚道：「妳還不夠狠毒嗎？」

周以加重了手上的力道，惹得霍驍皺眉瞪她一眼。

經過那荒唐的一架，大概是無需再偽裝和周旋，周以面對霍驍時反倒輕鬆了許多。

右手舉累了，周以停下，甩了甩手腕。

霍驍撩起眼皮子看她，雙手放在桌上，沒有要動的打算：「突然良心發現了？」

周以十分不屑地「嘁」了一聲：「怎麼可能？你就欠揍。」

她閉了閉眼，重新開口說：「今天幫大一上課，聽到幾個女生說，是哪裡的門把霍老師撞成這樣，罪該萬死，不知道帥哥的臉價值連城嗎。」

周以掐著嗓子，學得活靈活現，霍驍挑眉，滿足地笑起來，連臉上火辣的疼痛感都沖淡了不少。

周以咬著後槽牙，憤憤道：「真不知道我為什麼心虛。Why do I feel guilty？」

霍驍搆到袋子，裡頭還有一個雞蛋，他放在桌上，用掌心搓碎蛋殼，修長的手指俐落剝開，將白滑的水煮蛋拿到嘴邊，慢條斯理地吃了起來。

蛋黃的味道讓周以迅速捂著鼻子挪遠，嫌棄道：「真不知道你們為什麼愛吃雞蛋，不覺得有股屎味嗎？」

霍驍的動作頓住，涼涼剜了她一眼：「不愛，但請尊重。」

周以噤聲，換上低眉順眼的樣子，繼續替他按摩臉頰。

一顆雞蛋咽下去有些噎，霍驍抬起下巴，喝了口水。

「欸，你這裡也有顆痣。」周以說。

「嗯。」

周以誇張地「哇喔」道：「怪不得你這麼聰明，『痣』多星吶。」

霍驍放下杯子，面向周以問：「所以妳到底為什麼突然獻殷勤，妳現在讓我發毛。」

周以咽了咽口水，決定挑明：「那個，你不會去告我的，對吧？」

霍驍冷笑一聲：「妳不嫌丟人我嫌。」

周以放下心來，嘴角露出笑意：「那就好。」

風將窗簾吹起，陽光一晃一晃。

周以的髮尾時不時掃過他的手臂，帶起難忍的酥癢，但霍驍始終沒有改變姿勢。

「怎麼辦？」他舒展開溫潤的眉眼。

周以抬起頭：「嗯？」

「我好像真的有點喜歡妳了。」

空氣沉默流轉，霍驍緊盯著周以，沒有放過她在一分鐘內精彩紛呈的情緒轉換。

從呆滯到恐慌，睜圓眼睛急促地呼吸了兩下，最後雙手叉著腰，嚴肅又幼稚地警告他：「你可別，我老公會帶著一車麵包人衝了你的！」

霍驍應該是第一次在人前表露出這樣明朗的情緒，怕牽動傷處不敢太大動作，他只能肩膀一聳一聳，從胸腔溢出低低的笑聲。

「今天晚飯少吃點。」他說：「留著肚子我請妳吃宵夜。」

周以眨眨眼睛，表情極為痛苦：「你要追我嗎？你認真的？你是抖M？」

霍驍把那顆涼了的雞蛋放進周以掌心：「向妳做慎重的道歉及和解儀式，如果妳考慮甩了現任，我可以現在就來訂花。」

周以握著雞蛋連連後退：「別別別，用不著用不著。」

霍驍和周以還是回到那家讓他們都留下不愉快經歷的小酒館。

點餐時，兩人都沒有要酒，霍驍要開車，周以說男朋友不准。

霍驍對此舉冷笑一聲：「我以為你們 feminist 都會對大男子主義深惡痛絕。」

周以敲敲桌子：「臉上的傷口還沒好，你就管住這張嘴吧。還有，你難道想看到女朋友和一個居心不良的男人單獨喝酒嗎？這屬於人之常情。」

霍驍不說話了，反應過來後又道：「妳說誰居心不良呢？」

周以聳聳肩。

等菜上齊，霍驍抿了口茶潤喉，啟唇道：「那天晚上的話，抱歉，為我和我朋友的冒犯和妳說聲對不起。」

周以提醒他：「還有對我男朋友。」

霍驍忍住翻白眼的衝動，重新說：「向你們說聲對不起。」

周以摸著脖子，倒有些無所適從：「你真的不該那麼誤解人。」

「Sorry.」霍驍摸了下臉頰，那土法子還挺管用，他真覺得沒那麼腫了，「不過妳不是也誤解我了嗎？」

周以下意識反駁：「我哪有？」

霍驍勾了勾嘴角：「妳說我否定妳的努力，妳不是也否定我了嗎，妳覺得我今天的成就都是靠父母，我可能確實比大多數人起點高，但那不代表我就活得輕鬆。說實在我還挺羨慕妳的，妳獲得的成就是妳自己的，而我幹什麼都要歸功於父母。」

他拿起筷子，倒是沒想到會和面前這個人分享起這些：「那天晚上我被喊回家吃飯，從進家門被數落到桌上的碗筷都收走，心情不太好，喊朋友出來喝酒，看到你們更不爽了，那些話是故意發洩說的，別往心裡去。」

周以有些愕然，霍驍也會挨罵嗎，不可思議，排除掉那一晚的言論，他在人前從來都是妥帖完美的。

她小心地問：「是霍教授說你嗎？」

霍驍說：「他明嘲，我媽暗諷。」

周以深吸一口氣，霍教授是出了名的學風嚴謹、要求嚴格，聽說在答辯上罵哭過無數學生，令人又敬又怕。

霍驍的母親她並不瞭解，但大概也是有頭有臉的人物。

周以搓搓手臂，感到後背發涼。

她小時候，周建軍也有一陣子對她特別凶，幹什麼他都看不順眼，逮著小事就要罵一頓，狠起來沒少打過。

但那時她再覺得可怕，好歹有她媽媽總是護在她身前。

周以突然有些不敢想像霍驍是怎麼成長起來的，怪不得心理扭曲，換誰不會憋壞。

霍驍自嘲道：「挺丟臉的，我都他媽快三十了，見到他還是怕，他聲音一大我都發抖。」

周以笑了笑，和他碰了下杯：「我也是，我感冒了在我爸面前都不敢吸鼻子。」

兩人就著亞洲家長的問題深刻討論起來，暢所欲言，各抒己見，彷彿開展一場學術座談會。

最後，霍驍說：「那天真的混帳了，對不起啊。」

周以就算有氣也已經全撒出去了，她伸出手，欣然接受他的道歉：「原諒你了，以後好好相處，霍老師。」

霍驍握住，輕輕晃了晃：「Hope to get along with you, sincerely.」

這頓宵夜吃到將近凌晨，走回宿舍的路上，周以拿出手機打電話給李至誠。

晚風涼爽，她腳步輕快，接通後，嗓音甜甜地「喂」了一聲：「在幹嘛呀？」

李至誠的聲音透著疲憊：『加班開會，現在中場休息了一下，妳呢，在幹嘛？』

周以抬頭看著月朗星稀的夜空：「霍驍請我吃了宵夜，和我道歉了，我們澈底和解，以後真的是友好同事了。」

李至誠『嗯』了一聲，對她說：『看看，人家這才叫成年人的解決方式。』

周以撅高嘴，不滿道：「你怎麼還誇他呢？」

李至誠笑起來：『那我還要誇妳？周周以以，暴力雖爽但不可取。』

周以哼道：「你那天不也想上去幹架？」

不知是否因為正處於工作狀態，李至誠沉穩而鎮定，連嗓音都比平時多了幾分成熟的性感，周以在腦海中想像他現在是以什麼樣的姿態和她打這通電話。

聽姜迎說他平時在公司很凶很嚴肅，周以愈發好奇。

嘖，看來她才是個抖M。

李至誠在電話裡說：『說實話，我並沒有，力是雙向的，打在他臉上我還嫌疼了我的手呢。』

周以只當他馬後炮逞一逞口舌之快：「那如果我不攔你，你會上去幹什麼？」

李至誠沉吟片刻，煞有其事道：『走過去，保持微笑，朝他不屑地說一聲「酸雞，就這？」，然後比個國際友好手勢，最後摟著妳瀟灑地揚長而去。』

周以笑出聲：「這就叫成年人？你才小學生吧。」

李至誠不以為然：『我有力氣幹嘛浪費在他身上，我不如留著回家給妳。』

周以：「……」

「我到門口了。」

李至誠應好，說話聲音伴著腳步聲：『我也要繼續開會了，早點睡啊，注意休息。』

周以拿下手機，對著話筒用力啵了一聲：「幫你充個電，你也注意休息。」

李至誠頓了兩秒，說：『等等，先別掛。』

周以問：「你要幹嘛呀？」

李至誠的呼吸頻率快了些：『走到一個沒人的地方，然後……』

聽筒裡響起一聲輕而明晰的「mua」，周以的蘋果肌今天也進行了很好的訓練。

李至誠補完後半句：『親妳一下。祕書催我了，這次是真的要掛了。』

周以眉眼彎彎：「快去吧！明天見！」

只有異地情侶才明白，這個世界上最動聽的情話是哪句。

——「明天見。」

第十二枚硬幣

李至誠這一週都在忙工作，作息及其不規律，有的時候周以早上起來他還沒睡。

他抽不出空過來，週六她又有工作，周以還是決定週四那天自己坐高鐵去溪城，好歹還能一起待個兩天。

她對這座城市已經不再陌生，坐上計程車便傳訊息給李至誠：『我上車了！』

對方過了幾分鐘才回：『在家等我，餓了先找東西吃。』

社區保全已經眼熟她，看見周以還笑著打招呼道：「來啦？」

周以用力點頭：「來了！」

上次李至誠帶她走過兩遍，周以終於摸清去十七棟的路。

走到樓下，感覺到口袋裡傳來震動，周以摸出手機，發現是李至誠的電話。

「喂，怎麼了？」

他的聲音帶著急促的喘氣：『妳到哪了？』

周以回答：「在上樓了。」

『先別上去！』李至誠急切地制止她，『先去姜迎家。』

周以停下腳步：「啊？」

李至誠深吸一口氣，向她解釋：『我媽剛剛打電話說她要送東西過去，妳先別上去。』

——「周以是嗎？」

李至誠最擔心的事情還是發生了。

聽到聲音，周以仰起腦袋，對上一雙和藹親切、笑意溫柔的眼睛。

二樓走道裡，李至誠的公寓門口，一位和他眉眼極相像的婦人站著，向周以招了招手：

「快上來呀。」

掛電話之前，周以聽到李至誠說：『我馬上回去。』

已經躲不掉了，周以四肢僵硬地走上去，喊：「阿姨。」

沈沐心看見她，好像一點都不意外，往旁邊退了一步讓出位置：「剛好我走到這裡才發現沒帶鑰匙，開門吧。」

周以硬著頭皮掏出鑰匙開門。

進屋後，她加快動作換好鞋，從櫃子裡拿出一雙新的拖鞋放到沈沐心腳邊，又忙不迭要去接她手裡的袋子。

沈沐心留意到她鞋頭上的粉紅豬，揶揄道：「怪不得不讓我穿呢，原來是專屬的。」

周以不好意思地笑笑，把東西放到茶几上：「阿姨妳先坐吧，李至誠說他馬上回來了。」

沈沐心問她：「剛從申城過來？」

周以點點頭，驚訝對方對她的瞭解。

沈沐心又問：「要在這和他過週末？」

周以回：「對。」

聽到沈沐心哼了一聲，周以心臟都緊了一下。

「以後讓他去找妳，別老是讓妳跑來跑去呀。」

周以趕緊說：「我比較閒嘛，沒事的。」

沈沐心把帶來的袋子提到餐桌上，周以也跟著過去。

她撓撓臉，有些猶豫地開口問：「所以阿姨，妳已經知道我們……」

沈沐心朝她笑起來，她身上帶著典型的江南風韻，五官和氣質柔和溫婉：「他以為他能瞞得了我？一眼就看出來談戀愛了。他不告訴我妳的事，我就找人問了問，在申城怎麼樣啊？」

周以幫她把東西放進冰箱，好幾盒新鮮水果，還有兩罐醬牛肉：「挺好的，比想像中好適應。」

沈沐心轉過身看著她，說：「沒想到這還是我們第一次見面，周以，阿姨一直想和妳說聲謝謝。」

周以驚慌道：「謝我什麼，不用不用。」

不知是回憶起什麼，沈沐心有些動容，聲音輕微顫抖：「是真的要謝謝，李至誠畢業的時候，謝謝有妳陪著他。說起來，其實那個時候我們應該可以見面的，但是我生了病，他爸爸為了照顧我也沒去成，兒子人生最重要的時刻，我們都不在。」

周以喃喃道：「生病……」

沈沐心垂下視線：「他沒告訴妳吧？我想也是。還挺嚴重的，那陣子我整個人都絕望了，糊里糊塗說了好多胡話，他們大概沒少被我折磨。」

周以大腦空白，已經無法分解資訊，只是呆愣地聽沈沐心說下去。

「其實阿姨還欠妳一句對不起，我是在他大三的時候查出病來的，他本來已經決定保送本校的研究所了，說在那有喜歡的女生，想跟她在一起，但後來還是選擇回來。他原本也是打算留在北京發展，他不說，但我知道是擔心我的身體，他不敢走遠。你們的事我知道一點，我有的時候會想，要是他留在北京，你們會不會……」

胸腔堵住，周以無法順暢地呼吸，沈沐心搭上她手腕的一刻她立刻如同反射一般緊緊牽住：「阿姨，別這麼說。」

沈沐心拍拍她：「其實，我可以猜到他為什麼不想讓我知道妳回來了，怕我又催你們趕緊結婚吧，但阿姨已經想開了。」

那是周以很熟悉的笑容，李至誠和他媽媽笑起來的時候，右邊臉頰上都會出現一小道細痕。她曾經用指腹輕輕劃過，然後告訴李至誠：「你上輩子一定過得很快樂。」

她終於知道李至誠性格裡不為人知的溫柔細膩來自於誰。

——「人生嘛，總有遺憾的，我已經很幸運了。」

沈沐心的手並不纖細嬌貴，相反在虎口和指腹處有層薄繭，她牽著周以，掌心溫暖：「阿姨看到妳回來，真的很開心很開心。」

周以抿著唇，眼前模糊，她笨拙不知如何表述，只是一昧點頭。

她紅著臉，有些傻氣卻格外認真地向沈沐心保證：「阿姨妳放心吧，我一定讓他這輩子過得更快樂。」

李至誠回來的並沒有想像中快，應該是實在抽不開身。

沈沐心和周以坐在沙發上，一邊吃著水果一邊聊到天黑。

沈沐心告訴她，李至誠大概是全世界過得最慘的小少爺，小時候他曾經問過自己很多遍他到底是不是親生的。

「他爺爺就是這麼教育他爸的，富人家的小孩就要窮養，尤其是兒子。他從小到大的零用錢都必須自己賺來，他爸總能找到一大堆稀奇古怪的事讓他幹，買菸啦、遛狗啦、搬花啦，我看就是他自己懶所以使喚傻兒子呢。他研究所讀完想在申城買房，他爸其實都準備好錢給他了，非要拿走他手裡設計的一個程式作為交換條件，他給的哪有他後來靠兒子賺得多喲！」

吐槽起老公來，女人總是滔滔不絕，周以時不時跟著發出笑聲。

她一邊覺得童年拚命為自己賺零用錢的李至誠可愛，一邊又生出難言的酸楚和愧疚。

原來他並不是生來就富裕自由的，他甚至需要付出更多心血和汗水，去換取那些在人們以為對於他來說理所應當的東西。

雖然存在自戀的成分，但李至誠說的沒錯，他不是 rich princeling，他確實可以算個獨立自強的優秀青年。

聽到周以肚子發出咕嚕叫聲，沈沐心起身走進廚房幫她做晚飯。

一碗蓋著煎蛋的麵端上桌，她們聽到樓下有車上鎖的聲音，抬頭對視一眼，異口同聲道：

了。」

「別喊了。」沈沐心的聲音幽幽飄起，「已經被我用五百萬打發走了，現在應該哭著到機場

走道裡響起一陣急促的腳步聲，不到兩分鐘，李至誠匆匆開門，一進屋就喊：「周以！」

「回來了。」

李至誠叉著腰站在客廳喘氣，轉身看見苦情女主角正坐在椅子上，晃著腿悠哉地吃麵。

他鬆了一口氣，走過去，拉開椅子坐下，搶走周以的筷子和碗：「給我吃口，我餓死了。」

沈沐心用筷頭打在他手背上，呵斥道：「別搶周以的，你咬這麼一大口雞蛋幹嘛呀！」

李至誠口齒不清地為自己辯解：「她不愛吃雞蛋的！」

周以一邊搓著李至誠被打紅的手背，一邊對沈沐心說：「沒事的阿姨，反正我也吃不完。」

沈沐心嘆了一聲氣，叮囑周以：「別對他太好。」

周以只是笑，沒答應。

沈沐心看他回來了，又交代了幾句，不欲多打擾小倆口相聚，家裡老李又在催她。

「那我走了啊，你忙完找個機會帶周以來家裡吃飯，週末沒事多帶她去山莊玩玩。」

李至誠應：「知道了，陳叔到樓下了沒？」

沈沐心踮腳越過他，和周以說：「阿姨走了哦，冰箱裡的藍莓妳記得洗了吃。」

周以乖巧道：「好。」

李至誠把人送到樓下，看著上了車才回去。

一進門，他直接走向周以，捧著她的臉，關切地問：「我媽和妳說了什麼？」

周以圈住他的腰，像還還一樣在他掌心蹭了蹭：「沒什麼呀。」

李至誠不信：「她是不是……」

「沒有。」周以知道他要說什麼，「阿姨沒有催我什麼，也沒有要求我什麼，更加沒有給我壓力。她就是和我說謝謝我，還告訴我我回來了她很開心。」

李至誠把周以擁進懷裡，嗓音沙啞道：「看來她真的很喜歡妳。」

周以輕輕拍著他的背：「你媽媽真的很溫柔，我也喜歡她。」

好長一陣子，他們都沒有說話，只是這麼安靜相擁，彼此對某些事都心照不宣。

察覺到他有話要說，周以吸了下鼻子，率先開口：「對不起。」

李至誠的手臂收緊了些：「突然說對不起幹什麼？」

「我那個時候不該無理取鬧。」

李至誠揉著她的頭髮：「不提了，都過去多久了。」

剛剛在沈沐心面前，周以一直憋著情緒，這時她才終於能發洩出來。

「其實你應該告訴我的，我那個時候神經太脆弱太敏感了，被什麼刺到一下都會反應過激，我覺得好對不起你。」她眼眶痠脹得厲害，用手背抹了一下，卻像按下開關，淚珠成串下落。

李至誠把她抱到身上，托著腿根坐在沙發上，他撩開她臉上的頭髮，替她擦了擦眼淚：「妳那個時候太辛苦了，我也很後悔，不該多嘴說那一句的。」

周以哭得更厲害。

因為放棄出國交流的機會，助教找到她，和她聊了聊原因，也對她的家庭狀況有了大概瞭解。

周以在大學四年參加過許多比賽，幾乎所有老師都認為她應該走得更高更遠，如果被世俗條件限制了發展，真的太可惜了。

她也是後來才知道，助教打過電話給她父母。

當媽媽告訴她，想出國讀研究所就去吧的時候，周以是真的一瞬熱淚盈眶，欣喜若狂。

但很快一盆冷水便從頭澆下。

周建軍的冷嘲熱諷，那些古板而迂腐的理論，那些女孩子不該做什麼、該做什麼的陳詞濫調，一句一句往周以心上扎刺。

她只記得她最後通紅著臉，卻手腳冰涼。

周以很想質問他：「你眼睛不眨給周然兩萬，卻捨不得幫你親女兒出學費嗎？」

她也很想痛快地說一句：「我不去了，我不受你這個氣。」

但她說不出。

她只能咬著牙，將手背的皮膚摳破，卑微地道謝。

那一刻開始周以不覺得自己是這個家的女兒了，她好像欠了他們一筆沉重的債，重到她背負在身上，連喘氣都困難。

之後她為自己套了層玻璃罩，把所有情緒開關切斷，讓自己忙起來，讓自己麻木，讓自己不要再猶豫再動搖。

那段時間她和李至誠聯絡得並不頻繁，至多一天一通電話，她對自己的生活毫無分享欲，只是冷淡地聽他訴說近況，然後逼自己笑著回應他。

在李至誠問出「妳有沒有想過不去英國？留在國內讀研究所也挺好的」之後，周以像是一個灌滿酸水的氫氣球，被鋒利的針戳破，澈底爆炸失控。

她不太記得自己那天歇斯底里地說了什麼，應該很可怕，否則李至誠不會第二天早上就趕了過來。

周以只記得在宿舍樓下見到他的那一刻她淚如泉湧，她哭了很久很久，和他不斷重複她好累，她快要撐不下去了。

那時李至誠溫柔又疲憊地抱著她，親吻她淚水模糊的臉，不厭其煩地一遍一遍說：「還有我呢。」

明明那個時候，他同樣過得不太好。

可是她今天才知道。

周以哭得上氣不接下氣，緊緊抱著李至誠，在他耳邊哽咽著說：「對不起、對不起。」

李至誠親了親她的手背：「回來就好。」

周以去找他的唇，給他一個柔軟而乾裂的吻，用含著淚的眼睛，說出有些不知死活的請求：「我想你今天對我凶一點。」

在她說完這句話後，李至誠的呼吸重了些，但未有任何表示，只是沉默著觀望她。

混蛋周以又湊上去，引誘他想起難堪的回憶：「那天我跟你說『滾』，我讓你不要再來煩我，你一直看著我，你在想什麼？你明明很生氣，你想把我怎麼樣？我居然甩了你，你應該想殺了我吧。」

李至誠胸膛起伏的幅度更大，喉結滾了一下，他摸了摸周以的額頭，替她擦去汗。他的掌心滾燙潮濕。

「去洗澡。」李至誠氣息不穩地說。

「好。」周以點頭，乖順到，好像他說什麼她都會照做。

蓮蓬頭開啟，溫熱的水流打濕皮膚。

周以擠了一泵牛奶味的沐浴乳，在沖洗泡沫的時候聽到浴室的門被打開。

「吱呀」一聲，她的心跳隨之漏了一拍。

周以什麼換洗衣服都沒拿，隔著一層被水霧模糊的玻璃，轉身看見站在洗手檯旁的男人。

李至誠推開淋浴間的門，邁步走了進來。

本就狹窄的空間變得更狹窄，周以被擠到角落，後背貼上冰涼的瓷磚。

她伸手想抱他，又或者只是碰一碰，李至誠面無表情的樣子讓她慌張。

周以很惡劣地逼他想起那些事情，讓他又一次感受到巨大的落空和無措，她把他那些好不容易壓下去的壞情緒，全部翻了出來。

李至誠沒讓她碰，捏著她的手腕拿開。

三四分鐘後，他抬手關了蓮蓬頭，扯下架子上的毛巾胡亂擦了兩下，然後拿了一條新的浴巾，裹在周以身上把她拖了出去。

確實是拖，周以本就腿腳發軟，一路磕磕絆絆，撞到門框又踢到什麼箱子，應該是遝遝的東西，被放在臥室外的走道。

「我在想什麼？」李至誠從上方盯著她，居高臨下地問。

——你不覺得我們根本不適合嗎，我不能理解你你也不能理解我。

——我不知道為什麼，我一看見你就覺得煩，你別來找我了。

在他要去抱她的時候，她驚恐地後縮，尖叫著喊：「滾啊。」

那個總是喜歡跑著撲進他懷裡的人，看到他似見到洪水猛獸，拚命後退躲避。

「妳覺得我在想什麼？」李至誠又問一遍。

窗戶沒關好，周以身上還濕著，冷風掃過裸露的皮膚，她像完全鋪開的紙張，單薄白皙，在風中顫顫抖動。

「對不起。」她眼尾紅的像要滴血。

李至誠掰開她的腿，屈起膝蓋支在兩邊，又抓著她的手向下。

周以意識到他想要她幹什麼，收緊呼吸搖頭抗拒。

她近乎哀求，那太羞恥了：「別……」

李至誠冷冷問她：「沒自己弄過嗎？」

周以撇著腦袋，臉快要埋進灰粉色的床單：「你別看著。」

李至誠加重語氣：「聽不聽話？」

周以自我欺騙式地閉上眼睛，想要忽略他的存在。

那岸火燎又水漲，李至誠卻始終作壁上觀。

在周以小聲嗚咽時，他出聲問：「在想什麼？」

周以睜眼，呼吸灼熱，誠實地坦白：「你。」

李至誠獎勵似的揉了揉她的瀏海。

周以立刻仰起身要去抱他，哭求道：「不要了。」

李至誠哼笑反問：「不要了？」

周以語不成句，又著急地改口：「要。」

李至誠不用看，也能知道她此刻的表情。

「我從來看不得妳哭，看不得妳難過，我總是太心疼妳。」

周以深吸著氣，從後背傳來刺痛，一直延伸至神經末梢。

「但我那一刻，真的很想把妳收拾一頓。」李至誠的嗓子粗啞得厲害，「讓妳哭著求我，讓妳說不出話。」

他早就臨近失控，像頭眼神鋒利的雄獅，低吼揮爪，叼著獵物纖細的脖頸回到自己領地，嗜血啖肉，盡情享用。

「我是不是太寵妳了？」李至誠貼在她耳邊逼問。

周以覺得自己即將被撕裂：「對不起，對不起，我錯了。」

「看見我就煩？別再來找妳？」李至誠的雙目猩紅，語氣裡帶著嘲弄，「那現在怎麼哭著要我過來？」

眼前的光匯成一條蒼白的細線，周以閉著眼睛，意識潰散。

他的攻勢卻如急風驟雨，絲毫不給她喘息休整的機會。

李至誠蹭了蹭周以的眼尾，痞笑著說：「周老師，今天我也教妳一句，這就叫『forced Orgasm』。」

到最後周以近乎昏迷。

——李至誠豈止是凶，他太壞了。

後半夜多雲轉陰，有雨從窗縫飄了進來。

李至誠拿下嘴邊的菸，看周以的手露在外面，想替她蓋好被子。

指尖剛觸到手背，她敏感地縮了一下，想躲。

李至誠心裡一沉，蹙起眉頭叼著菸，趕緊用手背去探周以的額頭。

她迷糊地睜開眼睛，睫毛濕漉，眼下還有淚痕。

「難不難受？」李至誠問她。

周以看了他兩秒，似乎是在反應，然後張開手臂貼了過來。

她搖搖頭，把下巴擱在他的肩上：「你抱著我就不難受。」

李至誠一瞬鼻酸，眼眶發澀，他把人牢牢箍在懷裡，沙啞道：「只是解法錯了，換一種重來就好。」

他親了親周以的耳朵尖：「妳放心，我們好學生錯過一次的題目，絕對不會錯第二次。」

周以直到第二天下午才起來，渾身幾乎沒有一處完好的皮膚，或是紅瘀或是咬痕，膝蓋上有擦傷，她連走路姿勢都有些彆扭。

而壞蛋李至誠一整天都在上班，他還要補齊昨晚落下的工作。

她洗漱完，換上長袖長褲，抱著還還在沙發上辦公。

將近五點的時候，姜迎來了，帶著飯菜和一袋藥。

兩人已經相熟，一見面，姜迎就和她吐槽道：「要不是他給的錢多我才不願意，哪家公司的企劃剛剛加完班還要送飯給老闆娘吃啊？」

周以笑笑，向她保證一定讓李至誠加薪。

姜迎瞥到她電腦螢幕上的畫面，指著問：「這是妳嗎？」

周以也看過去，點點頭：「嗯，我大三的時候。」

姜迎坐下，好奇地湊過去看。

那是一次全國大學生英語演講比賽，周以當時拿了一等獎，她演講的題目是「Why is marriage the finality of romance？」

——為什麼婚姻是浪漫的終結。

畫面上的女孩和現在一樣都留著黑色長髮，面容清冷，高瘦漂亮，但眉目間稚嫩多了。

姜迎問她：「怎麼把這個翻出來看了，追憶青春啊？」

周以沒回答，只問她：「結婚是什麼感覺啊？」

姜迎想了想：「也沒什麼不同啊，就是和別人介紹他的時候，終於可以理直氣壯地說『這是我老公』了。」

周以掀唇笑起來，她剛剛傳訊息問完覃松，她的回答是：『他的動態只有兩則，一則慶祝博士畢業，一則曬我們的結婚照，我每次心情不好就點開，立刻通體順暢。』

螢幕裡，二十歲的周以自信從容，她用詼諧的語言調侃，用理智的字句分析，兩性關係向來是個複雜而龐大的問題，她得出的結論現實而悲觀。

——Marriage may not be the end of romance，but it is certainly the beginning of philistinism. For women.

婚姻也許不是浪漫的終結，但它一定是庸俗的開始。對於女人來說。

姜迎看了一下，意識到什麼：「天，妳不會是不婚主義吧……」

周以的手指敲在杯壁，搖頭道：「不算吧。」

她的畢業論文也是從女性角度落筆，再加她表露出來的冷淡性格，周圍大多數同學都認為她應該是一位 feminist。

很久以前周以也覺得自己是，從小到大，她身邊的婚姻關係沒有一段是美滿的。

她對男人和婚姻一直是失望的，她不信任，也不認為必須。

但是有個特例出現了。

「我不信任婚姻，但我想我應該是相信愛的。」

今日陰雨，這時傍晚卻出了太陽，金燦燦的一束，急切又盛大地照耀世界。

周以半邊身子沐浴在夕陽裡，她看起來平靜而溫暖。

電腦旁邊是周以的Kindle，螢幕上被她標注了一段話，出自珍奈・溫特森的《守望燈塔》（Lighthousekeeping）。

「我也不把愛看作靈丹妙藥，我把愛看作一種自然的力量——像太陽的光一樣強烈，是必需的，是不受個人情感影響的，是廣闊無邊的，是不可思議的，是既溫暖又灼人，是既帶來乾旱又帶來生命的。愛一旦燒盡，這星球也就死亡了。」

這是並不衝突的，周以說服自己。

李至誠回來之前傳了訊息給周以，到家時她剛煮好宵夜。

她只會簡單的下餛飩，還試著煎了個蛋，賣相有些醜，但味道應該不錯。

李至誠很給面子的全部吃光。

他洗完澡出來，周以正盤腿坐在地板上，對他招了招手：「你過來，我有話要說。」

李至誠用毛巾擦著濕髮，坐到沙發上：「怎麼了？」

周以鼻梁上架著銀框眼鏡，穿著他的純棉睡衣，很乖巧居家的模樣。

她問李至誠：「不管別人是怎麼想的，不管家裡是不是催你，我問你，你想結婚嗎？」

李至誠愣了一瞬：「那妳呢？」

周以抱著膝蓋：「我還是覺得婚姻是浪漫的終結。」

李至誠失落地並不明顯：「嗯。」

周以撐著下巴看他：「你呢？」

「聽實話嗎？」

「當然。」

李至誠摘下毛巾放在一邊：「以前對於我來說，這種事情很遙遠，也覺得無所謂。但是現在我很明確，我想和妳結婚。」

他的肯定出乎周以預料：「為什麼？」

李至誠張開手臂把她抱到自己腿上，微微仰起頭：「如果結婚的話，萬一妳又要和我分開，那個時候會不會多考慮一下？」

他的理由讓周以瞬間紅了眼眶，鼻子被酸意浸沒。

李至誠捧著她的臉，輕輕吻了一下唇角：「這個想法很過分，但我要承認，我想有什麼東西可以把妳牽絆在我身邊。」

——我卑劣的想剝奪妳的部分自由。

他自嘲一笑，啞聲說：「怎麼辦？我是不是有PTSD了，我說過，妳要體諒我一下，失而復得就容易患得患失。」

周以哽了下，艱難地說：「但是我。」

她緩了一口氣，不想許下空口承諾，坦誠道：「我沒辦法一下子就轉變觀念，我不是不愛你也不是不信任你，但我……」

李至誠替她把話說完：「妳需要時間。」

「對。」周以有些沒底氣，垂下腦袋，失落道：「而且我現在不想換工作，你的公司也剛起步。」

李至誠無所謂地說：「那就這樣唄，一週我們可以見三四天，妳還有寒暑假，來去不過幾個小時，我們這都不能算異地。」

他捏了捏周以的手，帶著笑意說：「和妳在英國那些年比起來，這樣的距離對於我來說真的很近了。」

周以趴在他懷裡，耳邊是他平穩有力的心跳，她向李至誠保證：「不會再讓你等很久的。」

李至誠用指腹輕輕帶過她的眼睛：「其實那天我想的還有別的。」

「什麼？」

真可憐。

嘴上說著讓他離開，但是眼睛裡明明傳達的是——你千萬別走。

所以那天李至誠壓下升騰的憤怒，無視那些刺耳的話，只是看著周以，在她哭喊完後，強硬地扯過她替她抹了把淚。

「恭喜妳如願以償。」這是他那天說的最後一句話，語氣冷漠，但是真心。

還還跳下貓爬架，雲朵掛飾晃了晃。

李至誠單手把牠撈起，擱到周以背上，一家三口玩起了疊疊樂。

「妳知道我那天走得有多慢嗎？一直在心裡重複回頭我是狗才好不容易忍住。」

周以「噘」了一聲：「你明明大步流星箭步如飛。」

李至誠又混不吝起來：「是嗎？妳誤會了吧，腿長步伐寬，這也沒辦法。」

周以捶了他一下，被李至誠包著拳頭握在掌心：「以後都要像這樣，有什麼說什麼，不要置氣，不要自己憋著。」

周以舉起三根手指：「好的，我發誓。」

李至誠順手牽住：「明天下午回去？」

「嗯。」周以點頭，「晚上要去幫樂翡上課。」

聽到李至誠嘆了一聲氣，周以揚起腦袋：「怎麼了？」

「要不然妳做一次昏君吧。」

周以看了他兩秒，李至誠其實還是那副表情，但周以沒有理由的就心軟了。

她從沙發上爬起來，邊去搆手機邊說：「我去問問霍驍能不能幫我代課。」

兩分鐘後，她揪著逫逫的脖子，把鳩占鵲巢的橘貓挪到一旁，自己趴回原位：「他不答應。」

李至誠問：「為什麼？」

周以欲哭無淚道：「我說想多陪男朋友兩天，他讓我有多遠滾多遠。」

李至誠笑得胸腔發抖。

「那我只能乖乖打工去了。」周以拿臉頰蹭了蹭他，「要讓你早點住進湯臣一品。」

李至誠在她額頭響亮地印下一個啵：「國慶前就能忙完，我去找妳。」

周以完全癱軟在他懷裡，問：「明天是不是還有雨啊？」

李至誠看向窗外，樹枝上映著清白月光：「嗯，我又要開始想妳了。」

週六回到申城，周以簡單吃了口晚飯，就動身去樂翡住的飯店。

她剛跑完通告回來，正在房間裡卸妝。

經紀人林舞和周以解釋說：「麻煩妳先等等啊，今天這個是特效妝，不趕緊卸的話會傷皮膚。」

周以體貼道：「沒事，不著急的。」

看還要一陣子，她撐著下巴解鎖手機螢幕，點開某個顏色輕快明麗的圖示。

是一款乙女類戀愛手遊，名字叫《小世界》，李至誠昨天用她手機，發現她竟然沒有這款APP，氣憤地替她下載安裝，註冊登錄後還用她的帳戶氪了五百塊。

周以還真沒怎麼玩過這種少女遊戲，看了一下就打哈欠，秉著支持老公事業的決心才毅然堅持下去。

「妳在玩什麼遊戲？」

聽到聲音，周以抬起頭，發現是樂翡在問自己，回答道：「哦，《小世界》，就是抽抽卡過過關那種戀愛遊戲。」

樂翡又問：「好玩嗎？」

周以張開嘴又頓住，將原本下意識的回答咽了回去，她說：「好玩，很有意思，這個世界觀挺厲害的，好像還帶點懸疑推理，很有趣，嗯。」

樂翡一聽，起了興致：「那我也來試試，在這坐著好無聊。」

周以連連點頭，指導她在 App store 裡搜尋下載。

林舞從 iPad 上抬起目光，看向樂翡說：「妳玩可以，千萬別給我動想談戀愛的心思。」

樂翡揚了揚眉，鄙夷道：「娛樂圈有值得談的男人嗎？」

周以抿唇偷笑，對樂翡比了個讚。

幾分鐘後，聽到「哎呀」一聲，林舞不得不再次打斷閱讀，抬頭問：「怎麼了？」

樂翡捂著嘴，不安道：「我是不是做壞事了？它剛剛說分享有禮，我手滑傳到社群上了。」

林舞問：「小號？」

樂翡：「……大號，妳剛剛讓我上傳兩張自拍營業一下我就沒切回來。」

周以不知道事情的嚴重性，但看林舞瞬間陰沉下去的臉色，她暗自深吸一口氣。

看到林舞走了過來，樂翡縮著肩膀，卑微弱小無助道：「我立刻刪立刻刪。」

「不用了。」林舞拿過她手機，「已經一千個點讚了。」

樂翡朝她討好地笑了笑，揪著林舞裙擺喊：「姐。」

林舞揉著太陽穴，頭疼道：「這家遊戲撿大便宜了，少花一筆廣告費。」

周以清清嗓子，掐著大腿極力克制上揚的嘴角。

這哪能叫幹壞事？這是大喜事啊。

很快便有行銷號搬運，看關鍵字「樂翡小世界」都上熱搜了，林舞又讓樂翡寫一篇文，文案為：『偶爾也要氾濫氾濫少女心（哈士奇吐舌）』。

周以點進去，看到底下有粉絲留言：『我立刻來下載，看看哪個野男人勾走姐姐的心！』、『原來樂翡也在沉迷紙片人』、『雙廚狂喜！！！』

周以面上不動聲色，但其實已經在心裡拍爛大腿。

把截圖傳給李至誠，她意氣風發地打字：『我真他媽了不起！』

李至誠回得很快：『貝妍剛剛和我說了，我就猜是妳，怎麼回事啊？』

周以竊喜道：『她看我在玩就也下載了，手滑分享到大號上去了，免費打了波廣告，血賺！』

李至誠說：『我們不白嫖，把她的帳號給我，我讓人往她帳號裡送點寶石。』

這下周以不爽了：『你怎麼不送寶石給我？還讓我往裡氪了這麼多！』

李至誠的歪理總是一大堆：『我是想讓妳體驗一下氪金玩家的樂趣，不爽嗎？』

周以：『爽個屁，我只感受到花錢的肉疼！』

李至誠：『親親哪裡疼？我代表本司幫尊貴的客戶您揉一揉～』

周以：『不說了，我上課了。』

李至誠盡職盡責，還在他的客服 play：『好的呢親親～』

周以簡直沒眼看，傻子男友歡樂多。

……不過倒也挺可愛。

二〇二〇年的上半篇章總結起來，壓抑沉重占多，太多事讓人唏噓。

好在烏雲總有散時，這一年的中秋和國慶剛好同天，雙節之際，天氣也晴朗，像個時來運轉的好兆頭。

李至誠和周以不打算外出旅遊，窩在申城那間小公寓裡，黏黏膩膩地宅完這個小長假。

考慮到對節日的尊重，晚上他們還是決定出門吃飯。

長街燈火通明，城市似乎許久沒有這樣熱鬧，哪哪都是成雙成對的行人。

朗朗月光鋪灑世界，橘黃路燈如同打碎的銀河，空氣裡飄著淺淡的花香。

周以這天穿了一件粉色的細肩帶，胸前一個大蝴蝶結，在外頭套了件白色的薄針織衫，底下是高腰修身的牛仔褲和萬年不變的帆布鞋，可謂溫柔中不失甜美，甜美中又暗藏性感。

這件衣服是從覃松那拿來的，她看周以滿衣櫃寬鬆的T恤，將一件買回來發現尺碼不合適的細肩帶友情贊助給她。

上衣偏短，會露出一點點腰腹，出門前，周以站在穿衣鏡前左右照，回頭問李至誠：「這身怎麼樣？」

李至誠抬頭看過來，回答：「簡直不要太漂亮。」

周以咳嗽一聲：「會不會太露啊？」

她心裡想的什麼李至誠猜都不用猜：「我說露的話妳會去換嗎？」

周以搖頭：「不會，還會抨擊你封建餘孽。」

「那就穿妳想穿的唄。」李至誠拿了車鑰匙，扣環套在食指上轉著圈，勾著周以的脖子，還是慣常那副玩世不恭的樣子，「漂亮是妳的自由，我沒有不讓一朵花盛開的權利。」

周以想起她畢業時，收到的唯一一捧花。

用白色鬱金香、淺色玫瑰、非洲菊、小飛燕和藍色風鈴紮成如同油畫般的花束，卡片上寫著——妳一定會肆意綻放。

不是「希望」，不是「祝妳」，肯定到有些張狂的語氣，那曾經給了周以莫大的勇氣和信心。

「學長。」

她喊出已經許久不用的稱呼，讓李至誠愣了一瞬，但很快就揚起笑容：「幹嘛呀學妹？」

周以踮起腳，在他臉頰上親了一口：「你今天，真他媽無敵帥。」

李至誠得意地哼了一聲：「我每天，都他媽無敵帥。」

他們手牽手，路過長街，穿過人群，在金黃圓月下並肩說笑。

情緒和心跳又達到同一頻率，對視時眼裡只有彼此。

周以還是沒能吃完一整個巧克力霜淇淋，李至誠買了袋炒栗子塞給她剝。

一顆香甜軟糯的栗子肉進嘴，周以嚼了兩下，突然整個人僵住，像是被拔下電源插頭，瞬間當機。

李至誠緊張地問：「怎麼啦？吃到壞的了？」

周以伸手摸了摸耳朵，耳垂上空無一物：「耳環好像掉了。」

李至誠看了看，確實只有一邊掛著耳墜，他當即把手裡的霜淇淋盒扔進垃圾桶：「大概掉路上了，妳在這待著，我去找。」

他完全不假思索，周以還沒反應過來他就轉身邁步。

「欸。」她拉住李至誠的手。

那是周以入職之後送給自己的禮物，香奈兒經典鑲鑽雙C，吊著一顆珍珠，買了沒多久，沒想到今天難得戴一次就掉了。

李至誠拍拍她的手，安慰道：「我吃飯的時候還看到有，我去找啊。」

周以搖頭：「算了吧，人這麼多。」

李至誠卻堅持：「不試試怎麼知道，萬一就掉在附近呢？」

他頓了下，揉了揉周以的耳垂：「要是真被我找到，就當將功抵過了，行嗎？」

回憶湧入頭腦，晚風吹得眼眶發澀，周以鬆開手，看著李至誠沒入熙攘人群。

在她爆發式的一場哭訴後，周以有一陣子非常黏李至誠。

她那時真的找不到緩解方式，整個人神經緊繃，把自己繞成一道無解的難題。

她急需要關愛，需要有個溫暖的手拉著她，她那時，幾乎是病態地依賴李至誠。

結果卻適得其反，往常那些微不足道的小事都成了讓她崩潰爆炸的不安因素。

分手的導火線現在說來有些可笑，起因是周以的耳機丟了，也許是餐廳的桌子上，或者是地鐵的座椅，在她行動軌跡的任何一個點，但就是不知道去了哪裡。

周以很少會抱怨，她對大多數糟心事表現出來的態度只是無奈嘆息，除了一件事，丟東西。

這給她帶來的煩躁感近乎是毀滅性的，她會極度焦慮極度難受，一遍一遍翻找背包和口袋，明明知道這裡沒有。

但那時的李至誠不能理解，他甚至沒覺得這能稱之為一件事。

他不以為意地說：「沒事，再買一個唄，別浪費時間找了，走吧。」

在公車月臺的昏昏路燈下，蠅蟲飛舞。

周以掀眼看著李至誠，眼神裡的情緒很複雜。

她那時覺得，李至誠本質上終究還是衣食無憂的公子哥，而他們有個通病。

「鑰匙給我。」

李至誠從口袋裡摸出遞了過去。

周以接過，又陡然鬆了手，那一小柄金屬穿過縫隙掉落在下水道裡，發出一聲悶響。

李至誠張著嘴，不解地看著她，心裡也來了氣，朝她吼道：「妳發什麼瘋？」

周以平靜而尖銳地問他：「我就想知道你丟了什麼會緊張，對你來說是不是什麼東西沒了再買就行啊？」

生來就富裕的人，是不會懂得珍惜的。

他們之間存在的差距實在太大了，她不夠可愛漂亮，性格不溫柔，她敏感又自卑。

——別看那個年輕男人現在喜歡妳，有一天他也會像這把鑰匙一樣，丟掉妳都掀不起情緒的。

周以那時悲觀地想。

眼前模糊不清，周以抬手擦了擦。

她看見李至誠笑著朝她走了過來，輕狂少年和沉穩成熟的男人漸漸重疊在一塊。

「還真被我找到了，厲不厲害？」李至誠喘著氣，上前幫周以戴上耳環。

周以點點頭，笑著誇：「太厲害了。」

「那個問題，我現在可以回答妳了。」李至誠碰了碰珍珠吊墜，看它搖搖晃晃。

四周喧嚷嘈雜，風把他的聲音清晰帶到耳邊。

「妳啊，周以，我丟了妳不行的。」

視線再度模糊，周以很重很用力地點頭，圈住他的腰吻在他的唇角。

對於她來說，最不幸是失去，所以最幸運是失而復得。

她緊緊抱著李至誠，埋在他肩上，小聲說：「如果你上輩子開天闢地，那我肯定是補天又造人。」

李至誠輕聲笑起來：「盤古和女媧可不是一對，禁止拉郎。」

周以眼尾還含著淚，咬牙埋怨他：「你他媽，能不能不要破壞氣氛啊！」

李至誠牽住她的手，有商有量道：「那這樣，我是玉皇大帝妳是王母娘娘。」

周以抹乾眼淚，哼唧道：「沒常識，玉皇大帝和王母娘娘也不是一對。」

李至誠無奈了：「那行，妳來，妳說對官配給我聽聽。」

周以抬頭看了皎潔月亮一眼：「我美貌嫦娥，你天蓬元帥吧。」

李至誠用臂彎勾住周以脖子，作勢要勒緊：「再說一遍！」

周以立刻改口：「你美貌嫦娥，我天蓬元帥行了吧？」

李至誠若有所思道：「那還還豈不是玉兔了？」

周以借勢趕緊掙脫往前跑了兩步：「我們家玉兔這重量，奔月有點困難吧。」

李至誠怒了：「哪胖了？我們兒子體態輕盈著呢。」

周以陰陽怪氣地「嗯嗯」了兩下：「是的呢，那天被還還跳到背上說閃到腰的又不是我。」

李至誠快步追上她，簡直氣笑了：「已經痊癒，今晚就證明給妳看！」

明明剛剛還溫情著，不知道怎麼又演變成一場嘴仗。

他們不知不覺走到商業街的盡頭，弧形平臺上安置了一面留言牆，背景板上寫著「中秋寄語」，上面黏滿了便利貼或明信片。

周以興奮地扯了扯李至誠的手：「我要去寫！」

在工作人員那裡關注了帳號，周以領了一張明信片，把李至誠寬挺的背當墊板，提筆寫下一句話。

她邊寫邊說：「等等你看到不要哭出來哦。」

李至誠哼笑：「妳準備說什麼肉麻話？」

周以保留懸念：「你看到不就知道了。」

她很快便寫完，找了處空白的位置將明信片夾好，回過神向李至誠挑了下眉。

李至誠瞇著眼打量她，將信將疑地走上前去。

那是一句非常簡單的話，可能連小學生都知道——「Would you marry me?」

李至誠卻發了一陣子呆，傻愣地問：「什麼意思啊？」

「看不懂啊？」周以從包裡拿出一個盒子，打開盒蓋取出一條手鏈，刻意做舊的純銀款式，雙G鑰匙形狀，背面刻了復古雕花，「那我翻譯一下哦。我可以把薪水上交給你，你能不能嫁給我啊李至誠？」

手腕上多了一條裝飾，李至誠撥了撥，終於找回一些實感，一時間心情難以言表，他用掌心揉了下酸澀的眼睛：「周以，主賓又反了，還有妳他媽，臺詞能不能浪漫文藝一點啊？」

周以笑意張揚，語氣裡盡是篤定：「別挑剔，這可是我想了一個晚上的臺詞，你這個人不就喜歡錢又喜歡我嗎？」

李至誠輕撇嘴角：「那確實。」

周以的指腹劃過那把鑰匙，牽住李至誠的手，輕輕扯了扯：「所以好不好呀？」

今日連月亮都圓滿，何來理由拒絕呢。

他說：「好到不能再好了。」

——《貪財好妳》正文完——

番外一

十月中旬，申城正式入秋，銀杏葉金黃，微風習習，清晨的陽光讓城市的每個角落都蒙上一層復古濾鏡。

加入錢教授的專案組，讓周以恍惚回到從前肝論文的辛辣苦澀歲月。

辦公桌上堆疊著七八本書籍，保溫杯裡咖啡涼了又重新沖泡，周以將自己埋在螢幕後，鍵盤打得劈里啪啦響。

在她發出第N聲嘆氣後，霍驍終於忍不住，一隻手臂搭在椅背上，偏過腦袋問：「快把妳的苦惱說出來讓我開心開心。」

周以遞給他兩個眼白：「他人痛苦且莫笑，說不定明日輪到你！」

霍驍不以為然：「博士論文都寫過來了，這有什麼難的？」

周以為他的天真冷哼一聲：「博士論文，我單槍匹馬就能殺出血路。」

她抖了抖手裡厚厚一遝文獻資料：「但是這，就是趙雲背著阿斗七進七出，懂？」

這麼一說，霍驍便了然於心：「遇到豬隊友了？」

周以又長長地嘆了聲氣：「倒也不算，能力很強，但是喜歡卡死線，是隔壁人文學院的老師，我不好多催。讓他找一份醫學典籍翻譯中對本土文化色彩保留和剔除的例子，到現在都沒交過來，我這分析也寫不下去。」

霍驍同情地看她一眼：「按照我過往的經驗，凡事不如全靠自己。」

周以煩躁地揉了揉頭髮：「我倒是想啊，他說他研究生在N大，能拿到那裡的資料庫，我只能等著他給我。」

本性暴露後，霍驍在周以面前也不裝了，賤兮兮輕飄飄說風涼話道：「這都做不到？錢教授當時還不如找我呢。」

周以咬牙剛想對他比個國際友好手勢，額頭上就被人貼了張便利貼，她雙目聚焦向上看了一眼，摘下那張紙：「這什麼？」

「妳不知道嗎？我大學是N大的。」霍驍順走她桌上的一塊黑巧克力，「不客氣，這個就當謝禮吧。」

周以看著便利貼上兩串數字，龍飛鳳舞地寫著帳戶和密碼，一瞬間胸膛酸脹，熱淚盈眶，恨不得下跪對霍驍磕個頭：「大恩大德沒齒難忘！改天請你吃飯！」

霍驍坐回座位，咬了一口巧克力：「好說。」

整個十月，周以和李至誠都忙於手邊的工作。

書房沒能成為他們馳騁遊戲世界的家庭網咖，反倒變成了兩人的臨時辦公室，有的時候一待就是一整天，餓了就去隔壁雲峴姜迎家蹭口飯，還還也被暫時寄養到他們家照顧。

手邊的杯子空了，周以起身倒水，也借機休息片刻。

看冰箱裡還有前兩天沈沐心送來的水果，周以洗了一捧葡萄端進書房。

李至誠正在和人打電話，眉頭緊皺，大概是遇到棘手的問題。

周以一坐下，他就拖著椅子湊過來，把額頭靠在她肩上。

李至誠的頭髮有些長了，額前瀏海鬆軟微捲，穿著一件黑色連帽T恤，看起來哪有三十。

周以咬著葡萄，吭哧吭哧笑起來。

李至誠抬眼看她，用口型問：笑什麼？

不方便說話，周以在備忘錄裡打字：覺得我們現在好像期末週泡圖書館的大學生。

李至誠舒展開眉頭，眼裡有了笑意，他一邊還在和電話裡的人交談，一邊拿過周以的手機回覆說：同學，觀察妳很久了，等等自習完可不可以一起去吃飯？

手機又回到周以手裡，她笑咪咪地打下：好的呀學長。

「這事沒得商量，週一見了面再談吧。」李至誠語氣冷硬地掛了電話。

周以餵了一顆葡萄給他，問：「累了沒？」

李至誠把她抱到腿上：「有點。」

周以捧著他的臉，給他一個酸甜的、葡萄味的吻：「辛苦了。」

所有疲憊和壞情緒都悄然消解，李至誠靠在她懷裡，安心舒服到好像即刻可以入眠。

「幾點了？雲峴家的晚飯應該做好了吧。」

周以摸了摸肚子：「姜迎好像說今天做可樂雞翅。」

李至誠抱著周以起身：「走咯，吃飯飯。」

隔壁那棟三樓。

姜迎穿著圍裙，右手拎著鍋鏟，從廚房探出腦袋對雲峴說：「快好啦！叫他們過來吃飯吧。」

雲峴剛要拿手機，就聽到門鈴聲響起。

他走過去開門，笑著說：「我這兩天怎麼總有種為人父母的既視感。」

姜迎把炒好的酸辣馬鈴薯絲端上桌：「我也是，而且兒子女兒還是艱苦奮鬥的高三生。」

雲峴點點頭：「挺好，提前熟悉熟悉。」

一個月的集中忙碌過後，李至誠和周以打著休養生息的名號肆無忌憚當起了阿宅，可樂成箱囤，宵夜天天吃，凌晨四點睡，過了中午起。

這天，操不完心的老父親雲峴意識到兒女近期放縱頹靡生活的嚴重性，往四人群組裡傳了幾篇熱門文章——「熬夜的危害你知道嗎？長期熬夜可能導致猝死」、「經常熬夜的我，才二十來歲就差點猝死……」、「別再熬夜了！XXXX主播連續線上十個小時猝死！」、「熬夜猝死前的症狀，看看你中了幾條！」

李至誠：「……」

周以：「……」

周以放下手機，驚恐地抓著李至誠的手：「完蛋，我今天洗澡的時候真的感覺胸悶……」畢竟上了年紀，不比從前。

李至誠深呼吸一口氣，沉思後決定道：「睡覺，我們明天就出門鍛煉。」

周以不喜歡跑步之類的運動，兩人最後選擇去附近中學的籃球場。

在樓下和回家的雲峴、姜迎撞上，周以捧著籃球問他們要不要一起去。

不喜歡把自己弄得滿頭大汗的雲峴婉拒道：「晚上我們要回丈人家。」

根本就不喜歡運動的姜迎點頭附和：「嗯嗯，你們去吧！」

周以也兩年沒打過籃球，以前上學的時候因為個高被抓去學校女籃湊數，結果她喜歡上了這項運動。

到籃球場時正是傍晚，有幾個男孩在燦爛夕陽下揮灑汗水，他們還穿著校服，像是剛剛下課，趕在晚自習開始之前活動活動壓抑一天的筋骨。

看著青春元氣的他們，李至誠的眼角眉梢染上笑意，對周以說：「猜我是什麼時候對妳淪陷的。」

周以把長髮束成高馬尾，問：「什麼時候？」

「妳猜呀。」

周以想了想：「第一次見面，你對我一見鍾情吧。」

李至誠嗤笑道：「想多了，我那個時候只是覺得妳這妹子挺有趣。」

周以把手裡的籃球扔過去：「那什麼時候？」

李至誠穩穩接住，放在手裡拍了兩下：「籃球比賽那次，我們學院打你們學院。」

夕陽將影子拉長，回憶倒帶，定格在某年某月。

初夏的周日上午，天氣已經悶熱，跑道被陽光炙烤發出難聞的橡膠味，天地間像是龐大的蒸籠。

上場前，李至誠背道而馳，脫離自己的隊伍，走到另一邊屬於外語學院的觀眾席上，在周以面前停住。

他那天穿著藍白的籃球服，清爽又帥氣。

李至誠手撐在膝蓋上，微微俯下身子，問周以：「來幫誰加油的呀，學妹？」

周以用一本詞彙書擋在額頭上遮陽，迎著光抬眸看他：「學姐有事，我來代班。」

李至誠「哦」了一聲，像是在表達失落。

周以雙頰被曬得緋紅，從口袋裡摸出一顆橘子口味的水果糖遞過去。

李至誠故意說：「我手髒，妳幫我打開。」

周以用手臂夾住書，小心剝開包裝紙。

李至誠咬走那顆硬糖，目光直直盯著她問：「要是我今天贏了，妳會高興嗎？」

周以舉高脖子上掛著的工作牌，提醒他：「我好像是你敵方陣營的。」

李至誠直起身：「那我要是贏了，妳就請我吃飯吧。」

周以眨眨眼睛：「為什麼？」

李至誠開始耍無賴：「輸了就我請妳唄，就當打個賭。」

周以糊里糊塗地答應了。

李至誠一笑，被橘子糖酸到眨眼，他鼓著一邊腮幫子對周以說：「和我說加油。」

周以聽話道：「加油。」

男孩的笑容張揚耀眼，是冒著氣泡的可樂，是初夏炙熱的太陽：「那我要好好想想今天中午吃什麼了。」

周以舔了舔微燥的嘴唇：「打的時候就別想了，要專心。」

回想起來，那其實是一場不太愉快的角逐，比賽較量的是實力，一群男人磊落地打一場，輸贏也痛快。

但外語學院的七號球員是玩小動作的老手，打法挺髒，愛撞人，擦著邊緣打下好幾個球，每次成功後便和隊友暗笑擊掌慶祝。

李至誠他們有氣也只能憋著，都不願意吵，這麼起衝突不體面，而且在裁判沒吹哨之前，哪怕他們提出質疑也很難判定。

坐在底下的觀眾有些並不熟悉規則，幾個男生看出端倪只能這麼私下議論。

周以提心吊膽看完上半場，怕打控球後衛的李至誠受傷，怕他生氣動怒，又怕他委屈憋壞。

差點被絆倒那一下，周以差點一口氣沒喘上來。

中場休息的哨聲吹響，周以的臉色已經難看到極點。

隊員們勾肩搭背，嘻笑著下場休息。

「厲害兄弟！」

「夠髒夠爽！」

「第一次打贏他們院，爽！一雪前恥了！」

「旭哥強！」

周以掀眼，不忘代職經理的工作，將水杯分發給每一個隊員。只是輪到七號胡旭時，她沒有走過去，在三四步的距離停下，「欸」了一聲，將手中的杯子扔了過去。

當時胡旭正坐在椅子上和旁邊的學妹們說話，笑得滿面春風，根本沒注意她。一道拋物線在空中劃過，那純黑的不銹鋼運動水杯砸在胡旭的肩上，他痛呼一聲，起身指著周以吼：「妳他媽幹嗎呢？」

對上男生瞋目切齒的表情，周以一臉無辜地撓撓臉：「對不起啊。」

不知是不是因為天氣燥熱，胡旭這一動肝火，兩道鮮血戲劇性地從鼻孔留下。

他被扶著送進校醫務室，換了替補上場，戰術沒了主心骨也隨之失效，下半場對面學院一鼓作氣扳回比分，順利拿下比賽。

周以起跳投籃，籃球擦著球框落下，她懊惱地嘖了一聲。

李至誠撿到球，重新扔回她手上：「我說，妳投籃那麼差，當時怎麼砸中人家的？」

周以聳聳肩：「我能說我一開始想砸他臉嗎。」

李至誠朗聲笑起來：「說真的，那是老子整個大學最爽的時刻。」

晝夜交際時分，金紅晚霞燎了天邊的雲，餘暉下萬物燃燒。

「我原本以為一個男人要心動，肯定是有人讓他產生了保護欲或者征服欲。」李至誠揚起手臂，一個俐落乾脆的三分球，連框都沒怎麼擦碰。

——「但原來，是因為感到被保護了啊。」

那天他穿過圍堵的人群，看見孤身一人站著的周以，走過去問：「沒事吧？」

周以拿出一張濕巾塞到他手裡，認真地說：「如果我被他告的話，你要幫我賠償。」

李至誠笑了，明知故問：「為什麼我賠？」

周以瞪他，雙頰羞紅：「反正你賠。」

下半場的李至誠可謂意氣風發，他是全隊的指揮者，靠著大局觀和及時戰略調整，把對方按在地上摩擦，澈底揚眉吐氣。

球賽結束後，李至誠一下場就在觀眾席找周以的身影。

他甚至顧不上和隊友歡呼慶祝，直接向她跑去。

「拿著。」李至誠把一件乾淨的白色T恤遞給她。

周以接過，卻見他下一秒捏著衣擺，將上衣脫了下來。

她匆匆瞥到男人緊致白皙的腰腹一眼，立刻抬手用衣服擋住視線，羞惱道：「你光天化日耍什麼流氓！」

李至誠把喝剩的礦泉水胡亂澆在身上，簡單沖了沖汗，拿走周以手裡的衣服套上。

眼前沒了阻擋，周以趕緊閉眼轉身：「我現在肯定被他們罵死了，說我是外語學院的叛徒，說是你的臥底，怎麼辦？」

李至誠捏著她的後頸轉正，讓兩人面對著面：「還能怎麼辦，把我送過來和親能不能緩和一下兩院關係？」

——「這大概是全天下最流氓的表白方式。」

周以評價道。

李至誠叉著腰喘氣：「管他流不流氓，有用就行。」

「而且笨比，是你自己沒發現。」

「什麼？」

李至誠拎高身上的白色球衣，是他新買的，橙色勾邊，胸前的數字還是二十一：「妳當我為什麼選這個數字？」

周以猜：「你那個時候二十一歲？」

李至誠搖搖頭，揭開謎底：「笨比，是Z和一。」

直男的小心思真讓人無語，但周以還是愉悅地笑彎了眼睛。

某人不知羞恥地替自己貼金：「我帶著它拿了那一屆冠軍，這應該是全天下最浪漫的表白方式。」

番外二

和樂翡的課程結束後，周以每個週末都在溪城度過。

李至誠有空就來接她，騰不出時間她就自己坐高鐵去，不出一個小時便可以抵達那座四季宜人的江南小城。

這天周以剛下車，就接到李至誠的電話。

『到哪了？』

周以回：「社區門口。」

『我下班了，馬上回來。』

周以頃刻喜笑顏開：「好的，等你。」

不過半個小時，聽到走廊裡響起腳步聲，周以知道是李至誠回來了。

他走到門口卻沒拿鑰匙開門，而是按響了門鈴。

「叮咚」一聲響，周以邊起身邊拖長聲音問：「誰呀？」

李至誠站在門後，面帶笑意，襯衫領口的扣子解開了，西裝外套搭在臂彎處。

他把手裡的袋子遞給周以，不輕不重地掐了下她的臉頰：「妳老公。」

周以打開看了看，裡面裝著一個禮物盒：「這什麼啊？」

李至誠換鞋進屋，把外套隨手掛在架子上：「不知道，今天中午回家吃飯，我媽讓我帶給妳的。」

周以一聽，捧著那方盒跪坐在客廳地毯上，小心翼翼地揭開盒蓋。

李至誠的媽媽沈沐心是宜市人，曾經是紫砂壺名家，生病之後慢慢隱退，現在經營一家陶藝工作室，空閒時會做些小東西。

她送給周以的是一套仿生器紫砂壺，每一個都小巧玲瓏，做成蘋果、柿子、南瓜的形狀，寓意吉祥，精緻可愛。

周以把茶壺放在手裡仔細觀賞，又忍不住拿出手機找角度拍照，等等社群上好好曬一曬。

李至誠坐到沙發上，問她：「喜歡嗎？」

周以用力點頭：「喜歡！」

李至誠笑著揉揉她的腦袋。

周以一邊傳訊息和沈沐心道謝，一邊戳了戳李至誠，疑惑地問：「你說你媽媽這麼心靈手巧，你怎麼笨手笨腳呢？」

李至誠不服：「我怎麼笨手笨腳了？」

周以嗤了一聲：「你自己去看看我陽臺上的花！」

李至誠無賴道：「那是品種的問題，我已經很精心呵護了。」

周以懶得和他爭辯，把茶壺收好放進櫃子裡。

李至誠跟著走過來，從背後抱住她，壞笑著說：「而且我手活好不好，妳還不知道嗎？」

修長手指從裙擺往裡探，掐在腿根上。

周以被激起雞皮疙瘩，腿腳一軟，膝蓋磕在玻璃櫃門上，發出「叮鈴噹啷」的動靜。

她驚呼一聲，還沒來得及反應就被李至誠托高抱起。

周以掙扎道：「晚飯還沒吃呢！」

李至誠不為所動：「先澆花。」

精心灌溉又施肥，一朵灰粉玫瑰汲取養分，嬌豔欲滴，搖曳生姿。

那位花匠親身證明，他一點都不笨手笨腳。

李至誠端著炒飯進臥室的時候，周以正裹在被子裡打哈欠。

他從衣櫃裡拿了一件自己的T恤讓她套上：「吃飯了。」

周以揉揉眼睛：「我想睡覺。」

李至誠用勺子把炒飯餵到她嘴邊：「吃完再睡。」

周以機械地張嘴、咀嚼、吞咽，半闔著眼，彷彿下一秒就能入眠。

李至誠越看越覺得可愛，忍不住掐了掐她的臉：「我媽今天問我，什麼時候能見見妳父母。」

周以反應了三秒，蹭地一下挺直身子，要說這個她就不睏了：「什麼時候？」

李至誠笑了，把手邊的水拿給她喝：「問妳呀。」

周以捧著杯子：「可我接下來沒什麼假期了。」

李至誠似乎早就想好辦法：「能不能挑個時間接他們來山莊玩兩天？」

周以點頭：「那我明天問問。」

李至誠捏了捏她的手背：「只是見個面，放輕鬆。」

還剩小半碗，周以說吃不下了，李至誠替她解決完。

她抱著膝蓋，直直盯著李至誠看，驀地出聲喊：「老公。」

李至誠手中的動作一頓，抬眼看向她：「怎麼了？」

雖然平時玩笑打鬧時也會用到這個稱呼，但這是周以第一次這麼認真地喊出來，感覺完全不同。

李至誠覺得胸腔裡住了個小人，一下子往他心臟上捶一下掐一下，一下子又張開雙臂擁抱住，酸脹又暖熱。

周以眼裡閃著碎星，輕輕開口說：「你是第一個會吃我剩飯的人。」

以前在她們家，不管吃得下吃不下，不管菜合不合胃口，盛到碗裡的飯都要咽下去，不允許浪費。

所以周以不怎麼喜歡白飯，大概是小時候吃到反胃的次數太多，留下陰影了。

李至誠點點她的額頭：「第一個怎麼了？以後可能要吃一輩子。」

周以挪動著把下巴靠到他肩上：「我可能說過很多次，但還是要再說一遍，認識你真好啊李至誠。」

——無數個難過或快樂、倒楣或幸運的瞬間，我都感嘆幸好還有你。

讓悲傷失去效力，讓幸福無限放大。

硬幣項鍊被摘下放到桌上，挨著他的菸灰缸和一排黏土小人。

周以張開雙臂抱住李至誠，笑著道：「你好像真的會魔法。」

二〇二〇年的最後一天，周以把家人接到溪城。

一大家子，爺爺、奶奶，大伯父、大伯母，爸爸、媽媽，還有周然。

接機那天的場面李至誠大概永生難忘。

他一八五的個子，怎麼說也不算矮，但往周家男人裡一站，瞬間就被壓倒氣勢。

「你們家什麼基因？」路上，李至誠悄悄和周以咬耳朵。

周以拍拍他：「你別怕啊。」

李至誠用力攥著周以的手：「我沒怕啊。」

周以快憋不住笑：「那你抖什麼？」

李至誠瞪她一眼，用眼神示意她看後面那位身高一九二的厭世超模臉男人，壓低聲音說：

「妳說這叫一事無成相貌平平，只會搶妳雞腿吃的肥仔堂哥？」

周以聳聳肩：「他以前確實是啊。」

李至誠扶額閉了閉眼，心裡默嘆造了孽了。

到達山莊後，沈沐心替他們安排了一棟小別墅入住。

行李基本都是周然和李至誠幫忙搬的，周以和沈沐心帶著老人們四處逛逛。

一樓客廳裡，周然從口袋裡摸出菸盒，遞給李至誠一根。

打火機「蹭」一聲點燃，兩個男人話不多，站在門口安靜地吞雲吐霧。

菸燒至半段，倒是周然先開口：「上次鬧了笑話，幸好你們沒事。」

李至誠挑唇道：「丟臉的事就不說了。」

周然抖了抖菸灰，含著笑意說：「你把她拉黑了是吧？第一次見那丫頭這麼著急。」

李至誠看向不遠處小花園的周以，不知道是不是有心電感應，她也偏頭向他看過來，朝他笑了笑。

周然說：「她一出去就是六年，也不常和家裡聯絡，我們還擔心她找不到男朋友。」

李至誠夾著菸，聲音裡聽不出過多情緒：「我倒是相反，我怕她找到男朋友。」

周然看向他，心領神會地一笑。

晚上兩家人一起吃飯，除了父母，李至誠的爺爺、奶奶和幾個親戚也都出席了。

包廂裡二三十個人，周以第一次見這麼大陣仗，挽著李至誠的手臂，緊緊跟在他身後打招呼喊人。

「別緊張啊。」在別人看不見的地方，李至誠玩著周以的手指，「婚禮上要見的賓客可比這多多了。」

周以猛吸一口氣，手腳哆嗦得更厲害：「能不辦婚禮嗎？」

李至誠堅硬否決：「不能，妳當我半山腰的花房建了幹嘛？」

周以問：「幹嘛？」

李至誠的語氣張狂，卻又無比認真道：「當然是八抬大轎明媒正娶，和妳辦個世紀婚禮。」

原先的緊張侷促感消散，周以聳動肩膀笑起來，攥拳要捶他：「你他媽。」

李至誠抬起食指噓了一聲，提醒她：「注意形象，未婚妻小姐。」

周以清清嗓子，重新搭上他的臂彎，甜甜一笑道：「好的。」

那天高朋滿座，酒過三巡，李至誠喝得有些醉了。

屋外正是寒冬，天際一輪冷月。

他抓著周以的手，站到圓臺上，橘黃色燈光將他們映得柔軟溫暖。

「周以說，我應該再正式的和她求一次婚。」

李至誠張口之後，全場安靜下來，齊齊笑著、將目光落在那對般配的情侶上。

「但是她不知道，我早就求過了，兩次。」李至誠面向周以，從口袋裡取出一個絲絨小盒。

「妳二十歲生日那天，我送妳一條項鍊和一個戒指糖，妳以為糖是我路過便利商店隨便買的。但我不好意思告訴妳，我是希望妳在被法律認可擁有結婚權利的這一天，第一個想到的和唯一想到的，也許會在未來成為妳丈夫的人都是我。」

「我畢業那一天，妳穿了一件白裙子，懷裡捧著一束花朝我走過來，那天陽光很好，映在妳身上像披著白紗。妳挽著我合影的時候，我和妳說，這就是我們的第一張全家福了。」

李至誠牽著周以的手，單膝跪了下去。

「但我聰明的小學妹好像都沒有聽明白，所以這一次我決定實在一點。」

——「霜淇淋八塊錢一個我也買給妳，甜筒太膩給我吃，我的炒飯技術會越來越進步的，還還比起我已經更黏著妳了，陽臺上的花我保證好好照顧，所以妳願意嫁給我嗎周以？」

在周以淚水模糊，哽咽著要出聲時，李至誠已經起身，十分欠揍道：「妳不可能不願意的。」

他取出那枚閃著鑽石的銀圈，看起來像個不講道理的混球，卻顫抖著、小心地把它推向周以的無名指指根。

「套牢了就是我的了，不能再丟了。」李至誠吻在她手上。

在四周喧嚷熱鬧的起哄和祝福聲中，周以攬住李至誠的腰，貼在他耳邊說：「你的，丟不了。」

那天是跨年夜，零點時周以許了三個願望。

希望家人健康平安。

希望李至誠工作順利，繼續賺大錢。

以及，希望世間的重逢總是別來無恙。

番外三

李至誠第一次見周以，是在張遠志的手機上。

畫質不算清晰，還是從學校官網的報導上截下來的，畫面中的女孩站在臺上，穿著最簡單的白襯衫，黑髮束成馬尾，五官清秀，但因為臉窄顴骨高，又添了英氣。

能在新生年級大會上作代表發言，成績肯定不錯，確實是聰明人的長相。

「哥，這個漂亮吧？外語學院的，那天社團招生認識的。」張遠志兩指放大照片，讓人家的臉蛋占據整張螢幕，寶貝似的反覆觀看。

李至誠瞥了兩眼便挪開視線，咬著吸管喝可樂：「還可以吧，什麼社團啊？」

張遠志答：「跆拳道。」

李至誠嗆得咳嗽兩聲，懷疑自己聽錯了，提高聲音確認：「什麼東西？」

張遠志彈跳著揮了揮拳頭：「跆拳道啊，你不知道論壇裡已經把她封神了啊？」

李至誠拿過張遠志的手機凝眉審視起來，表示質疑：「就這樣的？你們現在都喜歡御姐是不是？」

張遠志聳聳肩：「反正這是大勢所趨，軟妹只能騙騙十四五歲的小男生和你們這群上了年紀的老男人囉。」

個樂。

李至誠把手裡喝空的易開罐砸過去：「滾蛋，十八歲了不起啊，我也九〇後好不好？」

當天晚上，耿耿於懷的李至誠登上學校論壇，找到張遠志說的那篇文。

幾百則留言，有各種偷拍圖的、寫小作文表白的、也有求帳號追蹤的，他就當看笑話圖

直到爬到第三一四層樓，李至誠停下滾動滑鼠的手指。

『理性討論，你們敢和周女神表白嗎，我不敢，感覺她會贈我一個白眼。』

『白眼？我覺得她看都不會看我一眼。』

『＋1，反正我不敢。』

『哪個勇士改天去實踐一下，我想看女神冷臉拒絕人的樣子。』

『樓上XD也太奇怪了吧？我只是想被女神高抬腿踢一下。』

『你他喵不是更奇怪！』

李至誠一邊看一邊樂出了聲，同時又不禁感嘆，看來時代在變，審美趨勢也變了。

他們那一屆的論壇女神是藝術學院的一個女孩，眼睛又大又圓，像顆黑葡萄似的，一笑起來更是甜得要命。

室友雲峴催他快去洗漱，馬上要熄燈了。

李至誠「欸」了一聲，關掉網頁把電腦關機。

睡前，他打了個哈欠，翻過身子問：「欸雲峴，你喜歡軟妹還是御姐啊？」

雲峴開著小壁燈在看書，頭也不抬地回：「都不喜歡。」

李至誠被噎住，就知道問他等同白問，他又踹了踹擋板，問隔壁床的蔣勝：「勝子，你喜歡軟妹還是御姐？」

蔣勝思考後回答：「看當女朋友還是當女神，女朋友軟妹，女神的話御姐。」

李至誠愣住：「還分情況呢？」

裴文遠說：「那當然，桃花和白蓮能一樣嗎，前者褻玩，後者遠觀。」

李至誠眨眨眼睛，平躺在床上，兀自嘀咕：「是嗎。」

半年後在花壇旁意外相遇，李至誠也不知道他是怎麼一眼認出那女孩的。

明明只是看過照片兩眼，後來張遠志也不在他面前經常提起，他的喜歡或者說好感只維持不到兩個月，就以「她看起來太難追，不好對付」為理由放棄了。

但李至誠就是認出那是周以。

他走到宿舍樓下才發現鑰匙丟了，思來想去應該是推自行車的時候從口袋裡掉了出來。沿原路折返回去，原先停車的地方有個女生蹲著打電話，他隱約看見一半鑰匙被她踩在腳下，剛要說聲「麻煩抬下腳」，她突然大哭。

一切發生得猝不及防，李至誠被嚇一跳，猶猶豫豫地收回手，進也不是，退也不是。

他就這麼傻站著陪人家哭了十多分鐘，餵了蚊子三個包，偶有過路人帶著好奇的目光打量他，李至誠趕緊擺擺手：「我不認識她，不關我的事。」

在那女孩抬手要捶自己腦袋的時候，李至誠沒多想，純粹出於本能反應上前攔住。

「欸欸欸，小心把人打傻了。」

她停了哭聲抬起頭，那是一張淚水模糊、雙頰通紅的臉，實在不能算漂亮，狼狽又可憐。

李至誠摸了摸口袋，衛生紙是今天晚上在校外吃炒麵的時候隨手塞進去的，皺皺巴巴，他遞過去，說：「擦擦吧，別哭了。」

那女孩卻非常不識好歹地瞪他一眼，沒好氣地說：「你看什麼看？」

李至誠簡直要被氣吐血，抽了一張紙，直接俯身往她臉上胡亂抹了一把。

指腹無意觸到她的皮膚，柔軟而濕漉，滾燙的溫度，那塊被擦過的地方泛起消不下去的異樣感，比蚊子咬的癢還讓人難以忍受。

明明做的時候不帶什麼心思，但李至誠突然心猿意馬起來。

他蹩腳地搭訕：「欸，妳是那個外語學院英語系的學妹吧。」

姑娘冷漠地回：「我確實是英語系的。」

李至誠笑了一聲，果然名不虛傳，挺高冷的，可是剛剛人設已經崩了呀小學妹。

五月初夏，月朗星稀，夜晚的風潮濕悶熱，他撓了撓手臂上的蚊子包，站起身說：「走吧，慶祝我找回宿舍鑰匙，請妳吃個霜淇淋。」

霜淇淋四塊五一個，雪碧兩塊五一瓶，周以不知怎麼的破涕為笑，李至誠起初覺得她莫名其妙，後來也跟著一起笑。

兩個人站在街口笑了十分鐘，連便利商店老闆都疑惑，到底是喝了雪碧還是白酒，怎麼跟傻子似的。

什麼池中白蓮高不可攀，回去的路上，李至誠轉著鑰匙想，就是一個有趣的普通女孩，會哭會笑，情感鮮明而充沛。

哪裡高冷？又哪裡不好對付。

並且他有些意外地發現，原來這個世界上還有這種可愛法。

無需粉紅、毛絨，那些柔軟的一切，就這麼一下，不偏不倚不輕不重地就戳中了他的心。

李至誠萬萬沒想到，不到一個禮拜他又遇到周以了，在網咖，她穿著寬大的T恤和褲子，捧著一桶泡麵吃得正香。

那家網咖離學校有四五公里的距離，但環境和設備很好，主要是老闆娘做的滷肉飯一絕，所以他有空就來這，學校外面那小網咖太烏煙瘴氣了。

四目相對上，李至誠嘴裡還叼著菸，但拿打火機的動作只完成一半。

兩人大眼瞪小眼半晌，他腦子糊塗了，掏出剛放回去的菸盒問她要不要來一根。

周以像是這裡的常客，和隔壁高中生在玩刀塔，李至誠不喜歡這種 moba 遊戲，他更愛槍戰類的。

衣著隨意素面朝天，在網咖裡吃泡麵打遊戲。

這就是新晉論壇女神？

李至誠勾了勾嘴角，坐到周以旁邊，問她：「下午沒課？」

周以把耳機摘下掛到脖子上，誠實地說：「有節思想課。」

李至誠瞇著眼打量她：「好學生也蹺課啊？」

周以撓撓頭發：「今天小組報告，不上課……」

李至誠拖長尾音「哦」了一聲：「我懂。」

他的視線落在她手邊的泡麵碗上：「就吃這個？」

周以專注在螢幕上，鍵盤按得劈里啪啦響：「嗯。」

李至誠嫌棄地撇撇嘴：「老闆娘做的滷肉飯很好吃，以後可以嘗嘗那個，少吃垃圾食品。」

周以敷衍道：「嗯嗯，知道了。」

李至誠看她玩得投入，不再多言，和老闆點完單，開電腦調試設備。

一碗香噴噴的滷肉飯端上來，旁邊按鍵盤的聲音停止了，周以皺起鼻子嗅了嗅，目光鎖定香味來源，眼睛跟著看了過來。

滷肉淋滿湯汁，肥瘦適中，醬香濃郁，看起來很下飯。

李至誠捕捉到她的表情，壓住想要上揚的嘴角，用勺子舀了一勺飯，拌好湯汁，又在上面夾了一塊肉，舉過去說：「嘗一口，看看我有沒有騙妳。」

周以抿了抿嘴唇，猶豫兩秒，張開嘴湊了上去。

李至誠笑著問她：「好吃吧？」

周以嘴裡塞得鼓鼓的，眼睛都亮了，用力點頭以表認可。

李至誠找老闆又要了一把新的勺子和小碗，分了一半過去。

看他要把滷蛋也夾過來，周以伸手攔住：「我不吃雞蛋。」

李至誠便收回手，順口問：「雞蛋過敏？」

周以搖頭：「就是不喜歡吃。」

李至誠點點頭，記下了。

小半碗滷肉飯，周以沒客氣，美滋滋地享用起來，末了對李至誠說：「謝謝學長。」

李至誠佯裝不滿道：「就這樣？」

周以想了想，又嚴肅地補充：「你今天很帥。」

明明誇得這麼不認真，但李至誠嗤地一聲就笑了。

一局遊戲結束，周以從座位上起身，幾分鐘後再回來，手裡拿了兩瓶可樂，一瓶放在李至誠手邊，什麼話也沒多說，重新戴上耳機回到虛擬世界。

李至誠喜歡把指甲剪很短，撥了幾次也沒撥開拉環，在他逐漸煩躁的時候，旁邊伸出一隻手，接過易開罐，輕鬆摘下拉環後遞還給他。

清脆的一聲響，帶起細密的氣泡聲，就好像他此刻的內心世界。

李至誠抿了一口可樂，想說句什麼，但看她這麼認真，又不忍心打擾。

過了一下，他問周以：「明天還來嗎？」

周以搖頭說：「明天滿堂。」

李至誠「哦」了一聲。

周以看過來，又說：「週六可以嗎？」

她指了指李至誠的電腦螢幕：「你剛剛那個，是瞬狙？」

李至誠糾正她：「嚴格地說是閃狙，閃現加瞬狙，怎麼樣，帥吧？」

周以點點頭，捧著可樂瓶，誠懇道：「我也想學，但我槍戰類的遊戲玩得不太好，你能教我嗎？」

李至誠立刻露出燦爛的笑，欣然應允：「好的沒問題，學長包教包會。」

那家網咖的名字叫「密約」，十分應景，從此他們有了一個關於彼此的祕密約定。

這一個月，李至誠出沒在網咖的頻率斷崖式增長。

腦子靈光的人學起東西來也快，他不算手把手地教，只是提點兩句，周以就能很快聽懂並改進。

閃狙考驗手速和預判能力，李至誠讓她先從甩狙練起。

周以的操作水準普通，但突出在意識和反應，有的時候就該相信女人的第六感。

「左前掩體後有人。」周以雙手離開鍵盤，擦了擦掌心的汗。

李至誠漫不經心地「嗯」了一聲，他也注意到了，看樣子是落單的孤狼。

耳機裡，周以帶著隱隱興奮說：「學長，看我。」

預判位置、瞄準、閃現走位、開槍射擊，整個過程在眨眼之間完成。

隨著敵人擊斃提示音一同響起的是周以的歡呼：「Yes！」

李至誠都沒來得及為她緊張就成功了，他彎唇笑起來，誇道：「厲害啊，出師了。」

周以搓搓臉，驕傲道：「這一槍我可以說一年。」

閃狙的成功率低，確實值得。

李至誠清清嗓子提醒她：「不看誰教的好。」

周以朝他嘻嘻一笑，去冰櫃裡拿了兩盒霜淇淋。

「噢，那個學長，我要期末週了，要斷網戒遊戲。」

李至誠點頭，問她：「暑假什麼時候回家？」

周以回：「七月六號，機票已經買好了。」

李至誠在心裡算了算，那要將近兩個月見不到面。

周以叼著木棒，斜眼瞥向他：「我四號考完，五號要不要一起出去玩？我想去坐摩天輪……」

李至誠回望過去，她卻迅速挪開視線，他看見她的臉頰泛起紅。

自己提出邀請，又自個害羞上了。

李至誠低笑了聲：「好啊。」

盛夏的石景山人山人海，李至誠看著排成長龍的隊伍，腹誹怎麼會有人把遊樂園列為最佳約會地點，這一下午能玩到一個設施嗎？純粹熱鍋下餃子。

「熱不熱？」他低頭問周以。

女孩雙頰被曬得紅撲撲的，瀏海被汗沾濕貼在額頭上。

周以那天穿了一件淺紫色的泡泡袖連身裙，風格清純甜美，少女感十足，她意外的適合。

李至誠當時就想，這女孩的漂亮不勝在一眼驚豔，而勝在淡妝濃抹總相宜，所以格外耐看。

周以朝他搖搖頭，往旁邊退了一小步，拉了拉他的衣袖說：「你站過來一點。」

為了躲避日頭，兩個人貼得很近。

李至誠垂眸看著她的髮旋，問：「除了摩天輪還有什麼想玩的？」

周以用手搧著風：「沒了，要不然坐完去吃冰吧。」

李至誠應好。

周以說：「我今天要吃芒果冰，大碗，雙份芒果的。」

李至誠笑了聲：「怎麼感覺一說冰就沒這麼熱了呢？」

周以立刻重複：「冰冰冰冰冰冰。」

李至誠嘴角的弧度更大，抬手按了下她的腦袋：「就妳機靈。」

一坐進摩天輪的轎廂，周以長長呼了口氣：「終於啊。」

李至誠乾咳了聲摸摸脖子，卻陡地心不在焉起來。

他計畫了一整晚，在紙上打了草稿，還逼雲峴幫他修改潤色了一番，就等著今天在摩天輪上表白。

兩個月太長了，他必須拿到顆定心丸才能放她走。

摩天輪緩緩上升，李至誠的心緒隨之拋高，不安又躁動。

他正默背稿子到一半，手背上一暖。

周以抓著他的手，擔心地問：「學長，你是不是懼高啊？」

李至誠「啊」了一聲。

周以掰開他的掌心，一臉憂愁：「你都冒冷汗了，你早說啊，早說我們就不坐了。」

李至誠張口失語，決定將錯就錯，隨她這麼牽著。

摩天輪接近最高點的時候，不僅是整個園區，全城風景都能盡收眼底。

從高空中俯瞰這座城市是種奇妙的感受，可見高樓大廈，可見繁華街道，可見綠林河流，凌越在其之上，又好似被來自地心的吸引力拉拽著。

掌心相貼，體溫逐漸趨同，李至誠快分不清這到底是摩天輪還是雲霄飛車。

原本要說的話已經全數忘光，他正懊惱，卻驀地聽到周以出聲說：「可能我現在看起來有點趁人之危，但請你閉上眼睛準備好。」

他愣怔地抬眸，看見周以傾身湊了過來。

她輕聲數著倒計時：「三、二……」

摩天輪達到頂點，李至誠的心跳亦是。

女孩的嘴唇觸感柔軟，輕輕地貼過來，像是含了一口甜絲絲的棉花糖。

風扇的涼風吹在皮膚上，李至誠渾身發燙。

那是一個生澀含蓄的吻，持續的時間不算久。

分開時，周以抽走了手，低著頭坐回原位，纏抖著聲音開口：「我……」

李至誠急切地制止她：「閉嘴。」

那語氣聽起來有些凶，周以頓時手足無措起來，慌慌張張地道歉：「對不起！我……對不起……」

李至誠胸膛起伏平復呼吸，他抓過她的手扣在掌心，無奈又甜蜜地笑：「我是說，表白還是讓男人來吧，行不行？」

周以埋著腦袋點點頭。

「那天在食堂，看見我為什麼裝作不認識？」

周以抬起頭，有些不明白他突然提起這件事做什麼。

李至誠捏了捏她的手背：「為什麼？」

周以撓撓臉，實話實說：「就是如果和你打招呼，我不知道要怎麼和室友介紹你。」

李至誠嘆了一聲氣，裝委屈賣慘：「妳知不知道當時我很受傷。」

周以癟嘴皺起臉，小聲說：「對不起。」

李至誠掐著她的臉蛋捏了捏：「以後就說這是妳男朋友，聰明又帥氣，妳真是太有福氣了。」

周以點點頭，學著他的抑揚頓挫重複道：「我真是太有福氣了。」

李至誠失笑，在她撅高的嘴唇上親了一下：「周周以以，妳怎麼這麼可愛呢。」不知道摩天輪的傳說是不是真的，但是他的女孩給了他最浪漫的開篇。

從那一天開始，李至誠喜歡上這個驕陽似火、萬木蔥蘢的季節。

周以二十歲生日那天，適逢英語演講決賽。

早上在場館外，李至誠從口袋裡摸出小方盒，取出項鍊幫周以戴上。

那是他花了心思準備的禮物，一枚舊硬幣，背面是戴皇冠的玫瑰花飾，面值二十便士，年份是她出生的那一年，一九九二。李至誠找了家工作室把硬幣重新拋光打磨，串成項鍊。

他扣上扣環，替她整理好頭髮，對她說：「別緊張，妳學長我會魔法，現在幫妳加成，只管往前衝。」

周以摸著硬幣，眉目舒展嫣然一笑。

李至誠又把口袋裡的戒指糖塞到她手裡：「還有這個。」

周以拿起看了看：「糖啊？」

李至誠說：「補充糖分有利於大腦運轉。」

周以拆開，把鑽石戒指造型的草莓糖套在手指上，展開手掌舉到李至誠面前：「這是我小時候吃過了，好大顆哦。」

李至誠「嗯」了一聲，沒再說什麼。

周以是第三個演講的，面帶微笑上臺後，她自信從容地開口，絲毫不怯場，光是表現力就加了不少分。

那篇稿子李至誠聽她背過幾句，但這是他第一次聽完整版。

她演講的主題是「Why is marriage the finality of romance?」

——為什麼婚姻是浪漫的終結。

周以運用演講技巧，讓這個話題沒有沉重壓抑的探討，甚至有幾處她的詼諧調侃讓全場都哄笑起來。

李至誠坐在臺下注視著她，卻突然感到一陣難言的酸澀和揪扯。

驕傲欣慰於她的聰明、獨立、堅韌。

又心酸地意識到，這個女孩並不是他能放進玻璃罐裡珍藏的玫瑰，她是有自我意識的風箏，她會飄遠，會飛走。

李至誠難過又矛盾，他想緊緊拽著那根細線，將其占為己有，又希望風箏能不停往上飛，去更高的天空。

那天周以拿了一等獎，下臺後飛撲進他的懷裡，眼裡笑意充盈，蹭著他的脖子求誇獎：「我棒不棒？」

李至誠揉揉她的頭髮，吻在她的額角：「太棒了，學長帶妳去吃大餐。」

周以說要喝酒，這次李至誠沒攔著。

七月中旬，暑氣最盛的時刻，川菜館裡熱鬧喧嚷，充斥著周以最喜歡的煙火氣息。

走出飯館的時候，天還未全黑，黃昏落日，世界金黃燦爛。

看周以腳步虛浮，李至誠有些後悔了，快半瓶白酒呢，她自稱酒量好，還是有些醉了。

把人背到背上，李至誠托著她顛了顛：「一百七十幾的身高，怎麼這麼輕？」

周以的下巴擱在他的肩上，口齒含糊地說：「怎麼，嫉妒我吃不胖？」

李至誠哼了一聲：「我才沒。」

周以往前拱了拱，和他臉貼臉，她的臉頰滾燙又柔軟，呼出的暖熱氣息拂了過來。

「學長。」周以黏糊地說：「我跟室友說了，我今天晚上不回去。」

李至誠呼吸一窒，裝作沒聽懂：「什麼意思？」

周以閉嘴不吭聲了。

李至誠停下腳步，側了側腦袋：「把話說清楚，學長笨，聽不懂。」

周以埋在他的頸側，囁嚅著開口：「我已經二十歲了，是不是可以做點少兒不宜的事了？」

李至誠在二十四小時便利商店門口把周以放下，獨自一人進去，幾分鐘後再出來，往她手裡塞了一支霜淇淋。

周以伸出手臂圈住他的脖子，整個人貼過來：「喝酒壯壯膽嘛。」

李至誠啞著嗓子，有些後悔道：「就不該讓妳喝那麼多酒。」

進屋後，周以還沒吃完，就被男人壓在牆上含住雙唇，連帶著那口甜膩的冰淇淋。

項鍊躺在她白皙泛紅的肌膚上，李至誠吻過硬幣，一路向上，最後落在她掛著淚珠的眼尾。

「生日快樂，小壽星。」

凌晨兩點，屋裡持續一整晚的高溫終於逐漸冷卻。

周以趴在李至誠懷裡，戳了戳他的胸口：「你們男人不是會有賢者時間嗎？」

李至誠抓住她不安分的手：「嗯？」

周以說：「就是會悵然若失，會空洞冷淡，事後站在窗邊，望著夜景抽根菸那種。但是你卻一直抱著我欸。」

李至誠笑起來：「我這麼愛妳，還怎麼做賢者？」

周以猛吸一口氣，拉高被子遮住臉，甕著聲音抱怨：「你幹嘛突然說肉麻話！」

李至誠也掀開被子鑽進去：「是不是還不睏，還不睏再來一次。」

周以捂著痠脹的小腹翻了個身，趕緊認輸：「用不著用不著，睡了睡了。」

李至誠從背後攬住她的腰，把人攏進懷裡：「睡吧。」

安靜了半晌，昏暗中，周以又睜開眼睛：「你還記得我們第一次見面的時候嗎，在花壇旁，那天我哭得很慘。」

李至誠迷糊地「嗯」了一聲。

「還有在密約，那天我蹺課出來打遊戲，特地跑到一個離學校遠一點的網咖，其實是因為我遇到了煩心事，想找個地方發洩一下。」周以摸到腰間李至誠的手，搭了上去，「好神奇啊，每次我一不開心你都會出現，你是不是真的有魔法，你其實是老天爺派給我的守護神。」

李至誠被她的說法逗笑：「嗯，我是妳的守護神。」

那時的周以是個熱愛文學的理想主義者，她年輕浪漫，富於幻想，認為所有的問題都能找到答案，所有困難都會迎刃而解，這個世界精彩紛呈，結局總是美好。

李至誠就這麼看著她，跌進了夏天。

隨口一句「守護神」，卻真的讓李至誠生出使命感和保護欲。

至少在周以面前，他希望自己永遠是強大、可靠、無所不能的樣子。

這也許是男人的通病，他們不願意展示出自己的脆弱，所以逞強，所以強顏歡笑。

李至誠在大三的時候得知母親身體不太好，但是家裡沒和他細說，他起初也沒想到會是威脅生命的程度。

父母在不遠遊，這話要體驗過後才明白。

他很幸運，家庭生活從來和諧幸福，連青春期都沒和父母鬧過矛盾，母親總是溫柔和善的樣子，她身上有典型的江南風韻。

那是李至誠第一次看見那樣歇斯底里、偏執又脆弱的沈沐心。

「你和小周提了沒啊？等她畢業就先結婚，她願不願意來這邊生活？」

沈沐心躺在病床上，見到他開口第一句總是這個問題。

李至誠嘆了聲氣，後來連搪塞都懶得搪塞，置若罔聞。

沈沐心自顧自地念叨：「你們呢趁著年輕先生個孩子，再慢慢忙事業也行的，我們家又不缺錢，她不想工作也行。」

「媽。」李至誠的語氣帶著不滿，「她不是那種女生，妳能不能別再提這事？我們到了該結婚生孩子的時候自然會結會生。」

得不到兒子的理解，沈沐心頃刻紅了眼睛，帶著哭腔著急道：「可是媽媽還能活多久啊？」

李至誠覺得頭疼，疲憊地喊：「媽。」

沈沐心哽咽道：「誠誠，媽媽不想帶著遺憾走。」

雪白的床單，藍色的病服，蒼白憔悴的面容，母親小聲啜泣的畫面像塊巨石，落在李至誠心上，壓得他喘不過氣。

那天晚上，和周以日常通話時，李至誠一時糊塗，問了個不該問的問題。

他明明知道周以為了出國讀研究所的機會有多努力拚命，卻還是出於私心試圖挽留。

像被推倒的第一張多米諾骨牌，此後一切崩盤。

電話裡哭喊的周以讓李至誠想起了病房裡的沈沐心，那個以為自己可以擁有一切的年輕男人終於意識到，這個世界上他抓不住的東西太多了，他開始害怕，二十多年來第一次活得那麼困頓無助。

李至誠和周以依舊會每天打一通電話，但時長越來越短，聊的內容也越來越平常，都怕再觸到地雷，所以如履薄冰，但這樣太累了。

也許異地戀的結局就是如此，初戀也都是無疾而終的。

他們沒有細碎不休的爭吵，就是忽然這麼一個夜晚，在公車月臺的昏黃路燈下，他們知道他們走不下去了。

分手後，李至誠沒頹廢，家裡沈沐心生著病需要人照顧寬慰，他還有學業、工作。

成年人哪有空閒哪有精力失戀，他必須一刻不停地挺直腰背，咬著牙繼續走下去。

曾經的室友蔣勝沒讀研究所，早早進入職場，最近交了個新女友，拚命向李至誠取經，問他和女孩出去約會有什麼注意事項。

李至誠卻無法作答，他回想起來，他和周以最常待的地方就是網咖。也不總是一起打遊戲，英語系課多作業多，經常是周以在他旁邊安靜做作業，餓了再一起去周邊覓食。

李至誠突然覺得他對他家女孩太不好了，哪有人自己打遊戲，讓女朋友在旁邊陪著的。

蔣勝又問他，送花要送什麼，紅玫瑰會不會太俗。

李至誠同樣回答不上來，他很少買花，唯一一次精挑細選就是周以畢業那天。

他以前總覺得周以不會在乎這些，但轉念一想，哪有女生會不喜歡收到鮮豔漂亮的花束。

和蔣勝匆匆結束對話，李至誠下樓買了兩罐冰啤酒，大口灌下，想壓住心頭煩亂的情緒。

周以很少向他要什麼，她總是省心懂事，不會黏人，但會在只有兩個人的時候鑽進他懷裡索取擁抱和親吻。

麥芽的氣味躥在口腔裡，他想起周以不喜歡啤酒，她喜歡烈的辣的，也不知道是不是川渝女孩都這樣。

李至誠紅著眼眶，站在蚊蟲飛舞的路燈下，摸出手機，點開已經沉寂許久的聊天室。手指放在鍵盤上，卻不知道要按下哪個字母。

說什麼？

他思考了許久，最後選擇一句無關緊要的問候。

——『倫敦今天有沒有下雨？』

讓李至誠沒料到的是，那邊很快就回覆。

她說：『下了，小雨下了一整天。』

他把喝空的易開罐捏扁扔進垃圾桶，關上螢幕回了家。

張遠志也回江浙滬發展，考上J大研究所。

李至誠約他一起喝酒，吧檯旁，他剛下班，還穿著襯衫西裝褲，張遠志一見他就說：「哥，你現在好斯文敗類！」

李至誠笑罵道：「滾蛋，會不會用成語？」

張遠志掏出手機對著他，說要拍張照留個念。

李至誠不明白蘋果公司為什麼要把螢幕越做越大，他清楚地看著張遠志把照片傳給了備註為「周以」的聯絡人。

兩人喝酒碰杯，隨意交談，聊申城聊北京，聊大學聊職場。

「欸哥。」突地，張遠志話鋒一轉問，「你和周以真的掰了啊？」

李至誠明顯失神一瞬，抬杯抿了口酒，淡淡地「嗯」了一聲。

張遠志說：「真不可能了？我們大家都以為能喝到你們的喜酒呢。不就鬧個小矛盾嗎？過兩天氣消了把人哄回來就行。你們異地都能堅持兩年，這樣結束多可惜啊。」

李至誠放下杯子，嘴角挑起若有似無的笑，他搭著張遠志的肩，拍了拍，開口說：「你能和我保證說，我李至誠將來娶的老婆一定是她嗎？你能和我保證，在她周以為主角的故事裡，我就一定是那個男主人公嗎？」

李至誠說完，又自己否決道：「不能。」

「如果今天有個人在我面前打包票，說你們不管怎麼樣肯定都能修成正果，那她去哪我都會追著不放。但不是這樣啊，她在那邊會遇到誰，會喜歡誰，會被誰喜歡，我不知道。我現在去拽著她，兩個人再折騰個幾年，重蹈覆轍一遍怎麼辦？我不知道我是不是她的正確選項，我也不敢再錯一遍了。何況人又不是一輩子只能愛一個人，也許她已經遇到下一個了，更好更適合她，我總不能擋著她奔向未來的路。所以算了吧，不折騰了。」

長長的一番話說完，李至誠將杯中的酒一飲而盡。

張遠志看著他，欲言又止，最後也只是惋惜地嘆了聲氣。

這是後來李至誠唯一一次在別人面前談起這段感情，像做了段結束語。

時間把生活翻新，人總要朝前看。

不過和其他分手後的情侶不同，他們並沒有成為陌路人相忘於江湖。

一句倫敦下沒下雨，好似鑿破了冰牆，他和周以的聯絡慢慢頻繁了起來，說不清是誰找誰多一點。

畢竟在成為戀人之前，他們本身就是契合的朋友，他們有一致的三觀、共同的愛好，能秒懂對方拋出的梗，一來一往地打趣。

這樣的人出現在生命裡，是很難得的，這也是一開始他們吸引彼此的地方。

恍惚間，李至誠覺得他們回到了剛認識的時候，除了感情，他們幾乎無話不談。

前上司是個和李至誠極不對盤的男人，而有趣的是這人也只比他大三歲，但他們的觀念想法卻時常南轅北轍，這很痛苦，因為作出妥協的人總是他。

一份傾注心血的產品企劃提案被嚴詞駁回，李至誠知道他和這家公司是徹底沒緣分了。待不下去了就拍拍屁股走人唄，他要是不想再做ＩＴ，大不了回去幫老爸打理家業。

辭完職走出公司那一刻，李至誠覺得今天的空氣格外清新。

之前有個ＩＰ專案他覺得挺有前景，但那個傻子上司沒看上，他打算去聯絡一下畫手，如果拿到授權，就成立自己的工作室。

晚上和周以打遊戲時分享這個想法，李至誠沒說和前上司的種種糾葛，只說：「以後就自己做老闆咯，大家都聽我的。」

周以羨慕道：『你真開心，我最近快倒楣死了。』

李至誠問：「怎麼了？」

周以嘆聲氣，開始一長串的抱怨，突降大雨被困在教學大樓，還未儲存文件電腦螢幕突然黑掉，倫敦冬天真是冷得要命，感冒了卻發現自己吃不起藥，室友又凌晨才回來把她吵醒⋯⋯

耳機裡，周以喪氣地說：『我怎麼這麼衰啊，就沒一件好事。』

李至誠沉默地聽著，一句「那破地方待不下去就別待了，趕緊回來行不行」憋在喉嚨口，終究沒有說出來。

他看著周以研究生畢業，看著她繼續讀博士，翻看無數遍動態，卻沒勇氣問一句：「那妳到底準備什麼時候回來？」

他退回到學長、朋友的界限後，跨不出去那一步，時間越久越難開口。

再也沒有定心丸了，李至誠提心吊膽地過著那六年，怕突然有一天她的動態裡出現一個陌生男人。

知道周以回國後選擇留在申城，他發現自己並沒有想像中的興奮喜悅。

那種情緒很複雜，籠罩在表面的是層深灰色的無措。

姜迎問他，你們明明都很清楚對方的心思，為什麼不復合。

李至誠想，那不一樣了。

像人怕水怕蛇怕高，一旦某樣事物被設定為具有傷害性，人就會產生自我保護機制。

分手那天她把他推開，她的躲避和後退，連李至誠自己都沒意識到，那道刻在心上的痕跡有多重多深。

周以來申城是出於什麼心思，其他人一看就知道。

但李至誠當局者迷，他不是不信，他是不敢信。

曾經只需要相互喜歡就能在一起，其他事情都不成問題。

但現在不一樣，他需要一份堅定的、比以往多出很多倍的愛才能說服自己放下心。

他其實也有個纏繞的心結。

但這次不同的是，李至誠無比確定，他和周以的復合只差了個契機。

他們需要開誠布公地談一次，需要把曾經遺留的問題解決，再好好地、重新在一起。

民宿房間裡周以說那些話刺他，他知道這是壞毛病又犯了，周以一不高興，說話就會不由自主的難聽，李至誠一直覺得這無關痛癢，女孩子嘛，總是口是心非的。

所以那天他只是冷了聲音提醒她：「這麼多年不是我對妳死纏爛打，是妳離不開我。」

第二天上午李至誠回到房間門口，想著過了一晚她的情緒應該平靜下來了，他們可以好好地聊一聊，結果發現那人已經跑了。

走廊裡，李至誠的計畫和原先的美好預期被一則語音衝擊得支離破碎。

陌生男人的聲音，親密的稱呼和欠揍的語氣，李至誠只覺得耳邊嗡嗡作響，血壓狂飆。

不知道算不算情場失意職場得意，一天後他收到峻碩科技的郵件，說那款ＭＲ產品他們公司很感興趣，希望能進一步詳談。

李至誠逼著自己抽離出感情，全部心思投入在工作中。

連續加了四天的班，會議進行到一半，中途休息時他捧著咖啡杯發愣，祕書喊了他兩遍才回過神。

貝妍把手機遞給他：「老闆，手機響了。」

李至誠接過，見來電人是雲峴，他說店裡有個自己的包裹，讓他下了班來取。

在看到周以的那一刻，其實李至誠就已經不生氣了。

他把人帶回家，想著等這兩天忙完就好好把感情的事理清楚。

卻忘記那女孩心思敏感，容易想太多。

他忙昏了頭腦，走錯房間，卻歪打正著，給了兩個人傾吐心聲的豁口。

把人抱在懷裡擦眼淚的時候，李至誠想，他總喜歡做計畫，希望一切按步進行，但每次都被周以意外打亂。

摩天輪的表白是這樣，現在又是這樣。

但回過頭來看，一切又似乎發生得剛剛好。

回到床上，周以鑽進他懷裡，還是喜歡一條腿架在他身上，一點也沒變，李至誠心裡缺了一塊的地方終於被補齊。

他的夏天，挾著咸濕的海風，終於回來了。

番外四

四月總是陰雨連綿，霧氣模糊玻璃窗，李至誠時隔半分鐘又抬起手腕看了手錶一眼。講臺後的老師喋喋不休，李至誠搓搓大腿，心一橫舉起手臂，咳嗽一聲開嗓說：「老師，三點四十五了。」

教室內瞬間安靜了，其他人紛紛看向他，投來的目光裡或是感謝或是敬佩。

李峰回頭看了牆上的鐘一眼，「哎喲」一聲說：「不好意思啊沒注意時間，你們等等還有課吧？那沒什麼問題我們今天就先結束吧。」

「謝謝老師，老師再見。」他話音沒落李至誠就站起來了，他朝著老師笑了下，露出兩側虎牙，單手把早就收拾好的書包甩到肩上，快步跑出教室。

看他匆匆忙忙的樣子，李峰低頭看向前排的同學，問：「他不是大四了嗎？還有課嗎？」

學弟學妹們搖搖頭表示不知道。

「可能急著上廁所吧。」有人猜。

「這小子。」李峰合上自己的筆記本，對底下的人說：「你們也快去上課吧，外面下雨呢。注意安全啊。」

灰蒙雨霧拽低了天空，空氣涼而潮濕，李至誠從電機學院出來，一路向外狂奔，傘都顧不上撐。

周以早上沒帶傘，中午兩個人一起吃完飯，李至誠把她送到圖書館，約了三點半再來接她去上課。

他的課比預期晚了十五分鐘結束，怕耽誤周以上課，原本一刻鐘的路程他硬是不超過五分鐘就到了。

李至誠撐開傘，一步兩級臺階向上跨，剛到圖書館大門口就看見周以挽著一個女生正要離開，他緩了口氣趕緊揚聲喊：「周以。」

不遠處的女孩聞聲抬起頭，看見他的那刻嘴角一併揚起，她鬆開手，和旁邊的人說了句話，就用手遮著額頭邁步向李至誠跑過去。

周以鑽到他的傘下，抬起頭看著他，說：「我剛傳訊息給你，我蹭同學的傘走就行了，你不用再趕過來。」

「沒顧上看，我們老師太囉嗦了，講起來就沒完，我要是不打斷他他還能講下去。」李至誠抱怨說。

周以抬手摸了下他的外套，皺起眉頭問：「你身上怎麼這麼濕，跑過來的？」

「嗯啊。」李至誠喘著氣，「怕妳等不到我生氣。」

「怎麼可能。」她伸手挽住李至誠的手臂，縮短兩個人間的距離，「其實雨也不大，我自己走過去也沒關係。」

「不行，這幾天走在路上千萬小心點啊，沒事別亂跑。」

他鄭重其事的語氣把周以逗笑：「為什麼？」

「馬上就是清明節了呀，我媽從小叮囑我，到這幾天別亂跑，要安分點。」

周以又好笑又疑惑：「為什麼啊？這還有什麼說法嗎？」

「那肯定啊，妳想想，要不然為什麼我們的清明節，外國人的那個什麼復活節都在這幾天，而且每到這個時候天氣就開始反常？」

周以只是笑：「你一個正經大學生能不能不要迷信啊？」

瀏海被打濕黏在額頭上，李至誠嫌濕漉漉的難受，抬手抖了抖頭髮。

水珠四濺，周以邊仰著腦袋往旁邊躲邊從口袋裡摸餐巾紙：「你是小狗嗎？」

李至誠嘟嘟囔囔地抱怨說：「反正我最討厭這種天氣，都好幾天沒見到太陽了。」

「那我還挺喜歡下雨天的欸。」周以抽出一張衛生紙遞給他，「擦擦。」

「為什麼啊？」李至誠沒去接，難以置信地看著她，低下腦袋問，「下雨天有什麼好的？」

周以抬手替他擦了擦臉，回答說：「不冷不熱的很舒服啊，而且雨天很好發呆。」

不冷不熱李至誠認可，「很好發呆」這個理由他倒是第一次聽說。

去往教學大樓的路上滿是學生，他們兩個並肩站在傘下，在那些沒有什麼意義的話題裡，好像再遠的路轉眼都會達到。

「但站在科學的角度上，陰雨天氣壓低，空氣中含氧量少，人的生理機能會變得沒那麼活躍，更容易感到疲憊和煩躁，正常人都不喜歡下雨天的吧。」

周以哼了一聲：「你開始和我探討起科學了是吧？」

李至誠：「欸，我們就事論事嘛。」

周以不想和他在這個無聊的話題上沒完沒了地爭論下去：「反正我就是喜歡下雨天。」

李至誠嘀咕道：「下雨天出門多麻煩啊。」

周以說：「也還好吧，不是有傘嗎？」

「有傘？」這下被李至誠抓住話柄了，他質問周以，「妳記得帶了嗎？」

周以掀眼看向他，立刻又說：「不是有你嗎？」

李至誠被這話堵得啞口無言，「不是有我嗎？我是不是對妳太好了呀？大小姐。」

周以抿著嘴偷笑，故意說：「還可以吧。」

李至誠也跟著笑起來，拿她的小性子沒轍。

把人送進教學大樓，走之前李至誠特地戳了下周以的額頭，叮囑她說：「下課了就在門口等我啊，等等下大雨，別又跟別人跑了。」

「哦。」周以朝他揮揮手，「拜拜。」

「拜拜，好好上課。」

作為一個已經保送研究所的逍遙閒人，李至誠懶得再走回宿舍，又不想去圖書館乾待著。他撐著傘走出校門，去了附近的飲料店坐著等周以下課。

四月的雨還帶著寒意，李至誠買了杯熱巧克力，在窗邊坐下。

路上行人寥寥，落葉被吹落在地，天地間灰濛濛的，他忍不住打了個哈欠。

李至誠不常發呆，他沒有那麼多亂七八糟的想法值得花費時間思考，哪怕是以前在英語課上分心，他也寧願選擇在計算紙上統計今天班裡同學衣服顏色比例來打發時間。

而周以卻會因為「很好發呆」這個理由喜歡上下雨天。

李至誠想到這個，自顧自地輕輕笑了聲。

他們家周以確實是個有些古怪的女孩——他語文不太好，不知道這麼形容準不準確。

在大事上周以特別能保持穩重冷靜，李至誠親眼看著她在座無虛席的會堂裡用英文發表演講，她站在視線焦點，會緊張但不露怯，說話時語速不緊不慢，和評委對視時眼神也不會閃躲。

但在小事上周以的情緒又特別敏感多變，她會因為咖啡打翻弄髒了筆記本而心情鬱悶一整天，會因為發炎腫脹的智齒疼得掉眼淚，會在公車上盯著窗外的街景一言不發，然後突然嘆一聲氣。

更多的時候她都不怎麼說話，李至誠以前只知道她很喜歡靠著自己安安靜靜地待著。

但現在他很好奇，在周以那些用來發呆的短暫瞬間裡，她都在想什麼？

是等等吃什麼？是今天課上的文學選段？還是——

玻璃門被推開，門上的感應鈴發出「歡迎光臨」的聲響。

李至誠漫遊的思緒隨即被切斷，他回過神，捧起手中的紙杯放到嘴邊，忽而翹起嘴角笑了。

雨淅淅瀝瀝不知道還要持續多久。

他想他知道答案了。

他或許也要開始喜歡下雨天了。

——《貪財好妳》番外完——

——《貪財好妳》全文完——

高寶書版集團
gobooks.com.tw

YH 184
貪財好你
作　　者　Zoody
責任編輯　吳培禎
封面設計　恬　恙
內頁排版　賴姵均
企　　劃　何嘉雯

發 行 人　朱凱蕾
出　　版　英屬維京群島商高寶國際有限公司台灣分公司
　　　　　Global Group Holdings, Ltd.
地　　址　台北市內湖區洲子街88號3樓
網　　址　gobooks.com.tw
電　　話　(02) 27992788
電　　郵　readers@gobooks.com.tw（讀者服務部）
傳　　真　出版部(02) 27990909　行銷部 (02) 27993088
郵政劃撥　19394552
戶　　名　英屬維京群島商高寶國際有限公司台灣分公司
發　　行　英屬維京群島商高寶國際有限公司台灣分公司
法律顧問　永然聯合法律事務所
初版日期　2025年02月

原著書名：《貪財好你》由北京晉江原創網絡科技有限公司授權出版。

國家圖書館出版品預行編目(CIP)資料

貪財好你 / Zoody著. -- 初版. -- 臺北市：英屬維京群島商高寶國際有限公司臺灣分公司, 2025.02
冊；　公分. --

ISBN 978-626-402-187-6(平裝)

857.7　　114001255